U0513577

石林詞箋注

〔宋〕葉夢得 著
蔣哲倫 箋注

上海古籍出版社

圖書在版編目(CIP)數據

石林詞箋注/[宋]葉夢得著;蔣哲倫箋注. —上海:上海古籍出版社,2014.11(2020.8重印)
(中國古典文學叢書)
ISBN 978-7-5325-7296-0

Ⅰ.①石… Ⅱ.①葉… ②蔣… Ⅲ.①宋詞—注釋 Ⅳ.①I222.844

中國版本圖書館CIP數據核字(2014)第120550號

中國古典文學叢書
石林詞箋注
[宋]葉夢得 著
蔣哲倫 箋注
上海世紀出版股份有限公司
上 海 古 籍 出 版 社 出版
(上海瑞金二路272號 郵政編碼200020)
(1)網址:www.guji.com.cn
(2)E-mail:guji1@guji.com.cn
(3)易文網網址:www.ewen.co
上海世紀出版股份有限公司發行中心發行經銷
上海展强印刷有限公司印刷
開本850×1168 1/32 印張9.875 插頁6 字數150,000
2014年11月第1版 2020年8月第4次印刷
印數:2,451—3,250
ISBN 978-7-5325-7296-0
I·2831 精裝定價:68.00元
如有質量問題,請與承印公司聯系
電話:021-66366565

葉夢得像

石林詞

宋　葉夢得

賀新郎 或刻李玉

睡起流鶯語掩蒼苔房櫳向晚亂紅無數吹盡
殘花無人見惟有垂楊自舞漸暖靄初回輕暑
寶扇重尋明月影暗塵侵上有乘鸞女驚舊恨
遽如許　江南夢斷橫江渚浪黏天葡萄漲綠
半空煙雨無限樓前滄波意誰採蘋花寄取但

汲古閣本《石林詞》書影

前　言

在羣星璀燦的兩宋詞壇上，葉夢得算不上大家，他的《石林詞》至今無注本傳世，專題評論也不多；但是，從詞史發展的角度來看，仍有其自身的特色，且作爲北宋詞向南宋詞過渡的一個重要環節，更具有不可忽視的研究意義，值得我們給予關注。

一

葉夢得，字少蘊，號石林居士，蘇州長洲（今江蘇蘇州）人[一]，史傳蘇州吴縣人[二]。生於北宋神宗熙寧十年（一〇七七），卒於南宋高宗紹興十八年（一一四八），屬於親身經歷靖康之變的那一代人。他爲學早成，議論風生，對經學、史學、政治、經濟、金石都深有研究，尤善理財，也是一位有多方面成就的文學家。

葉夢得一生，自二十一歲登第，至七十二歲去世，五十年間，或廢或起，大致經歷了三個階段。

第一階段，自哲宗紹聖四年（一〇九七）至徽宗大觀三年（一一〇九），約十三年。這時詞人少年新進，頗負大志。登第後，授丹徒尉；徽宗朝，任婺州教授，召爲議禮武選編修官。因蔡京引薦，召對，大爲徽宗賞識。此後一度春風得意，遷祠部員外郎、起居郎、中書舍人、翰林學士等職。他和蔡京的關係雖很密切，但並非一味阿附，曾多次借召對的機會批評時政，極論朋黨之弊，主張用人當「以德爲先」，針對朝中士大夫「重内輕外」的普遍傾向，主動「乞身先衆補郡」，又曾竭力反對蔡京重用童貫，終於大觀三年出知汝州（今河南臨汝）。繼而落職，提舉洞霄宫。

第二階段，自大觀四年（一一一〇）至欽宗靖康元年（一一二六），即作者三十四歲到五十歲的中年時期。在歷經宦海風險之後，葉夢得内心已萌退隱之志。他在《避暑録話》中自述：「吾自大觀後，叨冒已多，未嘗不懷歸，而家舊無百畝田，不得已，猶爲汝南、許昌二郡正，以不能無資如（阮）裕所云。」這就是作者於徽宗政和五年（一一一五）和重和元年（一一一八）先後出知蔡州和潁昌的真實動機。潁昌的府治在許昌，原先唐將曲環在這裏開鑿的西湖就緊靠城邊，沿子城而下，可策杖往來其間。葉夢得到任之後，疏浚了積淤多年的湖塘，公事之餘，常同詩友如韓氏諸賢（韓縝、韓維的子弟）、晁氏舅輩（晁沖之、晁將之）以及當時名士（曾存之、許亢宗、王幼安等）吟唱其間，大有嘯傲湖山、不問世事的傾向。著名的《石林詩話》成於此時。儘管如此，詞人經世濟民的抱負並未完全泯滅，耿介不阿的個性依然未改，在此期間仍做過不少於民有益的事。如初至許昌，適逢水患，京西尤甚，餓殍自鄧、唐流入許昌境内，葉夢得即令開常平倉賑濟災民，又號召州民收養傷災棄兒，撫幼恤貧，深得民心。宦官楊戩用事，常平使劉寄爲取媚於戩，從部内括常平錢五十萬緡入後苑，又强令各地以蘇州米樣就糴於京師，百姓怨聲載道。於時，葉夢得上章極論潁昌地力與東南異等，品色亦當因地制宜，潁州百姓賴以得免。又，李彦括田所大搞土地兼并，僅郟城、舞陽二地就侵吞民田八百户，隱瞞良田數千頃。葉夢得上奏其事，得捕黠吏按治，民心大悦。由於葉夢得一再違拗當權者的旨意，所以潁昌任滿即落職提舉洞霄宫。宣和三年（一一二一），葉夢得自楚南歸，開始居山讀書的隱逸生活。兩年後，在湖州卞山石林卜築精舍，以爲終身棲隱之地，寫就《玉澗雜書》，並着手《石林燕語》的記纂。

第三階段，南渡以後，即高宗建炎元年（一一二七）至紹興十八年（一一四八），詞人五十一歲至七十二歲，是他晚年爲國效力的時期。金兵南侵，北宋滅亡，國土分裂和民族危亡的慘痛現實，促使詞人重新振作起來，積極參與政治生活。建炎初，擔任户部尚書，得以充分施展其經財理政的才能，曾爲初建的南宋王朝籌畫錢財，解除了高宗面臨的財經拮据的困境。與此同時，葉夢得還提出過許多抗敵禦侮的良策，如高宗駐蹕揚州時，他上陳待敵之計，精闢地分析了地理形勢、武器糧草和軍隊士氣三者之間的關係，認爲「形固則可恃以守，勢强則可資以立，氣振則可作以用」〔三〕。紹興元年（一一三一），起爲江東安撫大使，知建康府，兼壽春等六州宣撫使。時建康荒殘，兵士不滿三千，江淮一帶守將又往往陽受朝命、陰與僞齊交通，處境十分艱危。對此，葉夢得一面調兵遣將，以充實建康及其周圍要鎮的軍備力量，一面以民族大義曉諭心懷二計的部將，要他們齊心協力，抗擊僞齊入寇，收到良好的效果。紹興八年（一一三八）再帥江東時，又提出了以團結鄉社、整飭邊備爲中心的「防江措劃八事」。次年，金帥宗弼南侵江淮，夢得結集沿江民兵數萬，分據江津，遣子模率兵八千，於馬家渡阻擊來犯之敵，大大挫傷了頑敵的囂張氣焰。在此期間，他又曾兼總四路漕計，爲軍隊輸送充足的糧餉，使諸將得以全力抗敵而無後顧之憂。兵燹之餘，葉夢得在建康掩埋死難者的殘骸，興復學校，重整城池，使殘破的建康城得以復蘇。凡此種種，皆爲史家稱道。紹興十二年（一一四二），宋金和議成，葉夢得調任福建安撫使，知福州，曾全力鎮壓「海寇」朱明連，爲鞏固南宋王朝對東南沿海的統治立下犬馬之功。三年後，因與監司不合，上章請老，特遷崇慶軍節度使，致仕，歸居卞山以終。

綜觀葉夢得一生，經歷了少年「得志」、中年貶官歸隱和晚年爲國效力的曲折道路，反映在詞的創作方面，不同時期的作品也呈現出不同的風貌。

二

現存石林詞早年作品極少。卷首《賀新郎》一篇，頗能代表作者的早期詞風：

睡起流鶯語。掩蒼苔、房櫳向晚，亂紅無數。吹盡殘花無人見，唯有垂楊自舞。漸暖靄、初回輕暑。寶扇重尋明月影，暗塵侵、上有乘鸞女。驚舊恨，遽如許。　江南夢斷橫江渚。浪黏天、葡萄漲綠，半空烟雨。無限樓前滄波意，誰采蘋花寄取。但悵望、蘭舟容與。萬里雲帆何時到，送孤鴻、目斷千山阻。誰爲我，唱《金縷》。

上片從睡起後鶯語花飛的寂寞幽境寫起，點明時令已入初夏，再由尋扇引出舊情；下片由江天水闊寫到離人遠去，抒發千山阻隔而無由相見的悵恨。全詞委婉曲折，風華流美，確如宋人關注所評「婉麗綽有温、李之風」〔四〕，在當時曾傳唱遐邇。《石林詞》中與此風格相近的，還有《江神子》（銀濤無際卷蓬瀛），採用湘靈鼓瑟的傳統題材，描寫帝子降臨江渚、寂寞顧盼的淒清場景，極盡幽怨悱惻之意。

詞人中年貶官和歸隱以後，由厭惡官場的汙濁轉而寄情於江山風月和田園逸興，詞風產生了明顯的變化。内容不再涉及男女風情，形式上也洗盡脂粉，不求穠麗婉曲，「不作柔語殢人」〔五〕，而多直抒胸臆。潁昌期間與友人杯酒流連的詞作，大都疏淡明麗，雅淨而有丰姿。如《滿江紅》詠西湖：「蘭舟漾，城南陌。雲影淡，天容窄。繞風漪十頃，暖浮晴色。」《定風波》詠青梅：「破萼初驚一點紅。又看青子映簾櫳。冰雪肌膚誰復見。清淺。尚餘疏影照晴空。」《浣溪沙》詠暮春：「柳絮尚飄庭下雪，梨花空作夢中雲。竹間籬落水邊門。」作者歸居園田後，詞風更爲沖澹閑遠。他的《念奴嬌》（故山漸近）和《八聲甘州》（寄知還倦鳥）幾乎全用陶淵明詩文的意境和語句，如：「歸去來兮，秋已老、松菊三徑猶存。稚子歡迎，飄飄風袂，依約舊衡門。琴書蕭疏，更欣有酒盈尊」；「倦鳥知還，晚雲遥映，山氣欲黄昏。此還真意，故應欲辨忘言」（《念奴嬌》）；「十畝荒園未遍，趁雨却鋤犁。敢忘鄰約，有酒同携」（《八聲甘州》），充分表現了作者返樸歸真的恬淡心境。

葉夢得中期詞作比較明顯地呈現出陶淵明和蘇軾的影響。陶的影響已見上述；有意學蘇的，可以《鷓鴣天》（一曲青山映小池）爲例。前人評論石林，多藉該詞襲用蘇軾七絶《贈劉景文》詩句來説明其間的承嬗關係，殊不知其中樂觀、開朗、「莫爲悲秋浪賦詩」的曠達胸襟，才是東坡精神的真諦。他如《臨江仙》諸闋（不見跳魚翻曲港、自笑天涯無定準、山半飛泉鳴玉珮）裹那種忘懷得失和超塵脱俗的情懷，《江城子》（碧潭浮影蘸紅旗）中長歌痛飲的狂太守風度，亦都承繼了東坡坦蕩灑脱的襟懷和清曠放逸的詞風。作者的某些詞作如《永遇樂》（天末山横）被後人誤編入《東坡樂府》，正可説明他們此中有彼的風貌。

石林這一階段創作的又一特點，是大量驅策典故和檃括前人詩文入詞。除融化陶、蘇的詞句外，如《應天長·自潁上縣欲還吴作》：

> 松陵秋已老，正柳岸田家，酒醅初熟。鱸鱠蓴羹，萬里水天相續。扁舟波浩渺，寄一葉、暮濤吞沃。青箬笠，西塞山前，自翻新曲。來往未應足。便細雨斜風，有誰拘束。陶寫中年，何待更須絲竹。鴟鶇千古意，算入手、比來尤速。最好是，千點雲峰，半篙澄淥。

詞中「鱸鱠蓴羹」用晉人張翰因秋風起而辭官歸隱的典故，「鴟鶇千古意」用春秋越國范蠡功成身退、泛舟五湖事，「青箬笠」三句和「細雨斜風」語本唐張志和《漁父詞》，「陶寫中年」二句見蕭統《謝靈運傳》。這種大量檃括前人詩文入詞的寫作手法始見於《東坡樂府》，以《哨遍》（斗米折腰）最爲典型，此後周邦彦也長於此道。石林這種好用典故和檃括的作風，顯然也源自蘇軾。到了南宋，辛棄疾和其他辛派詞人用得更爲普遍，構成了辛派以文爲詞的一個重要方面。

南渡以後，在動亂時代的刺激之下，葉夢得的詞風又有新的發展。這時期的作品突出地抒寫了作者救亡圖存、匡復故國的宏大志向。如《念奴嬌》：

雲峰横起，障吴關三面，真成尤物。倒卷回潮，目盡處、秋水黏天無壁。緑鬢人歸，如今雖在，空有千莖雪。追尋如夢，謾餘詩句猶傑。　聞道尊酒登臨，孫郎終古恨，長歌時發。萬里雲屯，瓜步晚、落日旌旗明滅。鼓吹風高，畫船遥想，一笑吞窮髮。當時曾照，更誰重問山月。

全篇步東坡「赤壁懷古」的韻次，而能以慷慨激越之音，抒憂時念國之意，較之蘇軾原詞似更富有强烈的時代氣息和現實意義。他帥江東兼壽春等六州宣撫使時所作《八聲甘州》（故都迷岸草），同樣充滿愛國的激情。詞中深情緬懷八百年前淝水之戰的英雄人物，熱情謳歌以少敵衆、以弱禦强的鬥争精神，篇末以晚年遭讒畏譏的謝安自況，感歎賢能之士不受君王信用、無力施展抱負的深沉悲憤。這種借懷古以針砭時政的寫作手法，後多爲辛派愛國詞人所吸取。

作者的愛國思想還滲透到他晚年生活的各個方面。看人射箭習武，會激發他「何似當筵虎士，揮手弦聲響處，雙雁落遥空」（《水調歌頭》）的豪興。登高望遠，會引出他「老去情懷，獨作天涯想」（《點絳唇》）的壯志。濠州觀魚，發一通莊子式的議論之後，又歸結到姜子牙磻溪垂釣，而感慨自己

「功業竟安在，徒自兆非熊」（《水調歌頭》）。甚至在被讒落職，歸居山間時，仍繫心於「悲風時起」、「邊馬怨胡笳」的艱危時局，並寄希望於謝安式的匡世之才出來平定戰亂，「談笑静胡沙」（《水調歌頭》）。這種以解救國難爲宗旨的功業自許的宏偉抱負，給詞人晚年的創作增添了豪邁雄放的音響。石林後期詞作中還有不少即景寄興的篇章，大多氣象開闊，韻度飄逸，神肖東坡。如《念奴嬌·中秋燕客有懷壬午歲吴江長橋》：

洞庭波冷，望冰輪初轉，滄海沉沉。萬頃孤光，雲陣卷、長笛吹破層陰。洶湧三江，銀濤無際，遥帶五湖深。酒闌歌罷，至今鼉怒龍吟。　回首江海平生，漂流容易散，佳會難尋。縹緲高城，風露爽、獨倚危檻重臨。醉倒清尊，姮娥應笑，猶有向來心。廣寒宫殿，爲予聊借瓊林。

上片寫月夜太湖的洶湧壯觀，浩渺之中雜有幾分神異；下片寫醉裏賞月激起的奇思遐想，給人以飄飄欲仙的感受。此外，《水調歌頭·癸丑中秋》一詞，其中寫景如「倚空千嶂横起，銀闕正當中」，發興如「付與孤光千里，不遣微雲點綴，爲我洗長空」，則更見得狂放恣縱。大抵東坡的豪放詞風，本來就有清曠和雄放兩個方面。石林的中年詞作，主要承受了東坡詞清曠疏逸的一面，晚年始較多吸取其豪邁雄放的色調，而兼融二者於一爐。所以，要論石林詞風的成熟，當推其晚年，而這顯然又是由時代環境的變遷促就的。

當然，石林晚年詞作也不僅僅追隨東坡。他的一些描寫隱逸生活情趣的作品，如「深閉柴門，聽盡空簷雨。秋還暮。小窗低户。唯有寒蛩語」（《點絳唇》），寥寥幾筆淡墨，幽静蕭瑟的氣氛呼之欲出。這種簡淡的風格，基本上是從陶詩脱胎而來。至於幽居中壯志未泯，「能於簡淡時出雄傑」〔六〕，則又體現了他個人的特色。

三

葉夢得的《石林詞》，在南渡前後詞風的轉變中，有其獨特的歷史地位。

大家知道，北宋一代的詞，大體上沿着晚唐五代文人詞的路子發展下來。從晏殊、歐陽修到柳永、周邦彦，儘管在詞的體制、音律、風格和表現手法上不斷有所創新，可是，總的看來，發興於歌臺舞榭，多詠男女風情，以穠麗婉約爲宗的基本作風，則没有多大變化，「詞爲艷科」的傳統一直被保持了下來。就中也有個别詞人、詞作對這一傳統有所突破，如范仲淹《漁家傲》（塞下秋來）反映邊塞軍旅生活，王安石《桂枝香》（登臨送目）抒寫吊古傷今的情懷，特别是一代文豪蘇軾，以其横放傑出的才情，揮灑自如的筆墨，抒發建功立業的抱負，緬懷古代英傑的業績，傾吐親朋手足的深情厚誼，從而大大開拓了詞的境界，解放了詞的音律，爲豪放詞風的確立奠定了豐實的基礎。這在詞的發展史上可説是一次重大的革新。但就當時而言，蘇軾的詞風却被人視爲别調，所謂「雖極天下之工，要非本色」〔七〕，甚至譏爲「句讀不葺之詩」〔八〕，很少有人追隨。

靖康之變如一聲巨雷，將詞人們從輕歌曼舞、密約相思的迷夢中震醒過來。兵戈相侵，國土淪亡，輾轉流離的生活經歷，沈痛深切的感慨情懷，不能不直接間接地反映到詞的創作中來，遂使百年以來承平享樂的詞風爲之一變。當時不少詞人的詞作，都可以南渡前後作爲劃分時期的標誌。如向子諲《酒邊詞》即分爲「江北舊詞」和「江南新詞」兩個部分，前者華美妍冶，後者瀟灑亢爽，風格截然不同。張元幹在北宋末年原屬婉約一派，人稱他早年詞作「極嫵秀之致，真堪與片玉、白石並垂不朽」〔九〕，而經過民族戰爭的洗禮，明顯轉向慷慨豪邁，唱出了「欲挽天河，一洗中原膏血」（《石州慢》）這樣的時代强音。女詞人李清照的作品，由前期一般地抒寫閨情，作風清新明麗，轉變爲後期寄寓身世家國之痛，作風深沈淡浄，也是明顯的例證。總之，由於時代風雷的激蕩，詞的發展至南宋前期有一個重大的變化，而蘇軾開創的豪放詞風溶進豐腴的愛國主義思想内容後，産生了更爲深遠而廣泛的影響，這是不可忽視的歷史事實。

約略看來，南渡初年的詞風大致可以區分爲三個流派：一派基本上承續北宋以來的婉約詞風，視《花間集》、柳永、秦觀、賀鑄、周邦彦等詞人詞作爲詞體正宗，題材與風格上都無明顯開拓，代表作家有陳克、周紫芝、汪藻、康與之等。他們的作品縱然精麗，但不脱摹擬痕迹，缺乏時代氣息，在當時影響微弱。接近這一派而有所不同的，是李清照晚年的詞作，其中深沈的哀苦之音，從側面反映了時代的變亂，寄託着故國之思，有强烈的藝術感染力，但由於受婉約風格的局限，並未能像她的詩作那樣直接描寫亂離生活的情景，抒寫匡復的希望。第二派以向子諲、陳與義、蘇庠、朱敦儒等人爲代表，他們的作品突破了傳統詞風的束縛，以疏朗明快的語言反映變亂中的社會生活和感受，表現真切動人。然而，他們的感受大多停留在感喟哀時的基調上，缺乏許身報國、力挽危局的豪情壯志，像「中原亂。簪纓散。幾時收？試倩悲風吹淚過揚州」（朱敦儒《相見歡》）以及「芳菲歇。故園目斷傷心切。傷心切。無邊烟水，無窮山色」（向子諲《秦樓月》），正體現了他們的典型的心聲。甚且有鑒於國勢險惡與朝政日非，他們中有些人進一步採取了達觀放任、逃避人生的態度，唱出「萬事不理醉復醒，長占烟波弄明月」（蘇庠《清江曲》）、「世事短如春夢，人情薄似秋雲。不須計較苦勞心。萬事元來有命」（朱敦儒《西江月》）這樣消極頹唐的聲調來。這一派詞人可說是繼承了蘇軾詞風中清曠的一面，而更向頹放發展了。南宋初年的第三派詞人有李綱、岳飛、胡銓、張元幹等，他們都是熱血志士，投身於反對民族壓迫和權奸賣國的政治、軍事鬥争之中，滿懷激憤，發而爲慷慨悲壯的音響。其中尤以張元幹創作數量最多，成就最高，代表作如兩首《賀新郎》（曳杖危樓去、夢繞神州路）以及《石州慢》（雨急雲飛）等，鏗鍧鞺鞳，横絶六合，開啓了後來辛棄疾等人的豪壯詞風。所以，這一派詞人雖也源出於蘇軾，但他們是着重繼承並發揚了蘇詞中雄放的一面，以之與抗敵救國的時代精神相結合，而更趨向於沈著悲慨，他們的詞作因而成爲辛派詞人的直接先驅。

葉夢得的情況和上述三派都稍有差異。他早年詞作屬於婉約派；中年詞風轉向清曠疏淡，開始接受蘇軾的影響；晚年則更進一步發展了這一詞風，並增添了豪邁雄放的音響。就其南渡以後的作品來看，其中憂心時局、志存匡復和張元幹等人是一致的；然而其詞風的轉變，却並没有達到張元幹那樣悲慨淋漓、沈雄跌宕的境地，而仍然保存着蘇詞特有的清曠飄逸的基調，這一點又使他多少接近於朱敦儒、陳與義等人的風格，雖然其中不時迸發出的宏音亮色又是後二者所罕有的。因此，就其與三派的關係來看，可以説他是介乎第二派與第三派之間的詞人。而如果從南渡前後豪放詞風的發展演變來看，他又正好成爲聯結蘇軾與辛棄疾之間的紐帶。人們通常把張元幹以及稍後的張孝祥視作溝通蘇、辛的橋樑，自然是不錯的，而對早於張元幹十幾年登上詞壇的葉夢得，却缺乏足夠的重視。其實，葉夢得不僅接受蘇軾的影響在先，他那寓壯懷於清曠的詞風，恰恰顯示了由蘇詞向辛詞過渡的最初迹象。比試之下，二張的亢壯激越，則顯然已更迫近辛派詞人的藩籬了。總之，發源於蘇軾的豪放詞風，經過葉夢得、張元幹、張孝祥，到辛棄疾始集其大成，構成一條完整的鏈索，而作爲其中介環節之一的《石林詞》，無疑具有不可取代的歷史價值。

四

最後來談一談《石林詞》的編集與版本流傳問題。

《石林詞》編於何時，史無記載。明正統年間吴訥輯《唐宋名賢百家詞》，其《石林詞》卷後有宋人關注的跋文，末署「紹興十七年七月九日東廡關注書」，毛晉汲古閣刻《宋名家詞》（通稱《宋六十名家詞》）録以爲詞集序，冠名「題石林詞」。紹興十七年時，葉夢得尚在世，看來詞集乃其生前所編。又，現存《石林詞》的各種版本，録詞總數皆在一百首上下，但石林所作詞未必止於此數，且從其交往過的友人如葛勝仲、沈與求、李彌遜、張元幹等人的集子來看，均有與石林唱和之作，而石林原作在今本《石林詞》中却少被存録。據以推斷，詞集的輯成很可能出自作者親手選定，非漫然拾掇裒帙者。

關於《石林詞》流傳的記載，始見於陳振孫《直齋書録解題》一書。其卷二十一著録：「《石林詞》一卷，葉夢得少藴撰。」可見南宋時即有輯本行世，作「一卷」亦同於後世刻本，唯宋本今已不傳，其内容及編排是否與今傳本相合，則未得知。現存石林詞集當以明吳訥《唐宋名賢百家詞》本（據長洲俞氏家藏本刊刻）爲最早，計一卷，收詞一百首，按詞調編排，以《賀新郎》居首，《采桑子》殿尾。毛晉汲古閣刻《宋名家詞》本，卷數與編排次序同於《百家詞》本，但删去第三十一首《江神子》（銀濤無際卷蓬瀛），録存九十九首，後來的《四庫全書》本、清光緒十四年錢塘汪氏振綺堂覆刻《宋六十名家詞》本以及民國間《四部備要·宋六十名家詞》本、《中國文學珍本叢書·宋六十名家詞》本，均屬毛本系統。另有明紫芝漫鈔《宋元名家詞》本，亦作一卷百首，同於《百家詞》本，曾經毛晉之子毛扆手校，今藏北京大學。

除以上各種叢刻本外，《石林詞》還有一個家刻單行本的系列。現存最早者乃清道光十八年（一八三八）秋葉氏婁縣裔孫葉光復承恩堂新刻本（未言從何本翻雕），收詞九十九首，詞文承襲毛晉本，但分作上、下二卷，編排次序則與毛刻本異，上卷起於《賀新郎》（睡起流鶯語），止於《定風波》（斜漢初看素月流），下卷起自《蝶戀花》（薄雪消時春已半），迄於《點絳脣》（山上飛泉）。吳縣裔孫葉廷琯疑其「即以毛刻爲祖本，特以意分上、下二卷」，且謂其「書中駁譌不少」〔一〇〕。葉廷琯復以承恩堂本爲祖本，將上、下卷合爲一卷，目録次序則保持承恩堂本原狀，並與友人戈載、潘曾沂精加校補，付諸梓刻，此即道光二十九年（一八四九）葉氏梽花盦三家注本，收《石林詞》一卷九十九首，另取毛晉所删之《江城子》一闋，又收戈載從《樂府雅詞》和《全芳備祖》中輯得之《南歌子》、《菩薩蠻》、《卜算子》各一闋，爲《補遺》四首，總一百〇三首。此後，清宣統三年（一九一一），葉氏裔孫葉德輝又以毛本爲祖本，取梽花盦本復加校勘，其正文九十九首之目録次序悉依毛本，《補遺》則依梽花盦本，總一百〇三首，此即觀古堂所刻《石林遺書》本，並輯入《郎園先生全書》。此外，還有近人朱祖謀校刻的《湖州詞徵》本《葉夢得詞》二卷，以清道光葉氏梽花盦刻本爲祖本，但依葉光復承恩堂本分作兩卷，劉氏《吴興叢書》本據之。

今人唐圭璋編《全宋詞》，其中亦收有葉夢得詞，其一九四〇年長沙商務印書館排印本係據葉廷琯本輯録，而將《補遺》四首中的《卜算子》（嬌艷醉楊妃）一首（輯自《全芳備祖》）列爲附録，餘三首轉入正文，更從《永樂大典》「梅」字韻中輯得二首，總收詞一百〇四首附録一首。至一九六五年中華書局版《全宋詞》，其中葉夢得詞改用紫芝漫鈔本録校一百首，加以葉廷琯從《樂府雅詞》中補得二闋，總一百〇二首，另將《全芳備祖》之《卜算子》和《永樂大典》「梅」字韻下所輯三首（包括新增輯一首），共四首，作爲「存目詞」附後。以上是《石林詞》版本流傳的大致經過。

在流傳過程之中，石林詞也常爲選家所重視，以宋曾慥《樂府雅詞》所録最多，計五十五首，次爲清康熙年間所編《歷代詩餘》，録二十六首。其餘如宋黄昇《花庵詞選》、黄大輿《梅苑》、無名氏《草堂詩餘》、明陳文耀《花草粹編》，先著《詞潔》以及《全芳備祖》、《佩文齋廣群芳譜》、《詞譜》、《詞律》等，均有若干數量選録，唯點評賞鑒之語較少。注本則《直齋書録解題》有「《注琴趣外篇》三卷，江陰曹鴻注葉石林詞」之著録。曹注今未見，然石林確有以《琴趣外篇》命編者，《四庫全書總目·晁無咎詞提要》云「至《琴趣外篇》，宋人中，歐陽修、黄庭堅、晁端禮、葉夢得四家詞均有此名，併補之而五」，又，宋盧憲《嘉定鎮江志》卷二十一「文事」中亦提到「葉石林夢得《琴趣外編》」，均可用爲佐證，所惜不得其詳，並曹鴻注本亦無傳承。

本書以毛晉汲古閣《宋名家詞》本《石林詞》爲底本，收《石林詞》一卷九十九首，另《補遺》一卷八首。《補遺》中除照録楙花盦本補遺之四闋外，另取《永樂大典》三闋，更從《花草粹編》録得一闋，總一百〇七首。參校《樂府雅詞》等各本進行校勘並加箋注，偶有評語或考辨，附於作品之後；另輯《石林詞》各本序跋、歷代書目著録及提要、葉夢得年譜簡編、傳記資料以及石林軼事彙編等爲附録五種，均注明出處，以便讀者查核參考。限於水平和所得資料，錯訛難免，敬請方家是正。

注：

〔一〕葉夢得《湖州葉氏族譜叙》，見明葉盛《水東日記》卷十八。

〔二〕宋李幼武《宋名臣言行録》、元脱脱《宋史》本傳等。

〔三〕同上。

〔四〕宋關注《題石林詞》,《宋名家詞》本。

〔五〕明毛晉《石林詞跋》,同上。

〔六〕關注《題石林詞》,同上。

〔七〕《後山詩話》引晁補之語,《歷代詩話》本,中華書局一九八一年版,第三〇九頁。

〔八〕宋李清照《詞論》,宋胡仔《苕溪漁隱叢話後集》卷三十三。

〔九〕毛晉《盧川詞跋》,《宋名家詞》本。

〔一〇〕清葉廷琯《石林詞》目録後叙。

目録

石林詞補遺

石林詞

賀新郎 或刻李玉〔一〕

睡起流鶯語〔二〕。掩蒼苔、房櫳向晚〔三〕，亂紅無數〔四〕。吹盡殘花無人見，唯有垂楊自舞。漸暖靄、初回輕暑。寶扇重尋明月影，暗塵侵、上有乘鸞女〔五〕。驚舊恨，遽如許〔六〕。　江南夢斷横江渚。浪黏天、葡萄漲緑〔七〕，半空烟雨。無限樓前滄波意，誰采蘋花寄取〔八〕。但悵望、蘭舟容與〔九〕。萬里雲帆何時到，送孤鴻、目斷千山阻〔一〇〕。誰爲我，唱《金縷》〔一一〕。

【校】

〔調〕原刻及《石林遺書》本（以下簡稱《遺書》）調下注：「或刻李玉。」宋曾慥《樂府雅詞》（以下簡稱《雅詞》）、宋黄昇《花庵詞選·中興以來絶妙詞選》（以下簡稱《花庵》）、明陳耀文《花草粹編》（以下簡稱《粹編》）、《草堂詩餘》（以下簡稱《草堂》）、道光己卯楙花盦刊戈載、潘曾沂、葉廷琯三家校本（以下簡稱楙花盦本）、《全宋詞》（據紫芝漫鈔本，以下均據此本）並無「或刻李玉」四字。詳見本詞【考辨】㈠。又，《欽定詞譜》（以下簡稱《詞譜》）卷三十六「賀新郎」：葉夢得（睡起流鶯語）詞注：「此調始自蘇軾，因蘇軾後段『花前對酒』句少一字，且格調未諧，故以此詞作譜」。

〔題〕原刻無題。《花庵》作「春晚」，《粹編》作「夏意」，《草堂》作「初夏」。

〔流鶯〕《雅詞》及《全宋詞》作「啼鶯」。楙花盦本作「流鶯」，注曰：據《野客叢書》引公語，「流」應作「啼」。《夷堅丁志》作「聞鶯」。詳見本詞【考辨】㈡。

〔蒼苔〕《雅詞》作「青苔」，《全宋詞》同。

〔向晚〕《雅詞》、《花庵》、《草堂》、《粹編》、《御定佩文齋廣群芳譜》（以下簡稱《廣群芳譜》）、《詞譜》作「向曉」。《夷堅丁志》作「晝掩」。

〔吹盡〕楙花盦本作「吹盡」，潘校：「吹」，《花庵詞選》作「飛」。

〔無人見〕《粹編》、《草堂》、《詞林紀事》、《廣群芳譜》、《詞譜》作「無人問」。

〔上〕《雅詞》作「尚」，注：一作「上」。《花庵》、《草堂》、《夷堅丁志》、《粹編》、《廣群芳譜》作「尚」。

〔遽如許〕「遽」，《雅詞》、《花庵》、《草堂》、《夷堅丁志》、《粹編》、《詞林紀事》、《廣群芳譜》、《詞譜》作「鎮」。

〔横江〕《雅詞》注：一作「蘅皋」。《花庵》、《草堂》、《粹編》、《詞林紀事》、《廣群芳譜》、《詞譜》均作「蘅皐」。

〔葡萄〕《廣群芳譜》作「蒲菰」。

〔浪黏天〕《廣群芳譜》作「看黏天」。

〔寄取〕楙花盦本作「寄取」，注：據《蘆浦筆記》、《浩然齋雅談》所論，「寄取」應依原本仍作「寄與」。案：劉昌詩《蘆浦筆記》卷十：「葉石林《賀新郎》詞有『誰采蘋花寄與。但悵望蘭舟容與』，下『與』字去聲。《漢書・禮樂志・練時日》『澹容與』，顔注『閑舒也』。今歌者不辨音義，乃以其疊兩『與』字，妄改上『與』作『寄取』，而不以爲非，良可笑也。」又，周密《浩然齋雅談》上：「石林詞『誰采蘋花寄與』，又『悵望蘭舟容與』，或以爲重押韻，遂改爲『寄取』，殊無義理。蓋『容與』之『與』自音『豫』，乃去聲也。揚子雲《河東賦》云：『靈輿安步，周流容與。』注：『天子之容，服而安豫。』『與』讀爲『豫』。《漢書・禮樂志・練時日》『澹容與』，注『閑舒』，皆去聲。」

〔但悵望〕《廣群芳譜》作「空惆悵」。

〔何時〕《花庵》作「何日」。

〔目斷〕《雅詞》作「目盡」，「盡」下注：一作「斷」。

〔誰爲我〕「誰」，《雅詞》作「重」，注：一作「誰」。

【箋注】

〔一〕本篇作年有三説：一，初登第調潤州丹徒尉任上作，見洪邁《夷堅丁志》卷十二：「葉少藴左丞初登第，調潤州丹徒尉。郡守器重之，俾檢察征税之出入。務亭在西津上，葉嘗以休日往，與監官並欄干立。望江中有彩舫，儫亭而南，滿載皆婦女，嬉笑自若，謂爲貴富家人。方逡避之，舫已泊岸，十許輩袨服而登，徑詣亭上，問小史曰：『葉學士安在？幸爲入白。』葉不得已，出而見之。皆再拜致詞曰：『學士雋聲滿江表，妾輩乃真州妓也。嘗願一侍尊俎，愜平生心。而身隸樂籍，儀真過客如雲，無時不開宴，望頃刻之適不可得。今日太守私忌，郡官皆不會集，故相約絶江此來，殆天與其幸也。』葉慰謝，命之坐。同官謀取酒與飲，則又起言：『不度鄙賤，輒草具殽醞自隨，敢以一杯慰公壽。』願得公妙語持歸，誇示淮人，爲無窮光榮，志願足矣。』顧從奴挈榼而上，饌品皆精潔，迭起歌舞。酒數行，其魁捧花箋以請，葉命筆立成，不加點竄，即今所傳《賀新郎》詞，卒章蓋紀實也。此詞膾炙人口，配坡公『乳燕飛華屋』之作。而葉相公自以爲非其絶唱，人亦罕知其事云。葉晦叔説。」二，年方十八時作。見劉昌詩《蘆浦筆記》卷十：「慶元庚申，石林之孫筠守臨江，嘗從容語及，謂賦此詞年方十八，而傳者爲儀真妓女作。詳味句意，皆不相干，或是書此以遺之爾。」三，晚年家居作。近人黄蘇《蓼園詞選》：「夢得理學名臣，晚年致政，家居而作。」案：以上諸説中，以第一説「丹徒爲真州妓作」最爲流行，筆者原先亦同此説，然今仔細品味詞意，「驚舊恨，遽如許」，似含一段惆悵情事，寄意甚深，而與真州妓女過江並不相涉，且潤州丹徒縣尉安得以「學士」稱之？洪邁所記或有不實之嫌。王兆鵬《葉夢得年譜》認爲：「因是名作，故小説家附會以風流本事，此宋人慣技。」見《兩宋詞人年譜》（以下簡稱「王譜」）第一三九頁，説得在理。第二説「十八歲作」，雖出於葉氏裔孫之口，惜無事實佐證。余嘉錫《四庫提要辨證》卷二十四認爲「殆由年幼不知本事，故曲爲之説云爾」。第三説「晚年家居作」，僅屬黄蘇推測之言，不實。事實上，此詞早已流傳於世，宋黄昇《中興詞話》云：「石林葉少藴『睡起流鶯語』詞，人人能道之。」宋張侃《拙軒集》卷五則曰：「葉石林『睡起流鶯語』詞，平日得意之作也。名振一時，雖遊女亦知愛重。帥潁日，其侣乞詞，石林書此詞贈之。」《盧浦筆記》亦云：「或是書此以遺之爾。」夢得帥潁時方過四十歲，不應稱晚年；再從「江南夢斷横江渚」句看，詞人此時似不在江南家居。參考衆説，此詞当作於早期，因其風格婉曲流麗，與中、晚期詞風於簡淡中時帶雄傑之氣迥然有别；至於確切的年份未定，姑按王兆鵬《葉夢得年譜》繫此詞於紹聖元年甲戌（一〇九四）作者十八歲時。

〔二〕睡起句：李白《春日醉起言志》詩：「借問此何時？春風語流鶯。」

〔三〕櫳：窗欞、窗檻。《漢書・班倢伃傳》：「房櫳虚兮風泠泠。」顔注：「櫳，疏檻也。」案：倢伃，同「婕妤」。

〔四〕亂紅：歐陽修《蝶戀花》詞：「亂紅飛過秋千去。」向：猶臨也。向晚，猶臨晚、近晚。李商隱《登樂遊原》詩：「向晚意不適，驅車登古原。」

〔五〕寶扇二句：《文選》卷三十一班婕妤《詠扇》詩：「紈扇如團月，出自機中素。畫作秦王女，乘鸞向烟霧。」《龍城録》：開元六年八月望日，明皇遊月宫，「見素娥十餘人，皆皓衣乘白鸞，往來舞笑於廣寒大桂樹之下。」王安石《題畫扇》：「玉斧修成寶月團，月中仍有女乘鸞。」

〔六〕遽如許：《後漢書·左慈傳》：「(慈)遂入走羊群，操知不可得，乃令就羊中告知曰：『不復相殺，本試君術耳。』忽有一老羝屈前兩膝，人立而言曰：『遽如許？』」顔注：「言何遽如許爲事。」蘇軾《次韻答頓起二首》之二：「早衰怪我遽如許，苦學憐君太瘦生。」遽，驟然。如許，猶如此、這樣。

〔七〕浪黏天：韓愈《祭張員外文》：「洞庭汗漫，黏天無壁。」王安石《舟還江南阻風有懷伯兄》詩：「白浪黏天無限斷，玄雲垂野少晴明。」　葡萄漲緑：李白《襄陽歌》：「遥看漢水鴨頭緑，恰似葡萄初醱醅。」蘇軾《南鄉子》詞：「認得岷峨春雪浪，初來，萬頃葡萄漲淥醅。」

〔八〕無限二句：柳宗元《酬曹侍御過象縣見寄》詩：「春風無限瀟湘意，欲采蘋花不自由。」劉長卿《奉和李大夫同吕評事太行苦熱行兼寄院中諸公仍呈王員外》詩：「白雪和難成，滄波意空托。」

〔九〕蘭舟：任昉《述異記》卷下：「木蘭洲在潯陽江中，多木蘭樹。昔吴王闔閭植木蘭於此，用構宫殿也。七里洲中有魯班刻木蘭爲舟，舟至今在洲中。詩家云『木蘭舟』出於此。」　容與：屈原《九章·涉江》：「船容與而不進兮，淹回水而凝滯。」《文選》五臣注：「容與，徐動貌。」

〔一〇〕送孤鴻句：嵇康《送兄秀才從軍詩》：「目送歸鴻，手揮五弦。」

〔一一〕《金縷》：曲名。《樂府詩集》卷八十二「近代曲辭」有《金縷衣》辭，題唐李錡作。錡曾任節度使，其妾杜秋娘以善唱此曲著名。辭曰：「勸君莫惜金縷衣，勸君惜取少年時。花開堪折直須折，莫待無花空折枝。」又《賀新郎》詞牌因本詞而又名《金縷曲》，《詞譜》卷三十六「賀新郎」調注云：「葉夢得詞有『唱《金縷》』句，名《金縷歌》，又名《金縷曲》，又名《金縷詞》。」

【集評】

宋黄昇《中興詞話》：石林葉少藴「睡起流鶯語」詞，人人能道之，集中未有勝此者，蓋得意之作也。

宋張侃《拙軒集》卷五：葉石林「睡起流鶯語」詞，平日得意之作也。名振一時，雖遊女亦知愛重。帥潁日，其侶乞詞，石林書此詞贈之。後人亦取「金縷」二字名詞。雖然，豪逸而迫近人情，纖麗而摇動閨思。

明沈際飛評《草堂詩餘》正集卷六：殘花吹盡，垂楊自舞，蔑不傷情「狂」字。一意一機，自語自話，草木花鳥字面叠來，不見質實，受知於蔡元長宜也。

明楊慎《詞品》卷四：葉少藴，字夢得，號石林居士。妙齡秀發，有文章盛名，《石林詞》一卷傳於世。《賀新郎》「睡起流鶯語」、《虞美人》「落花已作風前舞」，皆其詞（一作「字妙」）之入選者也。

清徐釚《詞苑叢談》卷十：秦少游《滿庭芳》「山抹微雲，天黏衰草」，今本改「黏」作「連」，非也。韓文「洞庭汗漫，黏天無壁」，張祜詩「草色黏天鶗鴂恨」，山谷詩「遠水黏天吞釣舟」，邵博詩「老灘聲殷地，平浪勢黏天」，趙文昇詞「玉關芳草黏天碧」，嚴次山詞「黏雲江影傷千古」，葉夢得詞「浪黏天、葡萄漲緑」，劉行簡詞「山翠欲黏天」，劉叔安詞「暮烟細草黏天遠」，「黏」字極工，具有出處，若作「連」

字，是小兒語也。

黄蘇《蓼園詞選》：夢得理學名臣，晚年致政，家居而作。此詞自有所指，可細玩之。《文選》：「裁爲合歡扇，團圓似明月。」《龍城録》：八月望日，明皇遊月宫，「見素娥十餘人，皆皓衣乘白鸞。」李太白詩：「離恨滿滄波。」柳子厚詩：「春風無限瀟湘意，欲采蘋花不自由。」「采蘋花」，即《離騷》擷芳草之意也。

陳廷焯《詞則・别調》卷二：低回哀怨，寄託遥深。

俞陛雲《唐五代兩宋詞選釋》：「殘花」二句喻無限離懷，只堪獨喻。下闋「樓前」五句寫臨江望遠之神，寄情綿遠，筆復空靈。詞有以真氣爲尚者，如明鏡中不著塵沙一點也。

唐圭璋《唐宋詞簡釋》：此首纖麗而豪逸。上片，幽境幽情。起三句睡起時間與睡起見聞。向晚房櫳，鶯語花飛，是幽静之境。「吹盡」兩句，更言庭院無人，唯有垂楊自舞。「漸暖藹」數句，言因暖而尋扇，因扇有乘鸞女，遂引起舊恨。下片，另從對面推論，人去遠，無由重見。「江南」三句，寫江天空闊之景。「無限」二句，寫人遠路遠，深意難寄。「但悵望」三句，寫千山阻隔，望亦徒然。末句，悵無人歌唱，振起全篇。

【考辨】

㈠《四庫全書總目・石林詞提要》云：「卷首《賀新郎》一詞，毛晉注『或刻李玉』。考王楙《野客叢書》曰：『章茂深嘗得其婦翁石林所書《賀新郎》詞，首曰「睡起啼鶯語」，章疑其誤，頗詰之。石林曰：「老夫嘗得之矣。流鶯不解語，啼鶯解語，見《禽經》云云。」』則確爲夢得之作，晉蓋未核。」案：《花庵詞選·唐宋諸賢絶妙詞選》卷八所載李玉《賀新郎·春情》詞云：「篆縷銷金鼎。醉沈沈、庭陰轉午，畫堂人静。芳草王孫知何處，唯有楊花糝徑。漸玉枕、騰騰春醒。簾外殘紅春已透，鎮無聊、殢酒厭厭病。雲鬢亂，未歡整。　江南舊事休重省。遍天涯、尋消問息，斷鴻難倩。月滿西樓憑闌久，依舊歸期未定。又只恐、缾沈金井。嘶騎不來銀燭暗，枉教人、立盡梧桐影。誰伴我，對鸞鏡。」詞文與本闋全不相同。黄昇於詞末注云：「李君之詞，雖不多見，然風流醖藉，盡此篇矣。」《草堂》、《粹編》、《歷代詩餘》、《詞綜》於李玉名下均選「篆縷銷金鼎」一詞，題亦爲「春情」。又，李玉此詞亦見於趙長卿《惜香樂府》卷四，題爲「初夏」。

㈡《四庫全書總目·石林詞提要》又云：「《野客叢書》所記正謂此句作『啼鶯語』，故章沖疑『啼』字、『語』字相雜。此本乃改爲『流鶯』，與王楙所記全然牴牾。知毛晉疏於考證，妄改古書者多矣。」案：余嘉錫《四庫提要辨證》按：「王楙《野客叢書》卷二十八雖記夢得自言是用《禽經》『啼鶯解語』意，然考之諸書，唯《樂府雅詞》卷中作『啼鶯』（《四部叢刊》影印舊鈔本「啼」字爲後人塗去，改作「流」），餘若《花庵詞選》後集卷一、《草堂詩餘》卷上均作『流鶯』。《草堂》並有注云：『韋蘇州詩「流鶯日日啼花間。」』是宋人所見之本固有作『流鶯』者，則非毛晉所妄改也。《夷堅志》又作『聞鶯』，與他書復不同。蓋宋人之詞，本是歌曲，妓女不甚通文義，以『啼鶯語』詞中少見，遂隨意改之。」值得參考。

水調歌頭 濠州觀魚臺作〔一〕

渺渺楚天闊〔二〕，秋水去無窮。兩崖不辨牛馬〔三〕，輕浪舞回風〔四〕。獨倚高樓一笑，圉圉游魚來往〔五〕，還戲此波中。危檻對千里，落日照晴空。子非我，安知我〔六〕，意真同。鵬飛鯤化何有〔七〕，滄海漫沖融〔八〕。堪笑磻溪遺老〔九〕，白首直鈎溪畔〔一〇〕，歲晚忽衰翁。功業竟安在，徒自兆非熊〔一一〕。

【校】

〔崖〕《雅詞》作「涯」。栟花盦本原作「崖」，戈校依《雅詞》改。《歷代詩餘》作「涯」。《全宋詞》作「淮」。

〔高樓〕《雅詞》作「高臺」，栟花盦本依改。

〔游魚〕《雅詞》作「游鯈」，栟花盦本依改。

〔晴空〕《雅詞》作「澄空」，栟花盦本依改。《全宋詞》作「澄空」。

〔直鈎〕《遺書》本及《四部備要》本均作「釣」。《雅詞》作「鈎」，栟花盦本、《歷代詩餘》、《全宋詞》

同「鈎」。案：此處按譜當作平聲，按意亦以「鈎」爲妥。

【箋注】

〔一〕本詞作於濠州觀魚臺。考作者生平行事，其與濠州有可能發生關係者，當爲前後兩次任江東安撫大使兼知建康府期間。第一次於紹興元年十一月到任，次年三月即罷免，未經歷秋季，與詞中所寫秋景不合。第二次任期由紹興八年五月直至十二年底，但紹興十一年三月後濠州即爲金兵佔領，故夢得此詞可能作於紹興八年至十年秋。王譜將本詞繫於紹興十年秋（詳見《兩宋詞人年譜》第二五九頁），不爲無據，只是十年六月金兵已開始大舉南侵，秋天戰事仍吃緊，作者這段時間裏所寫的詩詞較多反映時局，與本詞所含超逸情趣不甚相合。另外，詞中有「堪笑磻溪遺老」、「徒自兆非熊」之語，細玩其意，很可能是作者首次罷帥後第二次接受任命時的心態表露，因夢得時年已逾六旬，且體弱多病，三呈辭狀而不獲允，故借吕望遇文王事以自嘲。據此，姑將本詞作年暫繫於紹興八年（一一三八）秋。　濠州：宋時屬淮南西路，治所在今安徽省鳳陽縣東。　觀魚臺：又名莊周臺，唐李吉甫《元和郡縣志》卷十「鍾離縣」：「莊周臺在縣西南七里，濠水經其前，莊子與惠子觀魚之所，又曰觀魚臺。」宋樂史《太平寰宇記》卷一二八《淮南道六・濠州》：「觀魚臺在縣西南七里。……惠、莊觀魚即此臺。」

〔二〕渺渺句：《管子・内業》：「渺渺乎如窮無極。」楚天，濠州其地春秋時屬楚，故稱。柳永《雨霖鈴》詞：「暮靄沈沈楚天闊。」

〔三〕兩崖句：《莊子·秋水》：「秋水時至，百川灌河，涇流之大，兩涘渚涯之間，不辨牛馬。」

〔四〕回風：旋風、長風。《楚辭·悲回風》：「悲回風之摇蕙兮，心怨結而内傷。」朱熹《楚辭集注》：「回風，旋轉之風也。」《古詩十九首·東城高且長》：「回風動地起，秋草萋已緑。」《文選》六臣注：「回風，長風也。」

〔五〕圉圉：《孟子·萬章》：「昔者有饋生魚於鄭子産，子産使校人畜之池。校人烹之，反命曰：『始舍之，圉圉焉；少則洋洋焉，攸然而逝。』」朱熹《四書集注》卷五：「圉圉，困而未舒之貌。」

〔六〕子非我二句：《莊子·秋水》：「莊子與惠子遊於濠梁之上。莊子曰：『鯈魚出游從容，是魚之樂也。』惠子曰：『子非魚，安知魚之樂？』莊子曰：『子非我，安知我不知魚之樂？』」

〔七〕鵬飛鯤化：《莊子·逍遥遊》：「北溟有魚，其名爲鯤。鯤之大，不知其幾千里也。化而爲鳥，其名爲鵬。鵬之背，不知其幾千里也；怒而飛，其翼若垂天之雲。是鳥也，海運則將徙於南冥。南冥者，天池也。《齊諧》者，志怪者也。《諧》之言曰：鵬之徙於南冥也，水擊三千里，摶扶摇而上者九萬里，去以六月息者也。」

〔八〕滄海句：東方朔《十洲記》：「滄海島，在北海中，地方三千里，去岸二十一萬里。海四面繞島，各廣五千里，水皆蒼色，仙人謂之滄海也。」後亦泛稱大海。揚雄《法言·吾子》：「浮滄海而知江河之惡沱也，況枯澤乎？」沖融，廣布瀰漫貌。杜甫《往在》詩：「端拱納諫諍，和風日沖融。」

〔九〕皤溪遺老：指姜太公吕尚。《史記·齊太公世家》：「吕尚蓋嘗窮困，年老矣，以魚釣奸

（音干）周西伯。」磻溪，水名，位於陝西寶鷄縣東南。酈道元《水經注·渭水》：「渭水之右，磻溪水注之……水次平石釣處，即太公垂釣之所也。其投竿跽餌，兩膝遺迹猶存，是有磻溪之稱也。」

〔一〇〕直鈎：相傳姜太公釣魚其鈎直。蔣防《吕望釣玉璜賦》：「昔太公之未遇也，隱於渭之濱，釣於渭之津，坐磻石而不易其操，垂直鈎而不撓其神。」

〔一一〕徒自句：《史記·齊太公世家》：「西伯將出獵，卜之，曰『所獲非龍非彲，非虎非羆，所獲霸主之輔』。於是周西伯獵，果遇太公於渭之陽，與語大説，曰：『自吾先君太公曰「當有聖人適周，周以興」。子真是邪？吾太公望子久矣。』故號之曰『太公望』，載與俱歸，立爲師。」非熊，羆乃熊之一種，《詩·大雅·韓奕》：「有熊有羆。」

水調歌頭 九月望日，與客習射西園，余病不能射〔一〕

霜降碧天静，秋事促西風〔二〕。寒聲隱地初聽〔三〕，中夜入梧桐。起瞰高城回望，寥落關河千里〔四〕，一醉與君同。疊鼓鬧清曉〔五〕，飛騎引雕弓。歲將晚，客争笑，問衰翁。平生豪氣安在〔六〕，走馬爲誰雄。何似當筵虎士〔七〕，揮手弦聲響處，雙雁落遥空〔八〕。老矣真堪愧，回首望雲中〔九〕。

【校】

〔題〕《雅詞》作：「九月望日，與客習射西園，余偶病不能射。客較勝相先。將領岳德弓强二石五斗，連發三中的，觀者盡驚。因作此詞示坐客。前一夕大風，是日始寒。」楙花盦本及《遺書》本原無「偶」字及「客較」以下四十字，戈校依《樂府雅詞》補全。《全宋詞》與毛本同。

〔碧天静〕「静」，《花庵》、《歷代詩餘》作「浄」。

〔回望〕《花庵》、《詞綜》、楙花盦本作「四顧」，戈校云：《樂府雅詞》亦作「回望」；然以「四顧」爲是，《詞綜》亦作「四顧」。

〔清曉〕《全宋詞》案：「曉」，原作「晚」，據《樂府雅詞》卷中改。

〔走馬〕《雅詞》作「沈領」，注：一作「走馬」。

〔響處〕「響」，《雅詞》作「發」。楙花盦本作「發」，注：原刻作「響」，戈校依《樂府雅詞》改。

〔堪愧〕《花庵》、《詞綜》、《詞林紀事》作「堪惜」，楙花盦本依改。

【箋注】

〔一〕此詞約作於高宗紹興八年（一一三八）至紹興十年（一一四〇）之間，時石林再帥江東。王譜繫於紹興十年，詳見《兩宋詞人年譜》第二五九頁。望日，陰曆每月十五日。漢劉熙《釋名》卷一：「望，月滿之名也。月大十六日，月小十五日。日在東，月在西，遥相望也。」宋蔡沈《書經集傳》：「日月相望，謂之望。既望，十六日也。」

〔二〕秋事：《大戴禮記》卷九「千乘」第六十七：「方秋三月，收斂以時，于時有事嘗新于皇祖皇考，食農夫九人，以成秋事。」

〔三〕寒聲：李白《秋夕書懷》詩：「北風吹海雁，南度落寒聲。」高適《燕歌行》：「寒聲一夜入刁斗。」

〔四〕寥落句：賈島《秋暮寄友人》詩：「寥落關河暮，霜風樹葉低。」

〔五〕疊鼓：小擊鼓。謝朓《入朝曲》：「凝笳翼高蓋，疊鼓送華輈。」

〔六〕豪氣：《三國志・魏志・陳登傳》：「許汜與劉備並在荆州牧劉表坐。表與備共論天下人，汜曰：『陳元龍湖海之士，豪氣不除。……昔遭亂過下邳，見元龍。元龍無客主之意，久不相與語。自上大床卧，使客卧小床。』備曰：『君有國士之名，今天下大亂，帝王失所，望君憂國忘家，有救世之意，而君求田問舍，言無可采，是元龍所諱也，何緣當與君語？如小人，欲卧百尺樓上，卧君于地，何但上下床之間邪？』」

〔七〕虎士：《周禮・夏官司馬》：「虎士八百人。」鄭玄注：「虎士，徒之選有勇力者。」李白《永王東巡歌》之七：「戰艦森森羅虎士，征帆一一引龍駒。」

〔八〕揮手二句：《北史・長孫晟傳》：「嘗有兩鵰飛而争肉……晟馳往，遇鵰相玃，遂一發雙貫焉。」

〔九〕回首句：王維《觀獵詩》：「回首射鵰處，千里暮雲平。」

【集評】

俞陛雲《唐五代兩宋詞選釋》：石林居士著書百卷，藏書萬卷，其詞與蘇、柳並傳，不作柔礴婦人語。此詞上闋起結句咸有峭勁之致。下闋清氣往來，十句如一句寫出，自謂「豪氣安在」，其實字裏行間，仍是百尺樓頭氣概也。

張宗橚《詞林紀事》引《詞苑》：葉夢得「九月望日，與客習射，余病不能射」，作《水調歌頭》以寄意云。

水調歌頭　送八舅朝請〔一〕

江海渺千里，飄蕩歎流年〔二〕。等閒匹馬相過，乘興却翛然〔三〕。十載悲歡如夢，撫掌驚呼相語〔四〕，往事盡飛烟。此會真難偶，此醉且留連。　酒方半，誰輕便，動離弦。我歌未闋公去〔五〕，明日復山川〔六〕。空有高城危檻，縹緲當筵清唱，餘響落尊前。細雨黄花後〔七〕，飛雁落遥天。

【校】

〔題〕《雅詞》作「送人」。 楙花盦本：原刻此題作「次韻叔父寺丞林德祖和休官詠懷」，今依藝海樓舊鈔本改。

〔輕便〕《雅詞》作「輕使」，《全宋詞》同。 楙花盦本：「使」原刻誤作「便」，戈校：依《樂府雅詞》改。

〔公去〕楙花盦本同。《雅詞》作「君去」。

〔黄花〕「花」，《雅詞》、楙花盦本均作「花」，戈校云：「花」，《樂府雅詞》作「昏」，未知出自何本。

〔落遥天〕《雅詞》、《歷代詩餘》作「點遥天」。 楙花盦本：「點」原刻作「落」，戈校依《樂府雅詞》、《歷代詩餘》改，藝海樓舊鈔本作「入」。

【箋注】

〔一〕本詞約作於靖康元年（一一二六）前後。 八舅：指晁將之，字無斁，濟州鉅野（今屬山東）人，晁補之的從弟，排行第八，補之稱爲八弟。 補之《鷄肋集》有《送八弟無斁宰寶應》等詩。 葉夢得的母親是晁補之之姊，故夢得稱無斁爲八舅。 晁無斁，曾任咸平縣主簿，元祐八年范祖禹薦爲曹州教授（《范太史集》卷二十四、《瀛奎律髓》卷二十一）。 葉夢得於政和七年（一一一七）移鎮許昌，時八舅居金鄉。 在潁昌任上，作者曾與當地友人詩酒往來，結社唱和，其八舅亦曾參與。 據元陸友仁《研北雜志》卷上引《許昌唱和集》：「葉夢得少藴鎮許昌日，通判府事韓瑨公表，少師持國之孫也，與其季父宗質彬叔，皆清修簡遠，持國之風烈猶在；伯父丞相莊敏公玉汝之子宗武文若，年八十餘致仕，耆老篤厚，歷歷能論前朝事；王文恪公樂道之子實仲弓，浮沉久不仕，超然不嬰世故，慕嵇叔夜、陶淵明爲人；曾魯公之孫誠存之，議論英發，貫穿古今；蘇翰林二子迨仲豫、過叔黨，文采皆有家法，過爲屬邑郾城令；岑穰彦休已病羸，然不勝衣，窮今考古，意氣不衰；許亢宗幹譽，沖澹靖深，無交當世之志，皆會一府。其舅父晁將之無斁自金鄉來過，説之以道居新鄭，杜門不出，遥請入社。時相從於西湖之上，輒終日忘歸。酒酣賦詩，唱酬迭作，至屢返不已。一時冠蓋人物之盛如此。」又，從本詞「十載悲歡如夢」句，許昌唱和距八舅朝請約十年，則本詞約作於靖康元年（一一二六）前後。朝請：朝見皇帝。《史記・魏其侯列傳》：「太后除竇嬰門籍，不得入朝請。」《集解》駰案：「律，諸侯春朝天子曰朝，秋曰請。」

〔二〕飄蕩句：杜甫《羌村》三首之一：「世亂遭飄蕩，生還偶然遂。」

〔三〕乘興句：《晉書・王徽之傳》：「嘗居山陰，夜雪初霽，月色清朗，四望皓然……忽憶戴逵。逵時在剡，便夜乘小船詣之。經宿方至，造門不前而返。人問其故，徽之曰：『本乘興而來，興盡而反，何必見安道耶？』」倏然，《莊子・大宗師》：「古之真人，不知説生，不知惡死……倏然而往，倏然而來而已矣。」向云：「倏然，自然無心而自爾之謂。」

〔四〕驚呼：梅堯臣《和宋次道答弟中道寄懷》詩：「共歎流年同轉轂，驚呼華髮似飛蓬。」

〔五〕闋：樂終。《禮記·郊特牲》：「樂三闋，然後出迎牲。」孔穎達疏：「闋，止也。」

〔六〕明日句：李益《喜見外弟又言别》詩：「明日巴陵道，秋山又幾重。」

〔七〕細雨句：武元衡《秋燈對雨寄史近崔積》詩：「空庭緑草結離念（一作閑行處），細雨黄花贈所思（一作獨對時）。」

水調歌頭 湖光亭落成〔一〕

修眉掃遥碧〔二〕，清鏡走回流〔三〕。堤外柳烟深淺，碧瓦起朱樓〔四〕。分付平雲千里〔五〕，包卷騷人遺思〔六〕，春色入簾鈎。桃李盡無語〔七〕，波影動蘭舟。念謝公〔八〕，平生志，在滄州〔九〕。登臨漫懷風景，佳處每難酬。却歎從來賢士，如我與公多矣，名迹竟誰留〔一〇〕。唯有尊前醉，何必問消憂〔一一〕。

【校】

〔題〕楙花盦本注：原刻此題作「送八舅朝請」，今依藝海樓舊鈔本改。戈校：《歷代詩餘》亦同。

【箋注】

〔一〕湖光亭：不詳。

〔二〕修眉：喻遠山。《西京雜記》卷二：「卓文君姣好，眉色如望遠山。」韓愈《南山詩》：「天宇浮修眉，濃緑畫新就。」　遥碧：謂遥遠的碧空。劉禹錫《白鷺兒》詩：「前山正無雲，飛去入遥碧。」

〔三〕清鏡：喻湖水。韓愈《池上絮詩》：「謂將纖質淩清鏡，濕却無窮不得歸。」　回流：劉禹錫《遊桃源一百韻》：「回流抱絶巘，皎鏡含虚碧。」

〔四〕起朱樓：謝朓《鼓吹曲》：「逶迤帶緑水，迢遞起朱樓。」

〔五〕分付：有交代、託付之意。柳永《雪梅香》詞：「無憀恨，相思意，盡分付征鴻。」

〔六〕騷人：《正字通》：「屈原作離騷，言遭憂也。今謂詩人爲騷人。」李白《古風》其一：「正聲何微茫，哀怨起騷人。」

〔七〕桃李句：《史記・李將軍列傳》：「桃李不言，下自成蹊。」李煜《漁父》詞：「桃李無言一隊春。」

〔八〕謝公：指謝安，因其封廬陵郡公。《晉書・謝安傳》：「（安）寓居會稽，與王羲之及高陽許詢、桑門支遁遊處，出則漁弋山水，入則言詠屬文，無處世意……安雖受朝寄，然東山之志始末不渝，每形於言色。……欲須經略粗定，自江道還東。雅志未就，遂遇疾篤。」

〔九〕滄州：濱水之地，謂隱者所居之處。謝朓《之宣城郡出新林浦向板橋》詩：「既歡懷禄情，復協滄州趣。」

〔一〇〕登臨五句：《晉書·羊祜傳》：「（祜）樂山水，每風景，必造峴山置酒，言詠終日不倦，嘗慨然歎息，顧謂從事中郎鄒湛等曰：『自有宇宙，便有此山，由來賢達勝士，登此遠望，如我與卿者多矣，皆湮滅無聞，使人悲傷。』」

〔一一〕唯有二句：曹操《短歌行》：「何以解憂，唯有杜康。」

水調歌頭　次韻叔父寺丞林德祖和休官詠懷〔一〕

今古幾流轉〔二〕，身世兩奔忙。那知一丘一壑，何處不堪藏〔三〕。須信超然物外〔四〕，容易扁舟相踵〔五〕，分占水雲鄉〔六〕。雅志真無負〔七〕，來日故應長。　問騏驥，空矯首，爲誰昂〔八〕。冥鴻天際〔九〕，塵事分付一輕芒〔一〇〕。認取騷人生此，但有輕篷短楫，多製芰荷裳〔一一〕。一笑陶彭澤〔一二〕，千載賀知章〔一三〕。

【校】

〔輕篷〕篷，《百家詞》作「蓬」。《全宋詞》按：原（指紫芝漫鈔本）作「蓬」，改從汲古閣。

【箋注】

〔一〕本詞約作於宣和三、四年(一一二一或一一二二),時葉夢得已自楚州歸居蘇州。林德祖,名虙。清陸心源《宋史翼》卷十六《林虙傳》載:「林虙,字德祖。長洲(今江蘇蘇州)人。……登紹聖四年進士第,除潤州教授。入爲太學録,復教授常州。大觀三年……受上賞,特轉官,虙由奉議郎改宣德郎。……除開封府左司録,以府尹不禮,上章請老,夜自書牘,旦報可,家人無知者。即日東裝出門,士大夫奔走出餞,皆不及。」范成大《吴郡志》卷二十六謂其:「移疾告歸,不復出仕。所居在大雲坊,因自號大雲翁。屏置朝章,不入州縣。先達稱其高。有《大雲集》。」德祖致仕在政和八年(一一一八)春二月(見《趙鼎臣《竹隱畸士集》卷十三《送林德祖序》),年六十(見程俱《北山集》卷十《林德祖有詩寄光禄蔣卿夢錫……次韻寄懷》詩「六十致仕雖早計」)。終年六十六(見宋王鏊《姑蘇志》卷五十四、《研北雜志》卷上)。葉夢得於宣和二年(一一二〇)罷知潁昌,先寓居楚州,次年秋自楚州還吴,「居城東布德坊」(《研北雜志》卷一),和林德祖所居大雲坊俱在樂橋東北(《吴郡志》卷六「坊市」條),且同爲紹聖四年進士,故得相互唱和。一説本詞約作於紹興三年癸丑(一一三三),詳見本詞所附〔考辨〕。　叔父:葉夢得和林德祖雖爲同年進士,但年歲相差甚遠,因德祖早有聲於士林,却屢黜於禮部。紹聖四年及第時,夢得二十一歲,德祖已年届四十(見程俱《送林德祖致仕東歸序》),或即以叔父輩尊稱之。　寺丞:此指大理寺丞。林德祖曾由奉議郎轉爲宣德郎,據《宋史·職官志》「元豐寄禄格」:宣德郎寓秩於舊官著作佐郎、大理寺丞,故以寺丞稱之。

〔二〕流轉：吴均《別王謙》詩：「嚴光不遁世，流轉任飛蓬。」

〔三〕那知二句：《世説新語·品藻》：「明帝問謝鯤：『君自謂何如庾亮？』答曰：『端委廟堂，使百僚準則，臣不如亮；一丘一壑，自謂過之。』」又，《世説新語·巧藝》：「顧長康畫謝幼輿（鯤）在巖石裏，人問其所以，顧曰：『謝云：「一丘一壑，自謂過之。」此子宜置丘壑中。』」

〔四〕超然：《老子·道德經》：「雖有榮觀，燕處超然。」

〔五〕容易：輕易、隨便、草草的意思。

〔六〕水雲鄉：指隱者居遊之地。蘇軾《和章七出守湖州》詩之一：「方丈仙人出渺茫，高情猶愛水雲鄉。」

〔七〕雅志句：雅志，指隱居出世之志。用謝安事，詳見前詞注。蘇軾《八聲甘州·寄參寥子》詞：「約他年東還海道，願謝公、雅志莫相違。」

〔八〕問騏驥三句：《戰國策·楚策四》：「夫驥之齒至矣，服鹽車而上太行，蹄申膝折，尾湛胕潰，漉汁灑地，白汗交流。中阪遷延，負轅不能上。伯樂遭之，下車，攀而哭之，解紵衣以冪之。驥於是俛而噴，仰而鳴，聲達於天，若出金石聲者，何也？彼見伯樂之知己也。」此反用其意，喻懷才不遇，世無知己者。

〔九〕冥鴻句：揚雄《法言·問明篇》：「鴻飛冥冥，弋人何篡焉。」注：「君子潛神重玄之域，世網不能制禦之。」

〔一〇〕塵事：《新唐書·韋温傳》：「傲然不以塵事自蒙，故温號山林友云。」　分付：交付也，見前詞注。　輕芒：指以芒草編製的鞋。蘇軾《定風波》（莫聽穿林打葉聲）詞：「竹杖芒鞋輕勝馬。」

〔一一〕芰荷裳：屈原《離騷》：「製芰荷以爲衣兮，集芙蓉以爲裳。」

〔一二〕陶彭澤：詩人陶淵明嘗爲彭澤令，故稱。蕭統《陶淵明傳》載其爲彭澤令，歲終，會郡遣督郵至，縣吏請曰：「應束帶見之。」淵明歎曰：「我豈能爲五斗米折腰向鄉里小兒！」即日解綬去職，賦《歸去來》。

〔一三〕賀知章：《新唐書·賀知章傳》：「賀知章字季真。越州永興（浙江蕭山）人。……肅宗爲太子，知章遷賓客，授祕書監……知章晚節尤誕放，遨嬉里巷，自號『四明狂客』及『秘書外監』。……（天寶初）乃請爲道士，還鄉里，詔許之，以宅爲千秋觀而居。又求周宫湖數頃爲放生池。有詔賜鏡湖剡川一曲。」

【附録】

水調歌頭　和石林韻　　趙師俠

世態萬紛變，人事一何忙。胸中素韜奇藴，匣劍豈能藏。不向燕然紀績，便與漁樵争席，擺脱是非鄉。要地時難得，閑處日偏長。　志横秋，謀奪衆，謾軒昂。蠅頭蝸角，微利争較一毫芒。

幸有喬林修竹，隨分粗衣糲食，何必計冠裳。我已樂蕭散，誰與共平章。（録自《坦庵詞》）

【考辨】

本詞作年頗難確準，王譜第二二九頁紹興三年癸丑（一一三三），引本詞「須信」三句下云：「似是罷官歸居湖州卞山之語氣。其平生卜居卞山後多次罷官歸，未詳於何年，姑繫於此。」

案：本詞注〔一〕已明林德祖致仕在政和八年（一一一八）春二月，年六十，其終年爲六十六，據以推算，則其卒年當在宣和六年甲辰（一一二四）。而夢得自楚歸吳在宣和三年（一一二一）秋，築卞山別館在宣和五年（一一二三），故本詞作年可能在宣和三、四年間。詞題云：「次韻叔父寺丞林德祖和休官詠懷」，夢得自翰林學士罷歸吳下，其「身世奔忙」之歎，「超然物外」之思，正與林德祖同，故詠此寄懷，頗得共鳴。又，夢得與德祖爲同年進士，居處相鄰，一起唱和，亦在情理之中。但夢得於宣和五年（一一二三）便離吳居卞山別館；林德祖致仕後，「既歸，杜門一室，不入州縣」，甚至不復作都城書（見程俱《北山集》卷十《林德祖有詩寄光禄蔣卿夢錫……次韻寄懷》詩末注）。葉、林之間雖有一定交誼，但自宣和五年後，一居吳，一居卞，兩人往來不如當年相鄰樂橋東北之便捷。況夢得新遷石林谷時，心情甚佳，與兩年前休官初期的抑鬱情懷迥異，其與友人之詩詞唱酬多爲吟詠石林之美、湖山之樂，從王兆鵬先生輯得之石林佚詩《卞山》、李綱《次韻葉少藴内翰丈霅川上買得卞山石林》詩二首以及與葛勝仲等交遊唱和之作等，均可見證。

又，本詞注〔一〕初步推算林德祖之卒年，約在宣和六年甲辰（一一二四），則紹興三年癸丑（一一三三）德祖已不在世。王譜據《北山小集》卷五云：「是年程俱有《建除一首酬林德祖處癸丑》」。查《四部叢刊》本所收《北山小集》，乃據上海涵芬樓借江安傅氏雙鑒樓藏景宋寫本景印，善本也。然筆者查文淵閣《四庫全書》本《北山集》卷五，亦有《建除一首酬林德祖處》，題下注爲「癸巳」，即政和三年（一一一三），時德祖尚未致仕。《四庫》所據本，見館臣所呈《北山集》狀劄云：「吴之振得之於季振宜者，蓋猶從宋刊鈔存，故鮮所闕佚。」則《叢刊》本《北山小集》該詩所注之「癸丑」，似有訛誤。

關於林德祖的卒年，史無明載，《北山集》卷十七有《祭林德祖文》，亦未署年月。就該卷各篇祭文的編排次序看，前篇《王八侍郎祭文》明署宣和六年甲辰十一月，後二篇《陸宣公祠堂祭文》乃作於建炎三年己丑十一月。或可旁證《祭林德祖文》約作於宣和六年十一月之後。或云《北山集》所注年份次序並不十分嚴密，録此僅供參考。

綜上所述，權將本詞繫於宣和三、四年間，即林德祖致仕之後，夢得罷潁昌歸吴之初，卜築卞山之前。

水調歌頭　癸丑中秋〔一〕

河漢下平野〔二〕，香霧卷西風〔三〕。倚空千嶂横起〔四〕，銀闕正當中〔五〕。常恨年年此夜〔六〕，醉倒歌呼誰和〔七〕，何事與君同。莫恨歲華晚，容易感梧桐。攬清影〔八〕，君試與，問天公。遥知玉斧初斫〔九〕，重到廣寒宫〔一〇〕。付與孤光千里〔一一〕，不遣微雲點綴〔一二〕，爲我洗長空。老去狂猶在，應未笑衰翁。

【校】

〔題〕《雅詞》「中秋」下有「作」字。

〔下〕原本作「只」，《百家詞》、《遺書》本同。《樂府雅詞》作「下」，《歷代詩餘》、《全宋詞》同。此據《雅詞》改。楙花盦本注：原刻作「只」，戈校依《雅詞》、《歷代詩餘》改正。

〔與君同〕《雅詞》「與」作「偶」，《全宋詞》同。

〔歲華晚〕「華」，《雅詞》作「將」。

〔攬〕《雅詞》作「覽」。

〔君試與〕「與」，《雅詞》作「爲」。

【箋注】

〔一〕癸丑：指高宗紹興三年（一一三三）。時作者以資政殿學士提舉臨安府洞霄宫，居卞山。

〔二〕河漢：指銀河。《文選》卷二十九《古詩十九首》：「迢迢牽牛星，皎皎河漢女。」

〔三〕香霧：晉王嘉《拾遺記》卷三：「周靈王立二十一年，孔子生於魯襄公之世，夜有二蒼龍自天而下，來附徵在之房，因夢而生夫子。有二神女擎香露於空中而來，以沐浴徵在。」杜甫《月夜》詩：「香霧雲鬟濕，清輝玉臂寒。」

〔四〕倚空句：錢起《賦得青城山歌送楊杜二郎中赴蜀軍》詩：「青城欻岑倚空碧，遠壓峨眉吞劍壁。」千嶂，范仲淹《漁家傲》詞：「千嶂裏、長烟落日孤城閉。」

〔五〕銀闕：李白《登巴陵開元寺西閣贈衡嶽僧方外》詩：「明湖落天鏡，香閣淩銀闕。」

〔六〕常恨句：范仲淹《御街行》詞：「年年今夜，月華如練，長是人千里。」

〔七〕醉倒句：《史記・曹相國世家》：「吏舍日飲歌呼，從吏惡之。無如之何，乃請參遊園中，聞吏醉歌呼，從吏幸相國召按之。乃反取酒張坐飲，亦歌呼與相應和。」蘇軾《水調歌頭》：「我醉歌時君和，醉倒君須扶我，唯酒可忘憂。」

〔八〕攬清影：曹植《公讌詩》：「明月澄清影。」陸機《擬明月何皎皎》詩：「照之有餘輝，攬之不盈手。」

〔九〕遥知句：唐段成式《酉陽雜俎・天咫門》：「太和中，鄭仁本表弟……遊嵩山，……見一人布衣甚潔白，枕一襆物，方眠熟。即呼之，……且問所自。其人笑曰：『君知月乃七寶合成乎？月勢如丸，其影，日爍其凸處也。常有八萬二千户修之，予即一數。』因開襆，有斤鑿數事，玉屑飯兩裹。」

〔一〇〕重到句：《龍城録》：「開元六年，上皇與申天師、道士鴻都客，八月望日夜，因天師作術，三人同在雲上，遊月中。遇一大門，在玉光中飛浮，宫殿往來無定，寒氣逼人，露濡衣袖皆濕。頃見一大宫府，榜曰『廣寒清虚之府』。……次夜，上皇欲再求往，太師但笑而不允。」

〔一一〕孤光：遠照獨明之光，此謂月光。唐竇臮《述書賦》：「益星榆之衆象，無月桂之孤光。」蘇軾《西江月》詞：「中秋誰與共孤光。把盞淒然北望。」

〔一二〕不遣句：《世説新語・言語》：「司馬太傅齋中夜坐，於時天月明淨，都無纖翳。太傅歎以爲佳。謝景重在坐，答曰：『意謂乃不如微雲點綴。』太傅因戲謝曰：『卿居心不淨，乃復强欲滓穢太清邪？』」

水調歌頭〔一〕

秋色漸將晚，霜信報黄花〔二〕。小窗低户深映，微路繞欹斜。爲問山公何事〔三〕，坐看流年輕度，拚却鬢雙華〔四〕。徙倚望滄海〔五〕，天淨水明霞。　念平昔，空飄蕩，遍天涯。歸來三徑重掃，松竹本吾家〔六〕。却恨悲風時起，冉冉雲間新雁〔七〕，邊馬怨胡笳〔八〕。誰似東山老，談笑静胡沙〔九〕。

【校】

〔山公〕《雅詞》作「山翁」，《全宋詞》同。

〔静胡沙〕「静」，原本作「浄」，《雅詞》及《全宋詞》作「静」，依改。楙花盦本注：原刻作「浄」，戈校依《樂府雅詞》改正。《遺書》本作「浄」。

【箋注】

〔一〕本詞約作於建炎三年（一一二九）秋，是年二月二十日，作者除尚書左丞，凡十四日罷。王譜云：「是秋，感於時事身世，作《水調歌頭》抒懷。」詳見其譜第二一六頁。

〔二〕霜信：宋羅願《爾雅翼》卷十七：「北方有白雁，似鴻而小，色白；秋深乃來，來則霜降，河北謂之霜信。蓋白露降五日而鴻雁來；寒露五日而候雁來，候雁之來在霜降前十日，所以謂之霜信也。」黄花：楊衒之《洛陽伽藍記》卷四：「秋霜降草，則菊吐黄花。」

〔三〕山公：指晉山簡，此乃作者藉以自喻。簡，字季倫，河内懷縣（今河南武陟）人。山濤之子。《晉書·山簡傳》：「初爲太子舍人……永嘉三年，出爲征南將軍，都督荆、湘、交、廣四州諸軍事、假節，鎮襄陽。於時四方寇亂，天下分崩，王威不振，朝野危懼。簡優遊卒歲，唯酒是耽。諸習氏，荆土豪族，有佳園池，簡每出嬉遊，多之池上，置酒輒醉，名之曰高陽池。時有童兒歌曰：『山公出何許，往至高陽池。日夕倒載歸，酩酊無所知。時時能騎馬，倒著白接籬。舉鞭向葛彊：「何如并州兒？」』」

〔四〕拚却：拚，同判。張相《詩詞曲語辭匯釋》卷五：「判，割捨之辭，亦甘願之辭。自宋以後，多用拚字或拼字。」晏幾道《鷓鴣天》詞：「彩袖殷勤捧玉鍾，當年拚却醉顔紅。」

〔五〕徙倚：司馬相如《長門賦》：「閑徙倚於東廂兮，觀夫靡靡而無窮。」《文選》唐呂向注：「徙倚，立也。」

〔六〕歸來二句：陶淵明《歸去來辭》：「三徑就荒，松菊猶存。」

〔七〕冉冉：屈原《離騷》：「老冉冉其將至兮。」《文選》五臣注：「冉冉，漸漸也。」

〔八〕邊馬句：李陵《答蘇武書》：「但聞悲風蕭條之聲。涼秋九月，塞外草衰，夜不能寐。側耳遠聽，胡笳互動，牧馬悲鳴。」蔡琰《悲憤詩》：「胡笳動兮邊馬鳴，孤雁歸兮聲嚶嚶。」黄庭堅《代書》詩：「孤臣發楚調，傾國怨胡笳。」胡笳，《樂書》卷一百三十：「胡笳似觱篥而無孔……胡人卷蘆葉爲笳，吹之以作樂。」

〔九〕誰似二句：李白《永王東巡歌》十一首之二：「但用東山謝安石，爲君談笑静胡沙。」東山老，指謝安。安少有重名，初辟司徒府，以疾辭。寓居會稽東山。後出仕，時苻堅强盛，軍逼淝水，安遣弟石及兄子玄等大破之。

八聲甘州 壽陽樓八公山作〔一〕

故都迷岸草〔二〕，望長淮、依然繞孤城〔三〕。想烏衣年少〔四〕，芝蘭秀發〔五〕，戈戟雲橫〔六〕。坐看驕兵南渡，沸浪駭奔鯨〔七〕。轉眄東流水，一顧功成。　千載八公山下，尚斷崖草木，遥擁崢嶸〔八〕。漫雲濤吞吐，無處問豪英。信勞生、空成今古〔九〕，笑我來、何事愴遺情〔一〇〕。東山老、可堪歲晚〔一一〕，獨聽桓筝〔一二〕。

【校】

〔轉眄〕「眄」，楙花盦本作「盼」。

【箋注】

〔一〕本詞約作於高宗紹興十年（一一四〇），作者時任江東安撫制置大使兼知建康府行宫留守。王譜第二五五頁：紹興十年庚申「六月初，石林至壽州，有《再遣晁公昂晛師》詩及《八聲甘州》詞。」　壽春：今安徽壽縣，東晉時改名壽陽。壽陽樓當在壽陽淮水邊。張耒《柯山集》卷三《壽陽歌》：「壽陽樓前淮水碧，壽陽美女如脂白。」又卷十七《題壽陽樓二絶》：「渺渺長淮去不休，行人獨上壽陽樓。」　八公山：《嘉靖壽州志》卷三：「八公山，州治東北五里，淝水之北，淮水之南。漢淮南王安與其賓客八公俱登此山學仙，故名。……苻堅伐晉，望見山上草木皆以爲晉兵，秦師遂敗。」

〔二〕故都：指壽春，古楚郢都。《史記·楚世家》：「楚考烈王二十二年，與諸侯共伐秦，不利而去。楚東徙都壽春，命曰郢。」

〔三〕長淮：酈道元《水經注·淮水》：「淮水，東過壽春縣北。」蘇軾《出潁口初見淮山是日至壽州》詩：「長淮忽迷天遠近，青山久與船低昂。」

〔四〕烏衣年少：謂淝水之戰中東晉年輕將領謝石、謝玄等。烏衣，原指烏衣巷。《景定建康志》卷十六：「烏衣巷在秦淮南，晉南渡，王、謝諸名族居此。時謂其子弟爲烏衣諸郎。」

〔五〕芝蘭秀發：《晉書·謝玄傳》：「玄，字幼度，少穎悟，與從兄朗俱爲叔父安所器重。安嘗戒子侄，因曰：『子弟亦何豫人事，而正欲使其佳？』諸人莫有言者。玄答曰：『譬如芝蘭玉樹，欲使其生於庭階耳。』」又見《世説新語·言語》。

〔六〕戈戟雲横：謂謝氏子侄胸羅韜略，智勇無敵。《世説新語·賞譽》：「見鍾士季（會），如觀武庫，但睹戈戟。」

〔七〕坐看二句：《晉書·謝玄傳》：「（苻堅）進屯壽陽，列陣臨肥水，玄軍不得渡。玄使謂苻融曰：『君遠涉吾境，而臨水爲陣，是不欲速戰。諸君稍却，令將士得周旋，僕與諸君緩轡而觀之，不亦樂乎！』……堅遂麾使却陣，衆因亂不能止。於是玄與琰、伊等以精鋭八千涉渡肥水……堅衆奔潰，自相蹈藉投水，死者不可勝計，肥水爲之不流。」驕兵，指前秦軍隊。苻堅自恃兵多，云：「以吾之衆，投鞭於江，足斷其流。」奔鯨，謝朓《和王著作融八公山》詩：「長蛇固能剪，奔鯨自此曝。」李善注：「奔鯨，喻堅也。」

〔八〕千載三句：《晉書·苻堅載記》：「堅與苻融登城而望王師，見部陣齊整，將士精鋭；又北望八公山上草木，皆類人形，顧謂融曰：『此亦勍敵也，何謂少乎！』憮然有懼色。」。峥嶸，屈原《九章·遠遊》：「下峥嶸而無地兮，上寥廓而無天。」陳第注：「峥嶸，深遠貌。」

〔九〕信勞生：信，知，料。勞生，《莊子·大宗師》：「夫大塊載我以形，勞我以生，佚我以老，息我以死。」

〔一〇〕愴遺情：《廣韻》：「愴，悽愴也。」陳子昂《登幽州臺歌》：「念天地之悠悠，獨愴然而涕下。」遺情，曹植《洛神賦》：「遺情想像。」李善注：「思舊故而想像。」此作者自笑何以因思古而發此淒愴之情。

〔一一〕東山老：指謝安。詳見《水調歌頭》(修眉掃遥碧)注。此藉以自喻。

〔一二〕獨聽桓箏：桓，指桓伊，字叔夏。《晉書·桓伊傳》：「(伊)善音樂，盡一時之妙，爲江左第一。……時謝安女婿王國寶專利無檢行，安惡其爲人，每抑制之。及孝武末年……好利險詖之徒，以安功名極盛而構會之。嫌隙遂成。帝召伊飲宴，安侍坐……伊便撫箏而歌《怨詩》曰：『爲君既不易，爲臣良獨難。忠信事不顯，乃有見疑患。』……聲節慷慨，俯仰可觀。安泣下沾衿，乃越席而就之，捋其鬚曰：『使君於此不凡。』帝甚有愧色。」此作者藉以自況。

八聲甘州 正月二日作，是歲閏正月十四日才立春〔一〕

又新正過了〔二〕，問東風、消息幾時來。笑春工多思〔三〕，留連底事〔四〕，猶未輕回。應爲瑶刀裁剪〔五〕，容易惜花開。試向湖邊望，幾處寒梅。好是緑莎新徑〔六〕，剩安排芳意〔七〕，特地重栽。便從今追賞〔八〕，莫遣暫停杯。有千株、深紅淺白〔九〕，倩緩歌、急管特相催〔一〇〕。憑看取、暖烟細靄〔一一〕，先到高臺。

【校】

〔十四日〕《全宋詞》無「日」字。

〔特相催〕「特」，《百家詞》、《全宋詞》作「與」。

【箋注】

〔一〕本詞作於宋徽宗政和六年（一一一六），是歲閏正月。作者在蔡州任上。

〔二〕新正：正月初一，元旦。薛逢《元日田家》詩：「相逢但覺新正壽，對舉那愁暮景催。」

〔三〕春工：此以春擬人，謂其使生物得以發育滋長。蘇軾《三月二十日多葉杏盛開》詩：「春工了不睡，連夜開此花。」

〔四〕留連底事：謂何事使春天留連未歸。留連，《周易集注·遯卦》：「是以苟且留連而不能決去也。」

〔五〕應爲句：賀知章《詠柳》詩：「不知細葉誰裁剪，二月春風似剪刀。」

〔六〕緑莎：喻草坪。馬融《廣成頌》：「鎮以瑶臺，純以金堤，樹以蒲柳，被以緑莎。」

〔七〕剩：《詩詞曲語辭匯釋》卷二：「剩，甚詞，猶真也，儘也；頗也；多也。歐陽修《蝶戀花》詞：『老去風情應不到，憑君剩把芳尊倒。』剩把，儘把也。」

〔八〕追賞：李德裕《牡丹賦序》：「風景之妍麗，追賞之歡愉。」

〔九〕深紅淺白：代指五顔六色的繁花。歐陽修《謝判官幽谷種花》詩：「淺紅深白宜相間，先後仍須次第開。」

〔一〇〕倩：請也，央求。　催：迫也，緊促。

〔一一〕取：語助詞，猶着也。歐陽修《朝中措》詞：「行樂直須年少，尊前看取衰翁。」

【集評】

明沈際飛評點《草堂詩餘》續集卷上：前身王摩詰。

八聲甘州〔一〕

問浮家泛宅，自玄真、去後有誰來〔二〕。漫烟波千頃，雲峰倒影，空翠成堆〔三〕。可是溪山無主〔四〕，佳處且徘徊〔五〕。暮雨卷晴野〔六〕，落照天開。老去餘生江海〔七〕，伴遠公香火〔八〕，猶有宗雷〔九〕。便何妨元亮〔一〇〕，携酒問相陪。寄清談、芒鞵笻杖〔一一〕，更盡驅、風月入尊罍〔一二〕。江村路、我歌君和〔一三〕，莫棹船回〔一四〕。

【箋注】

〔一〕本詞約作於宋高宗紹興十五、十六年（一一四五、一一四六），時作者福州帥任已由莫將接替，歸居卞山。

〔二〕問浮家二句：《新唐書·張志和傳》：「顔真卿爲湖州刺史，志和來謁，真卿以舟敝漏，請更之。志和曰：『願爲浮家泛宅，往來苕、霅間。』」葉夢得《巖下放言》卷上：「顔魯公爲湖州刺史時，志和客於魯公，多在平望、震澤間。今震澤東有泊宅村，野人猶指爲志和嘗所居，後人因取其『願爲浮家泛宅，往來苕、霅間』語以爲名。此兩間湖水平闊，望之渺然，澄澈空曠，四旁無甚山，遇景物明霽，見風帆往來如飛鳥，天水上下一色。余每過之，輒爲之徘徊不忍去。」玄真，張志和著有《玄真子》，因以爲號。又自稱「烟波釣徒」。

〔三〕空翠：濃緑欲滴。王維《山中》詩：「山路元無雨，空翠濕人衣。」

〔四〕可是：却是。　溪山：蘇軾《臨江仙》詞：「溪山好處便是家。」

〔五〕佳處：蘇軾《水調歌頭》詞：「故鄉歸去千里，佳處輒滯留。」

〔六〕暮雨句：王勃《滕王閣》詩：「畫棟朝飛南浦雲，珠簾暮卷西山雨。」

〔七〕老去句：蘇軾《臨江仙》詞：「小舟從此逝，滄海寄餘生。」江海，《莊子·刻意》：「就藪澤，處閑曠，釣魚閑處，無爲而已。此江海之士、避世之人、閒暇者之所好也。」

〔八〕遠公：晉高僧慧遠，世人稱爲遠公。據慧皎《高僧傳》卷六：釋慧遠本姓賈氏，雁門樓煩（今山西寧武）人。通六經，尤善莊老。二十一歲，從沙門道安學禪。前秦建元九年（三七三）至廬山講經，刺史桓伊爲築東林寺，慧遠與慧永、慧持、道生、曇順以及名儒劉程之、宗炳、雷次宗等十八人，結白蓮社念佛，世號十八賢。葉夢得《巖下放言》卷中：「惠遠法師白蓮社，在廬山東林，會者佛馱耶舍、佛陀跋陀羅，竺道生、慧持、慧叡、曇恒、道昺、道敬、曇詵皆浮屠；劉遺民、雷次宗、周續之、宗炳、張野、張詮皆居士，合十八人（案：此記尚缺慧永、曇順二人）……其遺址尚在，余少屢欲往遊，訖無因。今老矣，勢必不能至……欲得僧俗等勝士十許輩，不必如遠之數，追其故事於山間。……頃蒙恩賜寺『積善教忠』，守其北墓。自閩還，規模作屋八十楹……今漸成其三之一，尚意有道生輩肯從之，終以成吾志也。」

〔九〕宗雷：南朝宋二隱士。宗，宗炳（三七五—四四三），字少文，南陽涅陽（今河南鄧縣東北）人。《宋書·隱逸傳》謂其「妙善琴書，精於言理。每遊山水，往輒忘歸……乃下廬山，就釋慧遠考尋文義」。雷，雷次宗（三八六—四四八），字仲倫，豫章南昌（今屬江西）人。《宋書·隱逸傳》謂其「少入廬山，事沙門釋慧遠，篤志好學，尤明三《禮》、《毛詩》，隱退不交世務」。

〔一〇〕元亮：東晉詩人陶淵明，字元亮，詳見《水調歌頭》（今古幾流轉）注。

〔一一〕清談：魏晉文人崇尚虛無、空談名理的一種習尚。《晉書·郗超傳》：「沙門支遁以清談著名於時。」又，《晉書·王衍傳》：「（衍）終日清談，而縣務亦理。」芒鞵筇杖：蘇軾《定風波》詞：「竹杖芒鞵輕勝馬。」明董斯張《吴興備志》卷二十五引《太平清話》云：「葉石林老日，以古銅鳩頭裝天台籐，又塗金兕觥，挾二物，遊山水間。」

〔一二〕尊罍：二酒器名。尊，亦作樽，泛指酒杯。罍，《爾雅·釋器》郭璞注：「罍形似壺，大者受一斛。」

〔一三〕我歌君和：詳《水調歌頭》（河漢下平野）詞注。

〔一四〕棹船回：借喻興盡。《世説新語·任誕》記王子猷忽憶戴安道，「即便夜乘小船就之，經宿方至，造門不前而返。人問其故，王曰：『吾本乘興而行，興盡而返，何必見戴！』」棹船，行船。

八聲甘州 甲辰承詔堂、知止亭初畢工，劉無言相過作〔一〕

寄知還倦鳥，對飛雲、無心兩難齊〔二〕。漫飄然欲去，悠然且止，依舊山西。十畝荒園未遍〔三〕，趁雨却鋤犁。敢忘鄰翁約，有酒同携〔四〕。 況是巖前新建，帶小軒横絶，松桂成蹊。試憑高東望，雲海與天低。送滄波、浮空千里〔五〕，照斷霞、明滅卷晴霓。君休笑、此生心事〔六〕，老更沉迷。

【校】

〔題〕原本無「堂」字、「作」字，據《雅詞》補。楙花盦本亦依《雅詞》補。

〔新建〕「建」，《雅詞》作「創」，楙花盦本依改。

【箋注】

〔一〕甲辰：指徽宗宣和六年（一一二四）。葉夢得於宣和辛丑（一一二一）自許昌還，癸卯（一一二三）卜别館於卞山石林谷。次年乃建承詔堂、知止亭。宋周密《癸辛雜識》前集載：「左丞葉少蘊之故居在卞山之陽，萬石環之，故名，且以自號。正堂曰兼山，傍堂曰石林精舍，有承詔、求志、從好等堂及浄樂庵、愛日軒、躋雲軒、碧琳池，又有巖居、真意、知止等亭。」葉夢得《避暑録話》卷下：「吾自大觀後，叨冒已多，未嘗不懷歸。而家舊無百畝田，不得已，猶爲汝南、許昌二郡正，以不能無資如（阮）裕所云。既罷許昌，俸廩之餘，粗可經營，了伏臘，即不敢更懷軒冕之意。」劉無言：名燾，長興（今屬浙江）人。未冠入太學，與陳亨伯等以「八俊」稱。元祐三年，蘇軾知貢舉，稱其文章典麗，遂中甲科。歷秘書省正字、淮南東路提點刑獄、秘閣修撰等職。善書，筆勢遒勁，詔修閣帖。遺文五十卷，號《見南山集》。（《萬姓統譜》）

〔二〕寄知還二句：作者自述進退之志。《避暑録話》卷上：「《歸去來辭》云：『雲無心以出岫，鳥倦飛而知還。』此陶淵明出處大節，非胸中實有此境，不能爲此言也。」

〔三〕十畝句：陶淵明《歸園田居》五首之一：「方宅十餘畝，草屋八九間。」

〔四〕敢忘二句：杜甫《客至》詩：「肯與鄰翁相對飲，隔籬呼取盡餘杯。」

〔五〕送滄波句：劉長卿《杪秋洞庭中懷亡道士謝太虚》詩：「心知楚天遠，目送滄波流。」

〔六〕此生心事：指歸隱之志。

念奴嬌

南歸渡揚子作，雜用淵明語〔一〕

故山漸近，念淵明、歸意翛然誰論〔二〕。歸去來兮，秋已老、松菊三徑猶存。稚子歡迎，飄飄風袂，依約舊衡門。琴書蕭散，更欣有酒盈尊〔三〕。惆悵萍梗無根〔四〕。天涯行已遍，空負田園。去矣何之，窗户小、容膝聊倚南軒〔五〕。倦鳥知還，晚雲遥映，山氣欲黄昏〔六〕。此中真意，故應欲辨忘言〔七〕。

【校】

〔故山漸近〕《雅詞》作「故人漸遠」，注：一作「故山漸近」。

〔此中〕「中」，原刻作「還」，依《雅詞》改。《歷代詩餘》作「中」。楙花盦本原刻亦作「還」，戈校依《樂府雅詞》改。

【箋注】

〔一〕本詞約作於宣和三年（一一二一）作者自許昌南歸途中。夢得《玉澗雜書》云：「宣和辛丑自許昌還。」詞中多檃括陶淵明《歸去來辭》詞句，以述己歸隱之志。

〔二〕翛然：無拘無束、自由自在貌。見前《水調歌頭》（江海渺千里）注。

〔三〕歸去來兮七句：《歸去來辭》：「歸去來兮，田園將蕪胡不歸。」「三徑就荒，松菊猶存。」「僮僕歡迎，稚子候門。」「舟遥遥以輕颺，風飄飄而吹衣。」「乃瞻衡宇，載欣載奔。」「悦親戚之情話，樂琴書以消憂。」「携幼入室，有酒盈尊。」此雜用之。

〔四〕惆悵二句：《古詩》：「泛泛江漢萍，漂蕩水無根。」

〔五〕去矣二句：《歸去來辭》：「倚南窗以寄傲，審容膝之易安。」

〔六〕倦鳥三句：《歸去來辭》：「雲無心以出岫，鳥倦飛而知還。」陶淵明《飲酒》詩之五：「山氣日夕佳，飛鳥相與還。」

〔七〕此中二句：《飲酒》詩之五：「此中有真意，欲辨已忘言。」真意，《莊子・漁父》：「真者，所以受之於天也，自然不可易也。故聖人法天貴真，不拘於俗。」忘言，《莊子・外物》：「筌者所以在魚，得魚而忘筌；蹄者所以在兔，得兔而忘蹄；言者所以在意，得意而忘言。」

念奴嬌

中秋宴客，有懷壬午歲吴江長橋〔一〕

洞庭波冷〔二〕，望冰輪初轉〔三〕，滄海沉沉。萬頃孤光〔四〕，雲陣卷、長笛吹破層陰。洶湧三江〔五〕，銀濤無際，遥帶五湖深〔六〕。酒闌歌罷，至今鼉怒龍吟〔七〕。回首江海平生，漂流容易散，佳會難尋。縹緲高城，風露爽、獨倚危檻重臨。醉倒清尊，姮娥應笑〔八〕，猶有向來心〔九〕。廣寒宫殿，爲予聊借瓊林〔一〇〕。

【校】

〔調〕原本於詞末注云：「或刻百字令，字句迥異。」《遺書》本同。楙花盦本篇末按：此詞有張仲宗元幹代洛賓次韻一闋。附録張詞，并注曰：仲宗有《蘆川詞》，洛賓未詳何人。

〔題〕《花庵》、《粹編》作「中秋燕客」，無「有懷」以下九字。《雅詞》無「壬午歲」三字。《歷代詩餘》無題。

〔萬頃句〕楙花盦本注：「頃」《七十二峰足徵》作「派」，「孤」作「波」。

〔佳會〕《雅詞》作「佳期」，《全宋詞》同。

〔危檻〕原本作「危闌」，《雅詞》、《花庵》、《草堂》及楙花盦本作「危檻」，今從改。《遺書》本作「闌」。楙花盦本注：「檻」原刻誤作「闌」，戈校云：此字斷無用平之理，依《樂府雅詞》、《歷代詩餘》改正。

〔姮娥〕《雅詞》、《花庵》作「常娥」。

〔爲予〕《遺書》本誤作「爲子」。

【箋注】

〔一〕壬午歲：指徽宗崇寧元年（一一〇二），作者二十六歲。　吴江長橋：即利往橋，又名垂虹橋。《太平寰宇記》卷九：「吴江，本名松江。」宋范成大《吴郡志》卷十八：「松江，在郡南四十五里，《禹貢》三江之一也……南與太湖接，垂虹跨其上，天下絶景也。」又，卷十七：「利往橋，即吴江長橋也。慶曆八年，縣尉王廷堅所建。有亭曰垂虹，而世並以名橋。《續圖經》云：東西千餘尺，前臨洞庭太湖三山，横跨松江，爲海内絶景。」　客：此指張元幹和洛濱等。張元幹《蘆川集》有同調「代洛濱次石林韻」詞，見本詞【附録】。據《宋史》本傳，作者於徽宗崇寧元年除婺州教授，自丹徒至婺州，應途經吴江長橋，本詞當爲晚年追憶之作，約寫於紹興十三年（一一四三），時作者在福建帥任上，年六十七歲。王譜亦繫本詞於紹興十三年，云：「八月中秋宴客，賦《念奴嬌》詞。張元幹代富直柔答之。」一説此詞作於石林鎮建康時，見葉廷琯《吹網録》，詳見本詞【考辨】。

〔二〕洞庭句：李商隱《木蘭花》詩：「洞庭波冷曉侵雲，日日征帆送遠人。」洞庭，此指環洞庭西山之太湖。

〔三〕冰輪：喻月，以其形圓如輪，光寒如冰。蘇軾《宿九仙山》詩：「夜半老僧呼客起，雲峰缺處湧冰輪。」

〔四〕孤光：指月光。見《水調歌頭》（河漢下平野）注。

〔五〕三江：《尚書・禹貢》：「三江既入，震澤底定。」三江，所指不一，晉顧夷《吴地記》以松江、婁江、東江（已堙）爲三江。

〔六〕五湖：《史記・河渠書》：「於吴則通三江、五湖。」《集解》：「韋昭曰：五湖，湖名耳，實一湖，今太湖是也。」又，吴韋昭《三吴郡國志》：「太湖邊有游湖、莫湖、胥湖、貢湖，就太湖爲五湖。」又云：「胥湖、蠡湖、洮湖、滆湖，就太湖爲五湖也。」

〔七〕鼉怒龍吟：狀湖水聲響盛大，如鼉桴鼓，如龍吟嘯。鼉，《爾雅翼·釋魚》：「鼉狀如守宫而大，長一二丈，灰五色。背尾皆有鱗甲如鎧。能吐霧致雨，力猶酋健。……其皮堅厚，宜以冒鼓。」陸佃《埤雅·釋魚》引晉安《海物記》：「鼉宵鳴，如桴鼓。」龍吟，《周易注疏·乾》「雲從龍」：「龍是水畜，雲是水氣，故龍吟則景雲出。」

〔八〕姮娥：即嫦娥。《淮南子·覽冥訓》：「羿請不死藥於西王母，姮娥竊以奔月。」

〔九〕向來心：謂作者厭倦漂泊思歸之心。向來，時間詞，或指從前，或指近來。

〔一〇〕瓊林：苑名。皇帝御花園，亦爲賜宴新科進士之處，宋太祖乾德二年（九六四）置。《石林燕語》卷一：「瓊林苑、金明池、宜春苑、玉津園，謂之四園……今唯瓊林苑、金明池最盛。歲以二月開，命士庶縱觀，謂之開池。至上巳車駕臨幸畢，即閉。歲賜二府從官燕及進士聞喜燕，皆在其内。」此作者或借指瓊苑仙境，一説受韻脚限制，此借指瓊杯。

【附録】

念奴嬌　代洛濱次石林韻　　張元幹

吴淞初冷，記垂虹南望，殘日西沉。秋入青冥，三萬頃、蟾影吞盡湖陰。玉斧爲誰，冰輪如許，宫闕想寒深。人間奇觀，古今豪士悲吟。　　蒼弁丹頰仙翁，淮山風露底，曾賦幽尋。老去專城，仍好客、時擁歌吹登臨。坐揖龍江，舉杯相屬，桂子落波心。一聲猿嘯，醉來虚籟千林。

（録自《蘆川詞》）

【集評】

楊慎《詞品》卷四：中秋宴會《念奴嬌》末句云：「廣寒宫殿，爲予聊借瓊林。」英英獨照者。

沈際飛評《草堂詩餘》正集卷四：「長笛」句，妙若蘇、黄、韓、李用笛事，幾於活板。下詞大意不差，但换韻换字，豈以《念奴嬌》本仄耶？然《憶秦娥》調仄，而孫夫人獨平；《柳梢青》調平，而賀方回獨仄，調無相似者，平仄皆無妨耳。「破」字、「過」字换韻誤。

清黄蘇《蓼園詞評》：此詞想爲致仕後作也。不過借月寫懷也耳。前闋寫其在京時啓沃之意，如長笛之破層陰。「洶湧」五句，寫其破肝瀝膽耳。下闋寫其分散後無復從前光景矣，然猶心不忘君，想嫦娥應知此心也。所謂「時出雄傑者」耳。

清俞陛雲《唐五代兩宋詞選釋》：勝游佳伴，人生能有幾回？明知佳會難尋，而事後追思尚有餘戀，此詞能曲曲道出。「猶有向來心」，宜爲嫦娥所笑也。結句更托想在瓊樓玉宇，心爲形役，但有神遊，如莊子之以神爲馬，則天空海闊，任我翱翔耳。此調在宋人詞中多用仄韻，《石林詞》一卷中，《念奴嬌》凡三調，用平韻者二調。

【考辨】

葉廷琯《吹網録》云：「《念奴嬌》第二闋爲建康時作，題爲『中秋宴客，有懷壬午歲吴江長橋』。詞中有『高城』語，初不解作於何地，無從考證。後見《六十名家詞》張仲宗元幹《蘆川詞》中有代洛濱次韻此題一闋，云（詞略）。觀張詞『老去專城』及『坐揖龍江』等語，乃知公此詞是鎮建康時所作。證以《石林詞》同調第三闋爲『次東坡赤壁懷古韻』，中有『萬里雲屯瓜步晚』之句，益信前闋爲建康同時所制無疑也。」

案：廷琯之説尚可商榷。其一，葉夢得自五十四歲起曾三赴帥任：紹興元年和八年二帥建康，十一年續任；紹興十二年十二月由建康移知福州，兼福建安撫使。本詞可能是鎮福建時與張元幹等唱和之作。題曰「有懷」，故張詞中有「記」字以明追憶。又，張詞中「老去」以下寫眼前實景，「坐揖龍江」之龍江，乃位於「福建福清縣南十里，上接龍首河」，《福建通志》卷三、《嘉慶一統志》卷一五四及《大清一統志》卷三二六均有記載。龍江原名螺江，上有龍江橋，「政和三年（一一一三），林遹與僧妙覺募緣成之。爲梁四十有二，廣二丈，長一百八十餘丈」（《福建通志》卷八），由龍江長橋可以聯想到吴江長橋。其二，張元幹紹興年間掛冠後，晚歸居福建三山，與葉夢得、李彌遜、富直柔等均有唱和，又得諸多名家爲其大父手澤題詞，《蘆川歸來集》中即有葉夢得所書題詞，署曰「紹興癸亥（十三年）六月」，時石林已六十七歲。張詞云「蒼弁丹頰仙翁……老去專城仍好客」，六十七歲的福州知州，堪稱「丹頰仙翁」、「老去專城」。其三，現存《石林詞》均按調歸編，同調之作，未必寫於同時。廷琯以同調「次東坡赤壁懷古韻」佐證，似不足據。

念奴嬌〔一〕 次東坡赤壁懷古韻

雲峰横起，障吴關三面〔二〕，真成尤物〔三〕。倒卷回潮，目盡處、秋水黏天無壁〔四〕。緑鬢人歸，如今雖在，空有千莖雪〔五〕。追尋如夢，謾餘詩句猶傑。聞道尊酒登臨，孫郎終古恨〔六〕，長歌時發。萬里雲屯〔七〕，瓜步晚、落日旌旗明滅〔八〕。鼓吹風高，畫船遥想，一笑吞窮髪〔九〕。當時曾照，更誰重問山月〔一〇〕。

【校】

〔題〕原刻失題，據楙花盦本補。《湖州詞徵》（以下簡稱《詞徵》）本亦無題。《歷代詩餘》題「次東坡韻」。

〔萬里〕《嘉定鎮江志》作「萬馬」。

【箋注】

〔一〕據宋盧憲《嘉定鎮江志》卷二十一「文事」載：葉石林夢得《琴趣外編》注云：「程致遠（「遠」疑爲「道」之誤）寄《頃與江子我登北固山用赤壁韻》，因記往歲舊遊詞曰：『雲峰横起（下略）。』」則本詞乃葉夢得與程俱、江子我相唱和時追憶舊遊北固山之作。惜江、程二人之作已佚。作者於建炎三年（一一二九）冬曾避亂縉雲，四年春歸卞山，時已鬚髮盡白（《石林家訓序》）。從詞中「緑鬢人歸」三句，可推斷此詞作於建炎四年春之後。作者於紹興元年（一一三一）第一次任江東安撫大使兼知建康及壽春等六州宣撫使，紹興二年三月七日罷，提舉臨安府洞霄宫（《建炎以來繫年要録》卷五十二），則本詞當作於第一次帥江東期間。江子我，名端友，欽宗時以布衣拜承事郎尚書員外郎（《揮麈録》），建炎間爲祠部員外郎兼太常少卿。據《建炎以來繫年要録》卷七十四載，卒於紹興四年（一一三四）三月，亦可佐證作本詞早於是年。

〔二〕吴關：指北固山。在丹徒，屬鎮江，面對揚州，鄰近建康。宋樂史《太平寰宇記》卷八十九：「北固山在丹徒縣北一里。」李白《永王東巡歌》之六：「丹陽北固是吴關。」又，《題瓜州新河餞族叔舍人賁》詩：「吴關倚北固，天險自兹設。」

〔三〕尤物：《左傳·昭公二十八年》：「天有尤物，足以移人。」

〔四〕目盡句：韓愈《祭張員外文》：「洞庭汗漫，黏天無壁。」

〔五〕千莖雪：蘇軾《西江月》詞：「白髮千莖相送。」建炎三年（一一二九）作者曾避亂浙東之縉雲，次年春始歸，《石林家訓序》云：「自浙東歸，髮盡白。」

〔六〕孫郎句：孫郎，指孫權（一八二——二五二），字仲謀。三國時吴國國主，曾以丹徒爲京城。《元和郡縣志·江南道·潤州》：「漢獻帝建安十四年，孫權自吴徙治丹徒，號曰京城，今州是也。十六年遷都建業，以此置京口鎮。」終古恨，指吴天紀四年（二八〇）吴主孫晧降晉事。

〔七〕萬里句：聯繫前句「孫郎終古恨」，當有借古歎今之慨。雲屯，猶密雲聚集。《三國志·魏志·劉表傳》：「雲屯冀馬。」

〔八〕瓜步句：杜甫《北征》詩：「回首鳳翔縣，旌旗晚明滅。」瓜步：山名。步，亦作「埠」。宋樂史《太平寰宇記》卷八十一：「瓜步，在六合縣東南二十里，東臨大江。」據《建炎以來繫年要録》卷十八載：「建炎二年冬十有二月，戊寅。時金人横行……上以邊事未寧，詔百官言所見，户部尚書葉夢得亦請上南巡，阻江爲險，以備不虞。上曰：『自揚州至瓜步五十里，聞警而動未晚。』夢得曰：『河道僅通一舟，恐非一日可濟也。』夢得又請以重臣爲宣總使，一居泗上，總兩淮及東方之師以待敵；一居金陵，總江浙之路以備退保……不報。」

〔九〕窮髮：原指荒遠不毛之地。《莊子·逍遥遊》：「窮髮之北，有冥海者，天池也。」此處借指北方女真族所建立的金王朝。

〔一〇〕當時二句：晏幾道《臨江仙》詞：「當時明月在，曾照彩雲歸。」

【附録】

念奴嬌　赤壁懷古　蘇軾

大江東去，浪淘盡，千古風流人物。故壘西邊，人道是，三國周郎赤壁。亂石穿空，驚濤拍岸，卷起千堆雪。江山如畫，一時多少豪傑。　遥想公瑾當年，小喬初嫁了，雄姿英發。羽扇綸巾，談笑間，檣櫓灰飛烟滅。故國神遊，多情應笑我，早生華髮。人間如夢，一尊還酹江月。（録自《東坡詞》）

【集評】

《四庫全書總目·石林詞提要》：「雲峰横起」一首，全仿蘇軾「大江東去」，並即參用其韻。

俞陛雲《唐五代兩宋詞選釋》：起句寫江上所見。從雲峰著想，筆勢亦如雲峰突兀。「回潮」二句，波長天闊，思接混茫。「緑鬢」數句，覲河面皺，雖屬恒情，而筆殊俊爽。下闋追慨孫郎。「落日」、「雲屯」二句，英詞壯采，頗似東坡，此調本和東坡韻也。

滿庭芳

三月十七日，雨後極目亭寄示張敏叔、程致道〔一〕

麥隴如雲，清風吹破，夜來疏雨才晴。滿川烟草〔二〕，殘照落微明〔三〕。縹緲危欄曲檻，遥天盡、日脚初平〔四〕。青林外，參差暝靄〔五〕，縈帶遠山横。孤城。春雨過，緑蔭是處，時有鶯聲。問落絮遊絲〔六〕，畢竟何成。信步蒼苔繞遍，真堪付、閑客閑行〔七〕。微吟罷，重回皓首，江海渺遺情〔八〕。

【校】

〔題〕原刻無「三月十七日」五字，據《雅詞》補。梾花盦本、《詞徵》、《全宋詞》同補。又，「寄示」，《雅詞》作「同」。《歷代詩餘》題作「雨後極目亭寄友」。《全芳備祖》調下無題。「張敏叔」，原刻作「張敏仲」，據《雅詞》改。

〔春雨〕「雨」，《雅詞》、《全芳備祖》作「已」。梾花盦本注：「已」，原刻誤作「雨」，與上「疏雨」兩句複。戈校依《樂府雅詞》改正。《歷代詩餘》作「雨」。

〔江海〕「海」，梾花盦本葉校：《全芳備祖》作「漢」。

〔遺情〕「遺」，原本及《遺書》本作「送」，據《雅詞》、《百家詞》改。《歷代詩餘》作「遥」。梾花盦本葉校云：《全芳備祖》亦作「遺」。

【箋注】

〔一〕本詞約作於政和六年（一一一六），時作者知蔡州。極目亭，韓元吉《極目亭詩集序》：「米元章舊題『極目亭』三字，乃上蔡也。」一説在汴京艮嶽，詳見本詞所附【考辨】。張敏叔：即張景修。《石林詩話》卷中：「張景修，字敏叔。常州（今屬江蘇）人。余大父客也。少刻苦作詩，至老不衰。典雅平易，時多佳句。元豐末，爲饒州浮梁令……大觀中，始與余同爲祠曹郎中，年幾七十，有詩數千篇。……流落無聞，亦可惜也。」又，《避暑録話》卷下云：「景修與吾同爲郎，夜宿尚書新省之祠曹廳。」清厲鶚《宋詩紀事》録存其詩七首。程致道：即程俱。《宋史》卷四百四十五本傳：程俱，字致道。衢州開化人。以外祖尚書左丞鄧潤甫恩，補蘇州吴江主簿，累遷將作監丞、著作佐郎。宣和二年，賜上舍出身，除禮部郎，以病告老，不俟報而歸。建炎中爲太常少卿，知秀州。紹興初始置祕書省，召俱爲少監，擢中書舍人兼侍講。卒年六十七。葉夢得《建康集·程致道文集序》：「紹聖末，余官丹徒，信安程致道爲吴江尉，有持其文示余者，心固愛之，願請交，未能也。」「余罷領宫祠居吴下，致道亦以上書論政事與時異，籍不得調，寓家於吴，始相遇。則其學問、風節，卓然有不獨見於其文者。」存有《北山集》（又名《北山小集》）四十卷。集中有與石林唱和詩多首。葉夢得知蔡州期間，程俱和張敏叔兩人在蘇州仍相互寄酬。程俱《北山集》卷九有《次韻張祠部敏叔游滄浪蘇子美故園》、《次韻葉翰林見寄乙未》等詩可證。

〔二〕滿川烟草：賀鑄《青玉案》詞：「試問閒愁都幾許？一川烟草，滿城風絮，梅子黄時雨。」

〔三〕微明：杜甫《宿青草湖》詩：「寒冰争倚薄，雲月遞微明。」

〔四〕日脚初平：杜甫《羌村》詩三首之一：「峥嶸赤雲西，日脚下平地。」

〔五〕暝靄：周邦彦《風流子》詞：「望一川暝靄，雁聲哀怨。」

〔六〕落絮遊絲：杜甫《白絲行》詩：「落絮遊絲亦有情，隨風照日宜輕舉。」

〔七〕閑客閑行：杜牧《八月十二日得替後移居霅溪館因題長句四韻》詩：「景物登臨閑始見，願爲閑客此閑行。」蘇軾《南歌子》詞：「我是世間閑客、此閑行。」

〔八〕江海句：言作者寄情滄海之志渺然。遺情，曹植《洛神賦》：「遺情想像，顧望懷怨。」

【考辨】

張德瀛《詞徵》卷五：「葉少藴有極目亭詞。考宋時壽山艮嶽在汴城東隅，徽宗所築。由蹬道至介亭，亭左有極目亭、蕭然亭。葉詞蓋指此也。《楓窗小牘》記之甚詳。」

案：據此，本詞似當作於政和七年（一一一七）艮嶽建成之時。唯是年作者尚在蔡州任上，旋即移知潁昌府，不可能登艮嶽。然考《石林詞》中詠極目亭者除本篇外，尚有《江城子·大雪與客登極目亭》、《浣溪沙·重陽前一日登極目亭》、《虞美人·極目亭望西山》等三闋，詳味數詞之意，均與汴京艮嶽之極目亭無涉。且據各地方志所載，亭名「極目」者甚多，並非艮嶽一處。如石林《虞美人·極目亭望西山》中的西山，指卞山後面太湖之洞庭西山，石林《建康集》卷二《方參議用前韻記嘗過予石林次韻答之》詩，作者自注：「卞山後即太湖，正與洞庭東、西兩山相望。」石林《玉澗雜書》云：「吾山朱氏子作小閣於石橋之下，與西山相面，景物極幽遠。」則卞山後面當有一極目亭正對洞庭西山，但亦非本詞所指。

又，本詞中的「孤城」何指？若稱京城汴都爲孤城，似不甚妥。若與後一闋《滿庭芳・次舊韻答蔡州王道濟大夫見寄》中的「高城」聯繫起來，「孤城」似指蔡州。所謂「次舊韻」，即次本詞原韻，其中「一曲離歌」、「隔年光景」二句，説明作者離蔡已一年。又，韓元吉爲婺州牙城所作《極目亭詩集序》（見《南澗甲乙稿》卷十四），提到米元章舊題「極目亭」三字云：「乃上蔡也，既陷没，不可見。」故本詞中的「孤城」和《滿庭芳》中的「高城」疑均指蔡州城。則詞中的極目亭當在蔡州，靖康之前尚存。葉夢得於政和五年（一一一五）至六年知蔡州，七年移知潁昌，據此本詞可能作於離蔡州前一年，即政和六年（一一一六）。

滿庭芳 張敏叔、程致道和示復用韻寄酬〔一〕

楓落吴江〔二〕，扁舟摇盪，暮山斜照催晴。此心長在，秋水共澄明。底事經年易拚〔三〕，驚遺恨、悄悄難平。臨風處，佳人萬里，霜笛與誰横〔四〕。長城。誰敢犯，知君五字，元有詩聲〔五〕。笑茅舍何時，歸計真成〔六〕。緑鬢朱顔老盡，柴車在、行即終行〔七〕。聊相待，狂歌醉舞，雖老未忘情。

【校】

〔題〕《雅詞》無「張敏叔、程致道」六字，作「二公」。

〔與誰〕《雅詞》作「爲誰」。

〔歸計〕原本、《百家詞》、楙花盦本、《遺書》本均作「歸此」。《雅詞》作「歸計」，依改。

〔緑鬢〕原本及楙花盦本作「絲鬢」。《雅詞》作「緑鬢」，依改。

〔柴車〕原本作「柴居」，據《雅詞》改。楙花盦本注：原刻「車」誤作「居」，戈校依《樂府雅詞》改正。

〔狂歌〕原作「狂唱」，據《雅詞》改。楙花盦本作「狂唱」，戈校注：「唱」字宜平，疑「歌」之訛。

《全宋詞》詞末案：「歸計」原作「歸此」，「柴車」原作「柴居」，「狂歌」原作「狂唱」。

【箋注】

〔一〕本詞作年與上闋同。張敏叔、程致道，已見前闋注。

〔二〕楓落句：唐崔信明殘句：「楓落吴江冷。」

〔三〕經年：柳永《雨霖鈴》詞：「此去經年，應是良辰好景虚設。」

〔四〕臨風三句：黄庭堅《登快閣》詩：「朱弦已爲佳人絶，青眼聊因美酒横。」其《念奴嬌》詞：「老子平生，江南江北，最愛臨風笛。」

〔五〕長城四句：借用劉長卿「五言長城」之典，贊張、程之詩。權德輿《秦徵君校書與劉隨州唱和詩序》：「隨州劉君長卿……嘗自以爲『五言長城』。」《全唐詩》卷一百四十七：「長卿以詩馳聲上元、寶應間，權德輿嘗謂爲『五言長城』。」

〔六〕歸計真成：蘇軾《蝶戀花》詞：「一紙鄉書來萬里，問我何年，真箇成歸計。」詳《八聲甘州》（寄知還倦鳥）注。

〔七〕柴車：簡陋無飾的木車。《魏書·李彪傳》：「孔子爲魯司寇，乘柴車而駕駑馬。」《唐書·卓行傳》：「元德秀爲魯山令，歲滿，笥餘一縑，駕柴車而去。」

滿庭芳　次舊韻答蔡州王道濟大夫見寄〔一〕

一曲離歌，烟林人去〔二〕，馬頭微雪新晴。隔年光景，回首近清明。斷送殘花又老，春波静、湖水初平〔三〕。誰重到，雕欄盡日，遥想畫橋横〔四〕。高城。凝望久，何人爲我，重唱餘聲。問桃李如今，幾處陰成〔五〕。老去從遊似夢，尊前事、空有經行〔六〕。猶能記，殷勤寄語，多謝故人情。

【校】

〔題〕「次舊韻」，原本、楙花盦本及《遺書》本作「次韻」，《雅詞》作「次舊韻」，據改。又，《雅詞》無「大夫」二字。

〔烟林〕《雅詞》、《百家詞》作「烟村」。

〔春波静〕《雅詞》作「春波浄」，《全宋詞》同。

〔如今〕原作「更有」，據《雅詞》改。楙花盦本注云：「如今」二字原刻誤作「更有」，平仄不協。戈校據《乐府雅詞》改。《詞徵》作「如今」。

【箋注】

〔一〕作者於政和五年（一一一五）知蔡州，政和七年（一一一七）移知潁昌。據詞中「隔年光景」二句，可推知此詞當作於離蔡州一年左右，時近清明。王道濟，生平不詳。

〔二〕一曲離歌：許渾《潁州從事西湖亭宴餞》詩：「西湖清宴不知回，一曲離歌酒一杯。」韋莊

《衢州江上别李秀才》詩：「一曲離歌兩行淚，更知何處再逢君。」

〔三〕春波句：白居易《錢塘湖春行》詩：「孤山寺北賈亭西，水面初平雲脚低。」

〔四〕畫橋横：曾鞏《元豐類稿》卷七《酬强幾聖》詩：「新霽烟雲飛觀出，晚涼歌吹畫橋横。」

〔五〕問桃李二句：宋張君房《麗情集》：「杜牧遊湖州……忽有老姥引髫髻女，年十餘歲，牧熟視曰：『此真國色也。』接至舟中，姥女皆懼。牧曰：『且不即納。當爲後期。吾十年後必爲此郡，十年不來，乃從所適。』以重幣結之。……比至郡，已十四年矣。亟使召之，其母見曰：『向約十年，不來而後嫁。嫁已三年，生三子矣。』牧俯首曰：『其詞直，强之不祥。』乃禮而遣之。因賦詩自傷曰：『自是尋春去較遲，不須惆悵怨芳時。狂風落盡深紅色，緑葉成陰子滿枝。』」

〔六〕尊前事：陳陶《錢塘對酒曲》詩：「尊前事去月團圓，琥珀無情憶蘇小。」陳與義《縱步至董氏園亭》詩：「莽莽尊前事，題詩記獨遊。」

滿江紅

重陽賞菊，時余已除代〔一〕

一朵黄花，先催報、秋歸消息。滿芳枝凝露，爲誰裝飾。便向尊前拚醉倒，古今同是東籬側〔二〕。問何須、特地賦歸來，抛彭澤〔三〕。　回首去年時節。開口笑，真難得〔四〕。使君今那更、自成行客〔五〕。霜鬢不辭重插滿〔六〕，他年此會何人憶〔七〕。記多情、曾伴小闌干〔八〕，親攀摘。

【校】

〔調〕《詞譜》卷二十二《滿江紅》又一體引本詞，於調下注：「雙調九十一字。前段八句四仄韻，後段九句五仄韻。」詞後又注：「此亦與柳詞同。惟後段起句作六字異。」故本詞後段起句按《詞譜》斷句。

〔使君〕《雅詞》作「史君」，《全宋詞》同。

〔那更〕「那」，《雅詞》作「郡」，注：「一作『那』。」《全宋詞》作「郡」。

【箋注】

〔一〕本詞約作於紹興十五年（一一四五）重陽日。　重陽：九月初九重陽節。宋吳自牧《夢粱録》「九月」：「蓋九爲陽數，其日於月並應，故曰重陽。」古有登高、賞新菊、佩茱萸、食糕等習俗。

除代：原任官員期滿或罷任，與新任官員交接。《宋史全文》卷十九中載：紹興五年十一月，中書舍人胡寅所言六事，其五曰「近歲監司郡守更易頻數，雖使絶人之才居之，號令未及信於民，而已報除代矣。望明詔大臣，凡前宰執侍從官，爲州郡未滿三年，不許除代。」作者於紹興十二年十二月帥福建知福州，十五年三月在福州除代，由莫將接替（見《淳熙三山志》卷二十二），故繫本詞於十五年（一一四五）秋。

〔二〕東籬：陶淵明《飲酒》詩之五：「采菊東籬下，悠然見南山。」

〔三〕問何須二句：用陶淵明辭彭澤令賦《歸去來辭》事。彭澤，縣名，今屬江西省。見《水調歌頭》（今古幾流轉）注。

〔四〕開口二句：《莊子·盜跖》：「人上壽百歲，中壽八十，下壽六十。除病瘦喪死憂患，其中開口而笑者，一月之中不過四五日而已矣。」杜牧《九日齊山登高》詩：「塵世難逢開口笑。」

〔五〕使君：作者前此曾任知州，故以自稱。

〔六〕霜鬢句：杜牧《九日齊山登高》詩：「塵世難逢開口笑，菊花須插滿頭歸。」

〔七〕他年句：杜甫《九日藍田崔氏莊》詩：「明年此會知誰健，醉把茱萸仔細看。」

〔八〕小闌干：僧仲殊《玉樓春》詞：「紅樓西畔小闌干，盡日倚欄人已遠。」

滿江紅〔一〕

雪後郊原，烟林外、梅花初坼〔二〕。春欲半，猶自探春消息〔三〕。一眼平蕪看不盡〔四〕，夜來小雨催新碧。笑去年、携酒折花人，花應識。　蘭舟漾，城南陌。雲影淡，天容窄。繞風漪十頃〔五〕，暖浮晴色。恰是槎頭收釣處〔六〕，坐中仍有江南客〔七〕。問如何、兩槳下苕溪〔八〕，吞雲澤〔九〕。

【校】

〔調〕《詞譜》卷二十二《滿江紅》又一體引本詞爲例，調下注：「雙調九十一字。前段八句四仄韻，後段十句五仄韻。」詞後又注：「此亦與柳詞同，惟前段第三、四句作三字一句六字一句異。」本詞前段據此以斷句。

〔烟林外〕「外」，《雅詞》作「静」，《全宋詞》同。

〔初拆〕「拆」，原本及《百家詞》、楙花盦本、《詞徵》均作「拆」。《雅詞》作「折」。《詞譜》、《全宋詞》作「拆」，今從改。

〔春欲半〕「欲」，《雅詞》作「初」。

〔折花人〕「人」，《雅詞》作「時」。

〔花應識〕「花」，《雅詞》作「君」。《全宋詞》案：「人、花」原作「時、君」。

〔恰是〕《雅詞》作「恰似」。

〔問如何〕《雅詞》作「試與問何如」，粵雅堂本有校語云：「諸家詞皆三字一句，『試與』二字當衍。」

【箋注】

〔一〕本詞作年待定，從「笑去年、携酒折花人」、「坐中仍有江南客」等數句看，本詞可能作於離蔡州後知潁昌期間。

〔二〕烟林：蘇軾《秋詠石屏》詩：「雪外有烟林，雪近勢方壯。」

〔三〕探春消息：晏殊《相思兒令》：「昨日探春消息，湖上緑波平。」

〔四〕一眼平蕪：蘇頌《觀北人圍獵》詩：「山川自是從禽地，一眼平蕪接暮雲。」

〔五〕風漪：陸龜蒙《明月灣》詩：「周迴二十里，一片澄風漪。」

〔六〕槎頭：即槎頭鯿，俗稱鯿魚，味鮮美，以漢水所產爲最。孟浩然《峴潭作》詩：「試垂竹竿釣，果得槎頭鯿。」

〔七〕江南客：作者自指。

〔八〕苕溪：水名。《太平寰宇記》卷九十四：「苕溪，在（烏程）縣南五十步。雲夢大溪西從浮玉山，東至興國寺，以其兩岸多栽蘆葦，故名苕溪。」

〔九〕雲澤：即雲夢澤。司馬相如《子虛賦》：「臣聞楚有七澤，嘗見其一，……名曰雲夢。雲夢者，方九百里。」又云：「吞若雲夢者八九於其胸中，曾不蔕芥。」《爾雅·釋地》注：「雲夢，今南郡華容縣東南，巴丘湖是也。」孟浩然《洞庭湖贈張丞相》詩：「氣蒸雲夢澤，波撼岳陽城。」此處「雲澤」借指太湖。

應天長　自潁上縣欲還吴作〔一〕

松陵秋已老〔二〕，正柳岸田家，酒醅初熟〔三〕。鱸膾蓴羹〔四〕，萬里水天相續。扁舟波浩渺，寄一葉、暮濤吞沃〔五〕。青箬笠，西塞山前〔六〕，自翻新曲〔七〕。來往未應足。便細雨斜風，有誰拘束。陶寫中年，何待更須絲竹〔八〕。鴟夷千古意〔九〕，算入手、比來尤速〔一〇〕。最好是，千點雲峰，半篙澄淥。

【校】

〔調〕《詞譜》卷八《應天長》又一體引本詞爲例，於調下注云：「雙調九十四字。前段十句四仄韻，後段十句五仄韻。」詞後又注：「此與柳詞（殘蟬聲斷絶）同。唯前段起句、前後段第六句、後段第八句俱不押韻，異。」《詞律》卷五亦引本詞，注云：「耆卿此體於『醅』字、『誰』字、『篙』字俱用仄聲，不拘，『正柳岸』以下與後『便細雨』以下同。《圖譜》注：首句『松陵秋已』可作仄仄仄平，未知何據。」

『渺』字、『意』字柳俱叶韻，想可不拘。」

〔題〕《雅詞》調下無題。《歷代詩餘》作「自潁上縣還」。「吴」，原本誤刻作「具」，改從《百家詞》本。《全宋詞》亦有案語從改。　楙花盦本作「吴」。

〔波浩渺〕《雅詞》、《粹編》作「淩浩渺」，楙花盦本據改，《詞徵》從之。《詞譜》作「臨浩渺」。

〔最好是〕《雅詞》作「最好處」。注：一作「是」。楙花盦本作「處」，注云：原刻作「是」，依《雅詞》改。《詞徵》從之。《粹編》、《歷代詩餘》、《詞律》、《詞譜》、《全宋詞》均作「是」。

〔淥〕《雅詞》同。《粹編》、《歷代詩餘》、《詞譜》、《全宋詞》作「緑」。

【箋注】

〔一〕潁上縣：今安徽縣名。《太平寰宇記》卷十：「潁上縣本漢慎縣地，屬汝南郡……隋大業二年於今縣南故鄭城置潁上縣，以地枕潁水上游爲名。」作者於大觀三年（一一〇九）罷翰林學士後，隨父居潁州，次年自潁還吴，則本詞約作於大觀四年（一一一〇）。

〔二〕松陵：即吴江。《太平寰宇記》卷九：「吴江，本名松江，又名松陵，又名笠澤。其江出太湖。」詳見《念奴嬌》（洞庭波冷）注。

〔三〕酒醅：白居易《贈皇甫庶子》詩：「妻知年老添衣絮，婢報天寒撥酒醅。」蘇軾《别歲》詩：「赴海歸無時，東鄰酒初熟。」

〔四〕鱸膾蓴羹：《晉書・張翰傳》：「張翰，字季鷹，吴郡人也。……齊王冏辟爲大司馬東曹掾。冏時執權，翰謂同郡顧榮曰：『天下紛紛，禍難未已。夫有四海之名者，求退良難。』……翰因見秋風起，乃思菰菜蓴羹鱸魚膾，曰：『人生貴得適志，何能羈宦數千里，以要名爵乎？』遂命駕而歸……俄而冏敗，人皆謂之見機。」明王鏊《姑蘇志》卷十四「土産溪芼之屬」：「蓴菜，出吴江，味甘滑，四月生，葉似凫葵，莖如釵股，短長隨水淺深。」又，「鱗之屬」：「鱸魚，即四腮鱸，出吴江長橋南者，味美肉緊，縷而爲膾，經日不變；出橋北者三腮，味鹹肉慢。」

〔五〕吞沃：吞注、吞灌。沃，灌也。《淮南子・兵略訓》：「以湯沃雪。」

〔六〕青箬笠二句：張志和《漁歌子》詞：「西塞山前白鷺飛，桃花流水鱖魚肥。青箬笠，緑蓑衣。斜風細雨不須歸。」西塞山，《明一統志》卷四十「烏程縣」：「西塞山，在府城西二十五里。」

〔七〕自翻新曲：葉夢得《巖下放言》卷上：「張志和《漁夫詞》，蘇子瞻極愛此詞，患聲不可歌，乃稍損益，寄《浣溪沙》曰：『西塞山前白鷺飛，散花洲外片帆微，桃花流水鱖魚肥。 自蔽一身青箬笠，相隨到處緑蓑衣。斜風細雨不須歸。』黄魯直聞而繼作。江湖間謂山連亘入水爲磯。太平洲有磯曰新婦，池州有浦曰女兒。魯直好奇，偶以名對而未有所付，適作此詞，乃云：『新婦磯頭眉黛愁，女兒浦口眼波秋。驚魚錯認月沈鈎。 青箬笠前無限事，緑蓑衣底一時休。斜風細雨轉船頭。』子瞻聞而戲曰：『才出新婦磯，便入女兒浦，志和得無一浪子漁父耶！』人皆傳以爲笑。前輩風流略盡，念之慨然。山棲谷隱，要不可無方外之士時相周旋。余非魯公，固不能致志和，然亦安得一似之者而與遊也。」

〔八〕陶寫二句：陶寫，娱樂養性，排除憂悶。南朝宋劉義慶《世説新語·言語》：「謝太傅語王右軍曰：『中年傷於哀樂，與親友别，輒作數日惡。』王曰：『年在桑榆，自然至此。正賴絲竹陶寫。』」左思《招隱》詩：「何必絲與竹，山水有清音。」葉夢得《玉澗雜書》：「山水之音何但與絲竹争美，便與鈞天之樂有何不可？」

〔九〕鴟夷句：《史記·越王勾踐世家》：「勾踐以霸，而范蠡稱上將軍。……范蠡以爲大名之下，難以久居，且勾踐爲人，可與同患難，難與處安樂，乃裝其輕寶珠玉……浮海出齊，變姓名，自謂鴟夷子皮。」《索引》云：「以吴王殺子胥而盛以鴟夷，今蠡自以有罪，故爲號也。」

〔一〇〕比來：猶近來。李商隱《代秘書贈弘文館諸校書》詩：「清切曹司近玉除，比來秋興復何如。」

定風波

與幹譽、才卿步西園，始見青梅〔一〕

破萼初驚一點紅。又看青子映簾櫳〔二〕。冰雪肌膚誰復見〔三〕。清淺。尚餘疏影照晴空〔四〕。　惆悵年年桃李伴。腸斷。祇應芳信負東風〔五〕。待得微黄春亦暮。烟雨。半和飛絮作濛濛〔六〕。

【箋注】

〔一〕本詞約作於紹興四年（一一三四），時石林居卞山。　幹譽：即許亢宗，葉夢得的妹婿（見趙鼎《忠正德文集》卷三《乞許亢宗與職名除郡》），鎮許昌時的詩友（見《水調歌頭・送八舅朝請》注），樂平（今江西樂平）人。登政和第，初授揚子尉。入爲國子博士，轉太常博士，遷司封員外郎。靖康初，擢起居舍人。尋罷，居卞山。紹興五年八月卒。韓元吉《南澗甲乙稿》卷十八《祭許舍人幹譽文》曰：「公隱卞峰，我守霅川。」《避暑録話》卷上：「今予所居，常過我者許亢宗，此外即鄰之三朱。」　才卿：生平不詳。夢得尚有《虞美人・雨後同幹譽才卿置酒來禽花下作》詞，亦與幹譽、才卿同游，則才卿亦爲同居石林谷中之親友。　西園：石林園亭名。清嵇曾筠《浙江通志》卷四十二《古迹四》「葉氏石林園」條引《吴興園林記》及劉一止《訪石林精舍》詩，其下有按語云：「《石林詞》有題意仕（在）亭。又，西園右春亭新成。」

〔二〕青子：指青梅所結的果實。蘇軾《花落復次韻》詩：「暗香入户尋短夢，青子綴枝留小圓。」

〔三〕冰雪肌膚：《莊子・逍遥遊》：「藐姑射之山，有神人居焉。肌膚若冰雪，綽約若處子，不食五穀，吸風飲露。」

〔四〕清淺二句：林逋《山園小梅》：「疏影横斜水清淺，暗香浮動月黄昏。」

〔五〕衹應句：蘇軾《謝關景仁送紅梅栽》詩二首之一：「年年芳信負紅梅。」

〔六〕待得三句：宋陸佃《埤雅》卷十三「釋木梅」：「今江湘二浙，四五月之間，梅欲黄落則水潤土溽，礎壁皆汗，蒸鬱成雨，其霏如霧，謂之梅雨。」賀鑄《青玉案》詞：「試問閑愁都幾許？一川烟草，滿城風絮，梅子黄時雨。」濛濛，歐陽修《采桑子》詞：「飛絮濛濛。」

定風波〔一〕

渺渺空波下夕陽〔二〕。睡痕初破水風凉〔三〕。過雨歸雲留不住。何處。遠村烟樹半微茫〔四〕。

莫笑經年人老矣。歸計〔五〕。得遲留處也何妨〔六〕。老子興來殊不淺。簾卷。更邀明月坐胡床。〔七〕

【箋注】

〔一〕本詞作年不詳，據詞中「歸計。得遲留處也何妨」，作者似還在地方任上。

〔二〕渺渺句：《管子・内業》：「渺渺乎如窮無極。」丁仙芝《渡揚子江》詩：「桂楫中流望，空波兩岸明。」

〔三〕睡痕：陸龜蒙《食》詩：「日午空齋帶睡痕，水蔬山藥薦盤飧。」

〔四〕微茫：陳子昂《感遇》詩：「巫山彩雲没，高丘正微茫。」

〔五〕莫笑二句：蘇軾《南歌子》詞：「老去才都盡，歸來計未成。」

〔六〕遲留：猶言逗留。韓愈《知别賦》：「倚郭郛而掩涕，空盡日以遲留。」

〔七〕老子三句：《晉書・庾亮傳》：「亮在武昌，諸佐吏殷浩之徒，乘秋夜往，共登南樓。俄而，不覺亮至。諸人起避之，亮徐曰：『諸君少住，老子於此處興復不淺。』便據胡床，與浩等談詠竟坐。」胡床，亦名交椅、床椅、繩床，可折叠。宋程大昌《演繁露》卷十四：「今之交床，制出塞外，其始名胡床。桓伊下馬據胡床，取笛三弄是也。隋以讖有『胡』，改名交床。」邀明月，李白《月下獨酌》詩：「舉杯邀明月，對影成三人。」

定風波

七月望，趙倅置酒，與魯卿同泛舟，登駱駝橋待月〔一〕

千步長虹跨碧流〔二〕。兩山浮影轉螭頭〔三〕。付與詩人都總領〔四〕。風景。更逢仙客下瀛洲〔五〕。　嫋嫋涼風吹汗漫〔六〕。平岸。遥空新卷絳河收〔七〕。却怪姮娥真好事。須記。探支明月作中秋〔八〕。

【校】

〔題〕原刻無題，《雅詞》調下題作「七月望，趙倅置酒，與魯卿同泛酒，登駱駝橋待月」，據補，並改後「酒」字爲「舟」。《百家詞》、《歷代詩餘》均無題。《全宋詞》題同《雅詞》，唯「酒」字作「舟」。楙花盦本原刻缺題，戈校依《樂府雅詞》補，然無「泛酒」二字。《遺書》調下注引《雅詞》十九字。

〔姮娥〕《雅詞》、《一指禪》作「嫦娥」。

【箋注】

〔一〕本詞約作於宣和五年（一一二三），時作者已歸居卞山，葛魯卿知湖州。　望：農曆十五日。詳見《水調歌頭》（霜降碧天静）注。　趙倅：生平不詳。倅，副職。宋時州府通判之俗稱。魯卿：即葛勝仲，丹陽（今屬江蘇）人，紹聖四年（一〇九七）與葉夢得同年進士。累遷太常卿兼德諭、國子監酒。曾知汝州、湖州、鄧州，紹興元年（一一三一）丐祠歸。十四年卒。有《丹陽集》。葛勝仲一生曾兩知湖州：第一次在宣和四年（一一二二）七月到任，宣和六年（一一二四）九月移知鄧州。第二次在建炎四年（一一三〇）七月到任，紹興元年（一一三一）十月丐祠歸。夢得於宣和三年（一一二一)自楚州歸吴,五年(一一二三)卜居卞山,與知州葛勝仲唱和甚歡。是年上巳日,曾陪葛勝仲同遊法華山(見後《臨江仙》(山半飛泉鳴玉珮)詞),故葛魯卿次韻詞中有「雲水光中修禊事。猶記。轉頭不覺已三秋」(見本詞【附録】),可證本詞作年。　駱駝橋:在今湖州市城區内。《太平寰宇記》卷九十四:「駱駝橋,唐垂拱元年造,橋形似駱駝,故名之。」明胡承謀、李堂輯《湖州府志》卷三:「駱駝橋,府治東南霅溪上。唐初建,以其崇穹,故名。又名迎春。《胥堰記》曰:橫亘上三巨橋,迎春其甲也。鶩湍箭馳,列柱櫛比,覆以飛宇,約以雕檻。宋慶元六年毁,和州李景和復建。」

〔二〕長虹:喻橋。杜牧《阿房宫賦》:「長橋卧波,未雲何龍;複道行空,不雨何虹。」此指駱駝橋。杜牧《懷鍾陵舊遊》詩四首之三:「斜輝更落西山影,千步虹橋氣象兼。」　跨碧流:華鎮《會稽覽古詩・孟橋》:「漢上還珠太守家,小橋斜跨碧流沙。」

〔三〕螭頭:《説文・蟲部》:「螭,若龍而黄。」古代彝器、碑額、殿柱、殿階及印章等之上所刻之螭形花飾。此指駱駝桥上之石飾。

〔四〕總領:黄庭堅《下水船》詞:「總領神仙侣,齊到青雲歧路。」

〔五〕仙客:此指作者和葛勝仲等同遊者。　瀛洲:《史記・秦始皇本紀》:「海中有三神山:名曰蓬萊、方丈、瀛洲,仙人居之。」

〔六〕嫋嫋:《九歌・湘夫人》:「嫋嫋兮秋風,洞庭波兮木葉下。」

〔七〕絳河:指銀河。王逵《蠡海集・天文類》:「天之色蒼蒼然也,而前輩曰丹霄,曰絳霄。銀漢曰銀河，可也；而曰絳河，蓋觀天者以北極爲標準，所仰視而見者，皆在於北極之南，故謂之曰丹，曰絳，借南之色以爲喻也。」

〔八〕探支：張相《詩詞曲語辭匯釋》卷上：「探，爲預支或預借之預字義。……葉夢得《定風波》詞：『却怪姮娥真好事，須記，探支明月作中秋。』」案：本詞作於七月十五日，距中秋節尚有一月，故云探支也。

【附録】

定風波　與葉少藴、陳經仲彦文燕駱駝橋，少藴作，次韻二首　葛勝仲

其一

千疊雲山萬里流。坐中碧落與鼇頭。真意見嬉吾已領。烟景。不辭捧詔久汀洲。　老去一官真是漫。溪岸。獨餘此興未能收。留與吴兒傳勝事。長記。赤欄橋上攬清秋。

其二

共喜新涼大火流。一聲《水調》聽歌頭。況有修蛾兼粉領。佳景。謝公無不礙滄洲。　平昔短檠真大漫。氣岸。老來都向酒杯收。雲水光中修禊事。猶記。轉頭不覺已三秋。（録自《丹陽詞》）

【考辨】

《四庫全書總目·丹陽詞提要》：勝仲與葉夢得酬唱頗多，而品格亦復相埒，唯葉詞中有《鷓鴣天》「次魯卿韻觀太湖」一闋，此卷内未見原唱。而此卷有《定風波》「燕駱駝橋」、「次少藴韻」二闋，葉詞内亦未見，非當時有所刊削，即傳寫佚脱。案：據《雅詞》本詞題下有「與魯卿同泛舟登駱駝橋待月」，可知《提要》中所指《定風波》燕駱駝橋次少藴韻二闋，即本詞及下一首「魯卿見和復答之」。

定風波

魯卿見和復答之〔一〕

斜漢初看素月流〔二〕。坐驚金餅出雲頭〔三〕。華髮蕭然吹素領〔四〕。光景。何妨分付屬滄洲〔五〕。　莫待霜花飄爛熳。蘋岸。更憑佳句盡拘收。解與破除消萬事〔六〕。猶記。一尊同得二年秋。

【校】

〔題〕原本及《百家詞》調下無題，篇末注：「此魯卿見和復答之」。《雅詞》調下作「魯卿見和復答」，無「之」字，楙花盦本題有「之」字。今據原本所注，取「此」以下七字作題。

〔猶記〕楙花盦本戈校：「猶」，《雅詞》作「誰」。

【箋注】

〔一〕本詞當與上闋作於同一年。

〔二〕斜漢句：謝莊《月賦》：「於時斜漢左界，北陸南躔，白露曖空，素月流天。」

〔三〕金餅：喻明月。蘇舜卿《中秋新橋對月》詩：「雲頭艷艷開金餅，水面沉沉卧彩虹。」

〔四〕華髮句：潘岳《秋興賦》：「斑鬢髟以承弁兮，素髮颯以垂領。」明陶宗儀《輟耕録》卷九《素領》：「項後白髮曰素領。漢馮唐白首爲郎官，素髮垂領。」

〔五〕分付：交付。此言將身世交付於滄洲。

〔六〕解與句：韓愈《贈鄭兵曹》詩：「杯行到君莫停手，破除萬事無過酒。」解，猶會、得、能也。李白《月下獨酌》詩：「月既不解飲，影徒隨我身。」

江城子〔一〕

碧潭浮影蘸紅旗〔二〕。日初遲〔三〕。漾晴漪。我欲尋芳、先遣報春知。盡放百花連夜發，休更待，曉風吹〔四〕。　滿携尊酒弄繁枝。與佳期。伴羣嬉。猶有邦人、争唱醉翁詞〔五〕。應笑今年狂太守，能痛飲，似當時〔六〕。

【校】

〔調〕原本於《江城子》調下注：「原刻六闋。考『銀濤無際卷蓬瀛』是東坡詞，删去。」

〔曉〕《全宋詞》案：「曉」，原作「晚」，改從汲古閣本《石林詞》。

【箋注】

〔一〕據詞中「猶有邦人、争唱醉翁詞」等句推斷，本詞當作於潁昌任上。

〔二〕碧潭句：蘇軾《瑞鷓鴣》詞：「碧山影裏小紅旗，儂是江南踏浪兒。」

〔三〕日初遲：《詩·豳風·七月》：「春日遲遲。」《毛傳》曰：「遲遲，舒緩貌。」《正義》曰：「日長而暄之意，故爲舒緩。」

〔四〕盡放三句：武則天《臘日宣詔幸上苑》詩：「花須連夜發，莫待曉風吹。」

〔五〕猶有二句：蘇軾《玉樓春·次歐公韻》詞：「佳人猶唱醉翁詞。」

〔六〕應笑三句：歐陽修《朝中措》詞：「文章太守，揮毫萬字，一飲千鍾。」此處作者藉以自指。

江城子 大雪與客登極目亭〔一〕

蹁躚飛舞半空來〔二〕。曉風催。巧縈回。野曠天遥、回望興悠哉。欲問玉京知遠近〔三〕，試携手，上高臺。　雲濤無際卷崔嵬〔四〕。斂浮埃〔五〕。照瓊瑰〔六〕。點綴林花、真個是多才〔七〕。説與化工留妙手〔八〕，休盡放，一時開。

【箋注】

〔一〕極目亭：參看《滿庭芳》（麥隴如雲）注。

〔二〕蹁躚：舞之狀也。張衡《南都賦》：「翹遥遷延，蹴蹩蹁躚。」《文選》六臣注：「皆舞之容狀也。」

〔三〕玉京：道家稱天帝居處。葛洪《枕中書》引《真記》：「玄都玉京，七寶山周圍九千里，在大羅天之上。」

〔四〕崔嵬：《詩·小雅·谷風》：「習習谷風，維山崔嵬。」《毛傳》曰：「崔嵬，山巔也。」

〔五〕浮埃：蘇軾《種松得徠字》詩：「清泉洗浮埃。」

〔六〕瓊瑰：《詩·秦風·渭陽》：「何以贈之，瓊瑰玉佩。」

〔七〕點綴句：韓愈《晚春》詩：「楊花榆莢無才思，惟解漫天作雪飛。」此反用其意，謂雪花多才，能點綴樹林。

〔八〕化工：天工。賈誼《鵩鳥賦》：「天地爲爐兮，造化爲工。」

江城子 再送盧倅〔一〕

芙蓉開過雨初晴〔二〕。曲池平。畫橋横。耿耿銀河、遥下蘸空明〔三〕。一舸吳松歸未得〔四〕，聊共住，小蓬瀛〔五〕。　問君何事引前旌〔六〕。趣歸程〔七〕。背高城。魚鳥三年、誰道總無情〔八〕。試遣他年歌此曲，應尚記，别時聲。

【箋注】

〔一〕盧倅，生平不詳。倅，副職。《禮記注疏》卷二十：「庶子，司馬之屬，掌國子之倅，爲政於公族者。」鄭注云：「倅，副也。」宋時州府之通判俗稱倅，夢得知潁昌時，通判爲韓瑨，則盧倅疑爲蔡州通判，待考。另，詞中有「魚鳥三年」句，則當在作者離任蔡州之年。作者政和五年知蔡，七年夏正式離任赴潁昌，故云「三年」。

〔二〕芙蓉：《爾雅翼·釋草》：「荷，芙蕖其總名也。別名爲芙蓉。……今江東人呼荷華爲芙蓉。」

〔三〕耿耿句：耿耿，明亮貌。謝脁《暫使下都夜發新林至京邑贈西府同僚》詩：「秋河曙耿耿，寒渚夜蒼蒼。」李善注：「耿耿，光也。」空明，言水明澈如空。蘇軾《前赤壁賦》：「擊空明兮溯流光。」

〔四〕吴松：江名，即松江，吴淞江。范成大《吴郡志》卷十八：「松江，在郡南四十五里。」

〔五〕蓬瀛：蓬萊和瀛洲，傳説中的海上仙山。詳見《定風波》（千步長虹跨碧流）注。

〔六〕前旌：劉禹錫《送河南皇甫少尹赴絳州》詩：「祖帳臨周道，前旌指晉城。」

〔七〕趣：義同「促」，急促也。《後漢書·光武帝紀上》：「於是光武趣駕南轅，晨夜不敢入城邑，舍食道旁。」李賢注：「趣，急也。」

〔八〕魚鳥句：《世説新語·言語》：「簡文入華林園，顧謂左右曰：『會心處不必在遠，翳然林水，便自有濠、濮間想也，覺鳥獸禽魚，自來親人。』」蘇軾《常潤道中有懷錢唐寄述古》詩五首之三：「二年魚鳥渾相識。」

江城子 登小吴臺小飲〔一〕

生涯何有但青山。小溪灣。轉潺湲〔二〕。投老歸來〔三〕、終寄此山間。茅舍半欹風雨横，荒徑晚，亂榛菅〔四〕。强扶衰病上巉巔。水雲間。伴躋攀。湖海蒼茫、千里在吴關〔五〕。漫有一杯聊自醉，休更問，鬢毛斑〔六〕。

【校】

〔小吴臺〕《全宋詞》案：「原誤作『吴小臺』，改從汲古閣本《石林詞》。

〔巉巔〕《百家詞》作「巉巖」。

【箋注】

〔一〕本詞作於歸居卞山期間。小吴臺：不詳。范成大《跋御書石湖下方》：「春秋時，吴臺其陰，越城其陽。登臨訪之，往迹具在。」則小吴臺之名當由吴臺而來。

〔二〕潺湲：《九歌·湘夫人》：「荒忽兮遠望，觀流水兮潺湲。」

〔三〕投老歸來：《鶴林玉露》卷五：「荆公拜相之日題詩壁間曰：霜松雪竹鍾山寺，投老歸歟寄此生。」

〔四〕榛菅：兩種植物名，此指山野間的雜草荒木。蘇軾《祈雪霧猪泉出城馬上作贈舒堯文》：「山下野人家，桑柘雜榛菅。」

〔五〕吴關：李白《題瓜州新河餞叔舍人賁》詩：「吴關倚北固，天險自茲設。」詳見《念奴嬌》（雲峰横起）注。

〔六〕鬢毛斑：黄庭堅《雨中登岳陽樓望君山》詩：「投荒萬死鬢毛斑。」

江城子　次韻葛魯卿上元〔一〕

甘泉祠殿漢離宫〔二〕。五雲中〔三〕。渺難窮。永漏通宵、壺矢轉金銅〔四〕。曾從鈞天知帝所〔五〕，孤鶴老，寄遼東〔六〕。　强扶衰病步龍鍾。雪花濛。打窗風。一點青燈、惆悵伴南宫〔七〕。唯有使君同此恨〔八〕，丹鳳□〔九〕，水雲重。

【校】

〔壺矢〕《遺書》本誤作「壺失」。

〔知〕楙花盦本注：藝海樓舊鈔本作「之」。

〔南宫〕「宫」，葛勝仲、毛幵、沈與求和韻之作，此處均用「翁」字押韻，《四庫全書總目提要・丹陽詞提要》云：「《江城子》後闋押『翁』字韻，益可證葉詞復押『宫』字之誤。」又，《提要》於《樵隱詞》亦云：「《江城子》一闋注『次葉石林韻』，後半『爭勸紫髯翁』句，實押『翁』字，而今本《石林詞》此句乃押『宫』字，於本詞爲複用，可訂《石林詞》刊本之訛。」

〔丹鳳〕下缺字。彬花盦本按：原刻缺字，疑即因「闕廷」之「闕」而訛。

【箋注】

〔一〕此乃紹興元年（一一三一）正月夢得爲和魯卿（勝仲）元夕詞而作。時作者居卞山，葛魯卿再知湖州。詞中寄託懷念故國之哀痛，毛幵、沈與求均有和作（見本詞【附録】）。又，據沈與求和詞可知，魯卿原詞有寒廳孤坐之歎，惜今《丹陽詞》中未存。

〔二〕甘泉祠：漢代天子祀天之祠。秦蕙田《五禮通考》卷六《吉禮六》：「（漢）成帝時，匡衡請徙甘泉祠於長安，定南北郊祀。」卷二《吉禮二》：「漢之祠天，不於南郊而於甘泉。祠地不於北郊，而於汾陰。」　離宫：天子行幸之宫。《三輔黄圖》卷三：「甘泉宫，一曰雲陽宫。」甘泉宫，故址在今陝西淳化西北甘泉山。本秦離宫，漢武帝復增通天、高光、迎風宫。此句借指北宋祠、宫。

〔三〕五雲：五色瑞雲，也指皇帝所在。李白《侍從宜春苑奉詔》詩：「是時君王在鎬京，五雲垂暉耀紫清。」

〔四〕永漏句：梁簡文帝《楚妃嘆》詩：「閨閑漏永永，漏長宵寂寂。」漏，古代計時之器，由滴水之壺和銅矢尺規構成。

〔五〕鈞天：《吕氏春秋·有始》：「天有九野……中央曰鈞天。」《史記·趙世家》：「趙簡子疾，……居二日半，簡子寤。語大夫曰：『我之帝所甚樂，與百神遊於鈞天，廣樂九奏萬舞，不類三代之樂，其聲動人心。』」

〔六〕孤鶴二句：陶潛《搜神後記》：「丁令威，本遼東人。學道於靈虚山，後化鶴歸遼，集城門華表柱。時有少年舉弓欲射之，鶴乃徘徊空中而言，曰：『有鳥有鳥丁令威，去家十年今始歸，城郭如故人民非，何不學仙塚累累。』」

〔七〕南宫：南方星宿之宫名，《史記·天官書》：「南宫朱鳥。」此指作者與諸友所處南方之地。

〔八〕使君：指葛魯卿，時魯卿知湖州，故稱。　此恨：指北宋亡國之恨。

〔九〕丹鳳：宫殿名，又稱鳳闕。韋應物《酒肆行》：「回瞻丹鳳闕，直視樂遊原。」此借指北宋故宫。

【附録】

江城子　和德初燈夕詞次石林韻　毛幵

神仙樓觀梵王宫。月當中。望難窮。坐聽三通、譙鼓報籠銅。還憶當年京輦舊，車馬會，五門東。　華堂歌舞間笙鐘。夕香濛。度花風。翠袖傳杯、争勸紫髯翁。歸去不堪春夢斷，烟雨曉，亂山重。（録自《樵隱詞》）

江神子 葛使君示書有元夕寒廳孤坐之歎，昨日石林寄示所和《江神子》，輒亦次韻和呈，因以自見窮寂之態　沈與求

華燈高宴水精宮。浪花中。意無窮。十載江湖、重綰漢符銅。應有青藜存往事，人縹緲，佩丁東。　卧聽蕭寺響疏鐘。渡谿風。轉空濛。月上孤窗、鄰唱有漁翁。追念使君清坐久，歌一發，恨千重。（録自《龜溪詞》）

江神子 又和葉左丞石林　沈與求

魚龍戲舞近幽宫，亂山中。似途窮。緑野堂深、門敝獸鋪銅。無限青瑶攢峭壁。花木老，映西東。　消磨萬事酒千鍾。一襟風。鬢霜濛。憂國平生、堪笑已成翁。唯有經綸心事在，承密詔，看重重。（録自《龜溪詞》）

竹馬兒〔一〕

與君記、平山堂前細柳〔二〕，幾回同挽。又征帆夜落，危檻依舊，遥臨雲巘〔三〕。自笑來往匆匆，朱顔漸改，故人俱遠。横笛想遺聲〔四〕，但寒松千丈，傾崖蒼蘚〔五〕。
　世事終何已，田陰縱在，歲陰仍晚〔六〕。嵇康老來尤懶〔七〕。只要蓴羹菰飯〔八〕。

却欲便買茅廬，短篷輕楫，尊酒猶能辨。君能過我，水雲聊爲伴。

【校】

〔調〕《詞譜》引本詞，調下注：「雙調一百三字，前段十一句，四仄韻；後段十句，五仄韻。」詞後注：「此詞與柳詞校，前段第一、二句作九字一句，第十句作五字一句，結句作四字一句，異。」

〔征帆〕《詞譜》誤作「狂帆」。

〔遺聲〕《全宋詞》按：「遺」原作「遣」，改從汲古閣本《石林詞》。

〔田陰〕《歷代詩餘》、《詞譜》作「田園」。《粹編》作「田陰」。楙花盦本注：「田陰」似誤，戈校云：前校輯詞選，曾據一本改作「田園」，惜忘其書名。

〔尤懶〕《詞譜》作「仍懶」。

〔短篷〕「篷」《遺書》本作「蓬」。

〔水雲〕楙花盦本作「雲水」。《粹編》、《詞律》、《詞譜》、《歷代詩餘》、《全宋詞》均作「水雲」。

【箋注】

〔一〕葉夢得《避暑録話》卷上：「歐陽文忠公在揚州作平山堂，壯麗爲淮南第一。上據蜀岡，下臨江南數百里，真、潤、金陵三州隱隱若可見。公每暑時，輒淩晨携客往遊。余紹聖初，始登第，嘗以六七月之間館於此堂者幾月。是歲大暑，環堂左右，老木參天，後有竹千餘竿，大如椽，不復見日色。……邇來幾四十年，念之猶在目。」又，此詞下闋云：「只要蓴羹菰飯。却欲便買茅廬，」考作者二十一歲登第，至五十九歲卜築卞山，幾四十年，則寫作此詞當在卜居卞山之後。

〔二〕君：姓氏不詳，此人當爲紹聖四年與夢得同年中舉、同路南歸、同遊揚州，且今來訪者，合此數項之人，就現存資料可考者，當推葛勝仲。勝仲，常州江陰人，紹聖四年進士，宣和四至六年知湖州，恰值夢得卜築卞山前後，曾與劉無言等遊訪石林，刻石題銘，唱酬甚密。平山堂前細柳：張邦基《墨莊漫録》卷二：「揚州蜀岡上，大明寺平山堂前，歐陽文忠公手植柳一株，謂之歐公柳，公詞所謂『手種堂前楊柳，别來幾度春風』者。」

〔三〕危檻二句：歐陽修《朝中措》詞：「平山欄檻倚晴空，山色有無中。」巘，山形重疊。《詩·大雅·公劉》：「陟則在巘，復降在原。」郭璞曰：「謂山形如壘兩甗。甗，甑也，上大下小，山形似之。」蘇軾《新城陳氏園次晁補之韻》：「徙倚望雲巘。」

〔四〕横笛句：劉長卿《留别鄭協律》詩：「江上何人復吹笛，横笛能令孤客愁。」

〔五〕蒼蘚：蘇軾《次韻周開祖長官見寄》詩：「舊遊到處皆蒼蘚，同甲唯君尚黑頭。」

〔六〕田陰二句：古以郊天爲陽，藉田爲陰，見《五禮通考》卷一百二十四《王制》。又，太歲分陰陽，如《史記·天官書》「攝提格歲，歲陰」。此田陰，泛指田畝；歲陰，言歲將暮也。庾信《上益州上柱國趙王》詩二首之二：「寂寞歲陰窮，蒼茫雲貌同。」

〔七〕嵇康句：嵇康字叔夜，譙郡銍（今安徽宿縣）人。魏晉間名士，竹林七賢之一。崇尚老莊，非湯武而薄周孔，常修養性服食之事，彈琴詠詩，自足於懷。與晉宗室婚，不滿司馬氏，終於被殺。嵇康《與山巨源絶交書》：「性復疏懶，筋駑肉緩，頭面常一月、十五日不洗，不大悶癢不能沐也。每常小便而忍不起，令胞中略轉，乃起耳。」此作者藉以自指。

〔八〕尊羹句：見《應天長》（松陵秋已老）注。

浣溪沙 重陽前一日登極目亭〔一〕

小雨初回昨夜涼。繞籬新菊已催黄〔二〕。碧空無際卷蒼茫。　千里斷鴻供遠目〔三〕，十年芳草掛愁腸。緩歌聊與送瑶觴〔四〕。

【校】

〔題〕原本及《百家詞》題中無「前」和「登」字，據《雅詞》補。《花庵》題作「重陽前一日」，無「登極目亭」四字。楙花盦本及《全宋詞》「前」作「後」，有「極目亭」三字，而無「登」字。

〔瑶觴〕《雅詞》作「遥觴」。《花庵》、《歷代詩餘》作「清觴」。

【箋注】

〔一〕極目亭：參看《滿庭芳》（麥隴如雲）注。此極目亭約在太湖洞庭西山附近，時作者已歸居卞山，距政和間登蔡州極目亭已近十年，故有「十年芳草掛愁腸」之歎。

〔二〕繞籬句：白居易《九日寄微之》詩：「繞籬新菊爲誰黄。」

〔三〕斷鴻：蘇軾《老人行》：「故國日邊無信息，斷鴻空逐水長流。」

〔四〕瑶觴：酒器的美稱。王勃《越州秋日宴山亭序》：「銀燭擒花，瑶觴抒興。」

浣溪沙〔一〕

睡粉輕消露臉新。醉紅初破玉肌勻。尊前留得兩州春。剩挽雕盤欹醉帽〔二〕，重催飛騎走紅塵〔三〕。十年蘭茝笑騷人〔四〕。

【校】

〔欹醉帽〕「欹」，《遺書》本誤作「歌」。楙花盦本「醉」作「翠」，注：「翠」原作「醉」，戈校云：汲古閣本亦作「醉」，憶三十年前借閱戴氏舊鈔本乃作「翠」，與下「紅」字對，妙甚，故改從之。

【箋注】

〔一〕此詞蓋詠食荔枝。

〔二〕剩：儘也。晏幾道《鷓鴣天》詞：「今宵剩把銀釭照。」詳見《八聲甘州》（又新正過了）注。　欹醉帽：歐陽修《和晏尚書對雪招飲》詩：「誰伴山翁醉帽斜。」黄庭堅《和甫得竹數本於周翰喜而作詩和之》詩：「白眼對俗徒，醉帽坐欹側。」

〔三〕重催句：杜牧《過華清宫》詩：「一騎紅塵妃子笑，無人知是荔枝來。」

〔四〕十年句：《楚辭》以蘭茝比君子。《九章·悲回風》：「故荼薺不同畝兮，蘭茝幽而獨芳。」騷人，詩人。李白《古風》其一：「正聲何微茫，哀怨起騷人。」此作者自指。

浣溪沙　送盧倅〔一〕

荷葉荷花水底天。玉壺冰酒釀新泉〔二〕。一歡聊復記他年。　我亦故山歸去客，與君分手暫流連。佳人休唱好因緣〔三〕。

【校】

〔分手〕《百家詞》「手」作「首」。

【箋注】

〔一〕此詞當與前《江城子》（芙蓉開過雨初晴）作於同時而稍前。

〔二〕玉壺句：王昌齡《芙蓉樓送辛漸》詩：「一片冰心在玉壺。」歐陽修《醉翁亭記》：「釀泉爲酒，泉香而酒洌。」

〔三〕佳人句：曹植《雜詩》其四：「南國有佳人，容華若桃李。」好因緣，《五代詩話》卷六引《玉壺詩話》謂五代陶穀使江南，贈妓所作《風光好》詞有「好姻緣，惡姻緣」云云。

浣溪沙 意在亭〔一〕

休笑山翁不住山〔二〕。二年偷向此中閑。歸來贏得鬢毛斑〔三〕。　甕底新醅供酩酊〔四〕，城頭曲檻俯淙潺。山翁元在此山間。

【校】

〔元在〕《全宋詞》作「老去」。《詞徵》本作「原在」。

【箋注】

〔一〕意在亭：石林精舍之亭名。宋周密《癸辛雜識》前集「葉氏石林」條：左丞葉少藴之故居，在卞山之陽，萬石環之，故名，且以自號。正堂曰兼山，傍曰石林精舍，有承詔、求志、從好等堂及淨樂庵、愛日軒、躋雲軒、碧琳池，又有巖居、真意、知止等亭。清嵇曾筠《浙江通志》卷四十二《古迹四》「葉氏石林園」引《癸辛雜識》後，又引《吴興園林記》及劉一止訪石林精舍詩，其下有按語云：「《石林詞》有『題意仕(在)亭』，又，『西園右春亭新成』。」

〔二〕山翁：指山簡，此作者自喻。

〔三〕歸來句：賀知章《回鄉偶書》詩：「少小離家老大回，鄉音無改鬢毛衰。」黄庭堅《雨中登岳陽樓望君山》詩：「投荒萬死鬢毛斑。」

〔四〕甕底句：此與注〔二〕同用晉山簡習池酩酊醉歸之典。

浣溪沙　許公堂席上次韻王幼安〔一〕

絳蠟燒殘夜未分〔二〕。寶箏聲暖拍初匀。斗樞光照坐生春〔三〕。便恐賜還歸衮繡〔四〕，莫辭揮翰落烟雲〔五〕。鳳城西去斷離魂〔六〕。

【校】

〔聲暖〕《全宋詞》作「聲緩」。

〔賜還〕《全宋詞》作「賜環」，對仗，似較勝。

【箋注】

〔一〕此詞當作於潁昌任上。　許公堂：不詳。　王幼安：作者在潁昌時詩酒唱和的友人。詳見《水調歌頭》（江海渺千里）注。范公偁《過庭録》：「王樂道二子，寔字仲弓，寧字幼安，卜居許昌。……幼安晚以上書元祐得幸，致身臺輔。」《宋史·王襄傳》：王幼安原名寧，後更名宓。大觀三年改兵部侍郎，使高麗，還對稱旨，召賜名襄。歷工部、吏部尚書，拜同知樞密院事。因事罷嵩山崇福宫。

〔二〕絳蠟句：蘇軾《次韻代留别》詩：「絳蠟燒殘玉斝飛。」夜未分，《水經注·江水》：「自非亭午夜分，不見曦月。」

〔三〕斗樞：北斗之第一星。劉允濟《天賦》：「横斗樞以旋運。」亦以借指宰輔大臣，此指王幼安。

〔四〕衮繡：皇帝或三公的禮服。《詩·國風·九罭》：「我覯之子，衮衣繡裳。」

〔五〕莫辭句：杜甫《飲中八仙歌》：「揮毫落紙如雲烟。」

〔六〕鳳城：京城的別稱。杜甫《夜》詩：「步蟾倚杖看斗牛，銀漢遥應接鳳城。」仇注引趙次公曰：「秦穆公女吹簫，鳳降其城，因號丹鳳城。其後言京城曰鳳城。」

浣溪沙　用前韻再答幼安

梅蕊舊年

緑野歌歡喜見分〔一〕。驟驚和氣曉來匀。妙歌誰敢和《陽春》〔二〕。迎臘雪，月華今夜破寒雲。獨醒争笑楚人魂〔三〕。

【校】

〔題〕《雅詞》無此題。

〔梅蕊〕《遺書》本作「梅雨」。

〔寒雲〕《雅詞》作「黄昏」。𣗥花盦本作「寒雲」，戈校云：《樂府雅詞》作「黄昏」。

【箋注】

〔一〕緑野句：《新唐書·裴度傳》：「（度）不復有經濟志，乃治第東都集賢里，沼石林叢，岑繚幽勝；午橋作別墅，具燠館涼臺，號緑野堂，激波其下。度野服蕭散，與白居易、劉禹錫爲文章，把酒窮晝夜相歡，不問人間事。」此用其典，指前與許公堂、王幼安詩酒暢宴之歡。　分：指分題吟詩賦。

〔二〕《陽春》：即《陽春白雪》。《文選》卷四十五宋玉《對楚王問》：「客有歌於郢中者，其始曰下里巴人，國中屬而和之者數千人；……其爲陽春白雪，國中屬而和者不過數十人；是其曲彌高而和彌寡也。」此指王幼安之作。

〔三〕獨醒句：《楚辭·漁父》：「屈原曰：『舉世皆濁我獨清，衆人皆醉我獨醒，是以見放。』」楚人魂，本指屈原，此或喻對方。

浣溪沙　次韻王幼安、曾存之園亭席上〔一〕

物外光陰不屬春〔二〕。且留風景伴佳辰。醉歸誰管斷腸人。　柳絮尚飄庭下雪〔三〕，梨花空作夢中雲〔四〕。竹間籬落水邊門。

【校】

〔且留〕原作「斷留」，依楙花盦本改。楙花盦本注：「且」，原刻誤作「斷」，戈校依戴氏舊鈔本改正。《遺書》本亦云：「且」，原刻誤作「斷」。

【箋注】

〔一〕本詞與上闋同作於知潁昌期間。王幼安、曾存之皆爲作者在潁昌的友人。詳見《浣溪沙》（絳蠟燒殘夜未分）注。曾存之園亭，陸友仁《研北雜志》卷上録葉夢得少藴鎮許昌云：「曾魯公之孫誠存之，議論英發，貫串今古。」《石林詩話》卷上：「曾存之家池中島上，亦有海棠十許株。余爲守時，歲與王幼安諸人席地屢飲。」

〔二〕物外：世俗之外。《石林詩話》引《文選》五臣注：「淵明正以脱略世故、超然物外爲意。」晁補之《書魯直題高求父揚清亭詩後》文云：「陶淵明泊然物外，故其語言多物外意。」

〔三〕柳絮句：《世説新語·言語》：「謝太傅寒雪日，内集與兒女講論文義。俄而雪驟，公欣然曰：『白雪紛紛何所似？』兄子胡兒曰：『撒鹽空中差可擬。』兄女曰：『不若柳絮因風起。』」

〔四〕梨花句：王建《夢看梨花雲歌》：「薄薄落落霧不分，夢中唤作梨花雲。」蘇軾《西江月》梅花詞：「高情已逐曉雲空，不與梨花同夢。」

浣溪沙 與魯卿酌別，席上次韻〔一〕

千古風流詠白蘋〔二〕。二年歌笑擁朱輪〔三〕。翩翩却憶上林春〔四〕。　　劍履便應陪北闕〔五〕，袴襦那更假西人〔六〕。玉堂金殿要詞臣〔七〕。

【箋注】

〔一〕本詞約作於宣和六年甲辰（一一二四）。魯卿：即葛勝仲，生平事蹟已見《定風波》（千步長虹跨碧流）詞注。曾兩知湖州，與石林均有唱和。此當爲第一次知湖州離任前石林爲之酌別之詞。勝仲《丹陽詞》中有《浣溪沙》即席唱和三首，見本詞【附録】。

〔二〕白蘋：洲名。據《湖州府志》卷四載：「歸安有白蘋洲，霅溪東南。梁太守柳惲《江南曲》：『汀洲有白蘋，日暮江南春。』後人因以名洲。唐大曆中顔真卿作八角亭，又爲茅亭，書惲詩於上。」

〔三〕二年句：宣和四年壬寅（一一二二）葛魯卿知湖州，而夢得於宣和五年癸卯（一一二三）卜築卞山石林。二人更相唱和甚歡。宣和六年九月勝仲移知鄧州，故云「二年歌吹擁朱輪」。朱輪，猶朱軒。王侯貴族所乘的車駕。《漢書·劉向傳》：「王氏一姓乘朱輪華轂者二十三人。」此指太守之車。

〔四〕翩翩句：作者和葛勝仲爲同年進士，此句回憶當年中舉時春風得意的情景。翩翩，形容文采或風度的優美。曹丕《與吴質書》：「元瑜書記翩翩，致足樂也。」此指夢得及魯卿等的風致。上林，原爲秦苑名，漢武帝時擴建，供上春秋打獵。故址在今長安、周至、鄠縣界。《三輔皇圖》卷四：上林苑「方三百里，苑中養百獸，……奇樹異草，靡不培植，屋皆徘徊連屬，重閣修廊，行之移晷，不能遍也」。此借指北宋宫苑。

〔五〕劍履句：意謂葛勝仲當回朝上殿。劍履：《漢宫儀》：「上公九命則劍履。」《史記·蕭相國世家》：「於是乃令蕭何賜帶劍履上殿，入朝不趨。」北闕，宫殿北向之門樓，爲大臣等候朝見或上書處。《漢書·高帝紀》：「蕭何治未央宫，立東闕、北闕、前殿武庫、太倉。」顔師古注：「未央殿雖向南，而上書、奏事、謁見之徒，皆詣北闕。」

〔六〕袴襦：《禮記·内則》：「衣不帛襦袴。」孫希旦集解：「襦，内衣；袴，下衣。」《後漢書·廉范傳》：「廉范，字叔度……建初中，遷蜀郡太守。……舊制禁民夜作，以防火災。而更相隱蔽，燒者日屬。范爲削毁先令，但嚴使儲水而已。百姓爲便，乃歌之曰：『廉叔度，來何暮？不禁火，民安作。平生無襦今五袴。』」假：凭靠、借助。西人：《詩·小雅·大東》：「東人之子，職勞不來；西人之子，衣服粲粲。」鄭箋：「西人，京師人也。……東人勞苦而不見謂勤；京師人衣服鮮潔而逸豫。言王政偏甚也。」

〔七〕玉堂金殿：泛指宫殿，此亦借指朝廷。玉堂，漢代宫殿名。《三輔皇圖·漢宫》：「建章宫南有玉堂。……階陛皆玉爲之。」金殿，王維《酬郭給事》詩：「晨摇玉珮起金殿。」

【附録】

浣溪沙 少藴内翰同年寵速，遣妓隱簾吹笙，因成一闋　葛勝仲

東道殷勤玉斝飛。華燈傾國擁珠璣。玉奴嫌瘦玉環肥。　縹緲幸聞緱嶺曲，參差猶隔夏侯衣。放開雲月出清輝。（録自《丹陽詞》）

浣溪沙 少藴内翰同年寵速，且出後堂並製歌詞侑觴，即席和韻二首　葛勝仲

其一

今夜風光戀渚蘋。欲教四角出車輪。金釵離立座生春。　神女恍驚巫峽夢，飛瓊原是閬風人。詔封後院寵儒臣。

其二

溪岸沉深屬泛蘋。傾城容貌此推輪。可憐虚度二年春。　暮暮來時騷客賦，朝朝新處後庭人。天留花月伴羈臣。（録自《丹陽詞》）

【考辨】

《四庫全書總目·丹陽集提要》：至《浣溪沙》三首，在夢得詞以爲次魯卿韻，在此卷又以爲和少蘊韻，則兩者必有一訛，不可得而覆考矣。

王兆鵬《兩宋詞人年譜》第一九二頁云：勝仲原唱爲《浣溪沙·少蘊内翰同年寵速且出後堂並製歌詞侑觴即席和韻二首》，勝仲同時又有《浣溪沙·少蘊内翰同年寵速遣妓隱簾吹笙因成一闋》詞（俱見《丹陽詞》）。

案：葉夢得爲葛勝仲餉别，兩人以《浣溪沙》調互相唱和之詞今存共四首，其中葛詞「東道殷勤玉斝飛」一首押「平聲五微」韻，餘葉、葛三首均押「平聲十一真」韻，且互題「次韻」及「和韻」，《四庫總目》以爲「兩者必有一訛」，甚是。考葛詞之兩篇小序，其「東道殷勤」云，「少蘊内翰同年寵速，遣妓隱簾吹笙，因成一闋」，另二首小序則云，「少蘊……出後堂並製歌詞侑觴，即席和韻二首」。可見葛詞三首雖同作於席上，却有先後之别。押「五微」韻之「東道殷勤」一首在先，該詞末二句對歌妓隱簾吹笙有隔簾之憾及出簾之請。爲此主人即遣妓出堂，並親製歌詞使之侑觴，歌詞或即「千古風流詠白蘋」，用的是「真」字韻，該詞緊扣餉别主題，對勝仲極盡頌祝之意，雖非次韻，確係奉和。隨後才有勝仲「今夜風光戀渚蘋」等二首和作，亦押「真」韻。如此看來，葉詞小序中的「次韻」當作「奉和」，葛作後二首才是真正的「次韻」。《丹陽》、《石林》二詞集歷經傳抄，或導致訛誤，然細察文意，仍可釐清次序如上。

永遇樂 寄懷張敏叔、程致道〔一〕

蘋芷芳洲，故人回首，雲海何處。五畝荒田，慇勤問我，歸計真成否〔二〕。洞庭波冷，秋風嫋嫋，木葉亂隨風舞〔三〕。記扁舟、橫斜載月，目極暮濤烟渚。傳聲試問，垂虹千頃〔四〕，蘭棹有誰重駐〔五〕。雪濺雷翻，潮頭過後，帆影欹前浦。此中高興，何人解道〔六〕，天也未應輕付。且留取、千鍾痛飲〔七〕，與君共賦。

【校】

〔歸計〕原作「歸此」，《歷代詩餘》、楙花盦本作「歸計」，從改。

【箋注】

〔一〕本詞約作於蔡州任上。　張敏叔、程致道：作者的友人。詳見《滿庭芳》（麥隴如雲）注。

〔二〕慇勤二句：蘇軾《蝶戀花》詞：「一紙鄉書來萬里。問我何年，真箇成歸計。」

〔三〕洞庭三句：《楚辭・九歌・湘夫人》：「嫋嫋兮秋風，洞庭波兮木葉下。」本詞洞庭指太湖，太湖有洞庭東西山。

〔四〕垂虹：橋名。見《念奴嬌》（洞庭波冷）注。

〔五〕蘭棹句：蘇軾《赤壁賦》：「桂棹兮蘭槳。」柳宗元《酬曹侍御過象縣見寄》：「破額山前碧玉流，騷人遥駐木蘭舟。」

〔六〕解道：知道、領會。陸龜蒙《早春雪中作吴體寄襲美》詩：「君披鶴氅獨自立，何人解道真神仙。」

〔七〕千鍾痛飲：歐陽修《朝中措》（平山闌檻倚晴空）詞：「文章太守，揮毫萬字，一飲千鍾。」

永遇樂　蔡州移守潁昌，與客會别臨芳觀席上〔一〕

天末山横，半空簫鼓，樓觀高起。指點栽成，東風滿院，總是新桃李〔二〕。綸巾羽扇〔三〕，一尊飲罷，目送斷鴻千里〔四〕。攬清歌、餘音不斷，縹緲尚縈流水。　年來自笑無情，何事猶有，多情遺思。緑鬢朱顔，匆匆拚了，却記花前醉。明年春到，重尋幽夢，應在亂鶯聲裏。拍闌干、斜陽轉處〔五〕，有誰共倚。

【校】

〔調〕原本題下注「或刻蘇子瞻」，楙花盦本無此五字。《歷代詩餘》作蘇軾詞。《全宋詞》案云：此首誤入汲古閣本《東坡詞》。

〔栽成〕「栽」，原刻作「裁」，楙花盦本及《歷代詩餘》作「栽」，依改。

【箋注】

〔一〕本詞乃政和七年（一一一七）春，作者離任蔡州時留別諸友而作。《宋史》本傳：「政和五年，起知蔡州。復龍圖閣直學士，移知潁昌。」臨芳觀：程俱《北山集》卷十二《臨芳觀賦》：「政和七年春，蔡州作臨芳觀於牙城之上。太守，翰林葉公也。」

〔二〕指點三句：劉禹錫《戲贈看花諸君子》詩：「玄都觀裏桃千樹，儘是劉郎去後栽。」

〔三〕綸巾羽扇：《三才圖會·衣服一》：「諸葛巾，一名綸巾。諸葛武侯嘗服綸巾，執羽扇，指揮軍事。」此作者自指。

〔四〕目送句：嵇康《送兄秀才從軍》詩：「目送歸鴻，手揮五弦。」

〔五〕拍闌干：李煜《玉樓春》（晚妝初了明肌雪）詞：「醉拍闌干情未切。」王闢之《澠水燕談録》卷五：「劉孟節……寓龍興僧舍之西軒，往往憑欄靜立，懷想世事吁唏，或獨以手拍欄杆，嘗有詩曰：『讀書誤我四十年，幾回醉把欄杆拍。』」

臨江仙

聞道今年春信早，梅花不怕餘寒〔一〕。憑君先向近南看。香苞開遍未，莫待北枝殘〔二〕。　腸斷隴頭他日恨〔三〕，江南幾驛征鞍〔四〕。一杯聊與盡餘歡。風情何似我，老去未應闌〔五〕。

【校】

〔向近〕原刻作「近向」，《雅詞》、《梅苑》並作「向近」，依改。　楙花盦本、《詞徵》亦依改。

〔開遍〕《雅詞》、《梅苑》並作「開也」，楙花盦本、《詞徵》依改。

〔何似我〕《雅詞》作「何所似」。《梅苑》作「何似有」。

〔未應闌〕「闌」，《雅詞》、《梅苑》作「閑」。

【箋注】

〔一〕聞道二句：石林《建康集》卷一有詩題云：「山間每歲正月望後，梅花盛開，多與客飲花下。」

〔二〕憑君三句：陸佃《埤雅》卷十三：「舊説大庾嶺上梅，南枝已落，北枝始華。」

〔三〕腸斷句：《隴頭歌辭》：「隴頭流水，鳴聲嗚咽。遥望秦川，心肝斷絶。」

〔四〕江南句：《太平御覽》卷九百七十引盛弘之《荆州記》：「陸凱與范曄相善，自江南寄梅一枝，詣長安與曄，并贈詩曰：『折花逢驛使，寄與隴頭人。江南無所有，聊贈一枝春。』」

〔五〕未應闌：岑參《陪群公龍崗寺泛舟》詩：「良友興正愜，勝遊情未闌。」

臨江仙 雪後寄周十〔一〕

夢裏江南渾不記，祇今幽户難忘〔二〕。夜來急雪繞東堂。竹窗松徑裏，何處問歸艎〔三〕。甕底新醅應已熟〔四〕，一尊知與誰嘗。會須雄筆卷蒼茫〔五〕。雪濤聲隱户，瓊玉照頹牆。

【校】

〔祇今〕《雅詞》作「祇君」，《全宋詞》從之。

〔堂〕《樂府雅詞》作「塘」。

〔松徑裏〕《雅詞》無「裏」字。

〔何處〕《雅詞》作「無處」。

〔歸艎〕《雅詞》作「歸航」。

〔雪濤聲〕「雪」，原本作「雲」，依《雅詞》改。《雅詞》無「聲」字。《全宋詞》作「雪聲」。 楙花盦本戈校云：《樂府雅詞》前半「竹窗」句無「裏」字，此句無「聲」字，前後皆作四字一句。《臨江仙》有此體。

【箋注】

〔一〕周十：生平不詳。葉夢得於宣和五年所作《玉澗雜書》載「今歲中秋，初夜微陰，不見月。吾與周子集適自山中還。是時暑猶未退，相與散髮披衣坐溪上」一節，所述二人相與甚歡，未知「周子集」即此周十否？詞中懷念江南，當作於地方任上。

〔二〕幽户：柳宗元《禪室》詩：「山花落幽户，中有忘機客。」

〔三〕歸艎：艎，大船。謝朓《拜中軍記室辭隋王箋》：「惟待青江可望，候歸艎於春渚。」

〔四〕甕底句：白居易《冬初酒熟》詩：「一甕新醅酒，萍浮春水波。」周邦彦《六么令》：「宜城酒美新醅熟。」

〔五〕會須：當須、應須，如李白《將進酒》詩：「烹羊宰牛且爲樂，會須一飲三百杯。」此言當須揮毫詠壯闊浩茫之雪景。

臨江仙 與客湖上飲歸〔一〕

不見跳魚翻曲港〔二〕，湖邊特地經過。蕭蕭疏雨亂風荷〔三〕。微雲吹盡散，明月墮平波。　白酒一杯還徑醉，歸來散髮婆娑。無人能唱《采菱歌》〔四〕。小軒欹枕簟，檐影掛星河。

【校】

〔題〕《歷代詩餘》無題。《雅詞》題無「歸」字。

〔跳魚〕楙花盦本注：「魚」，一作「珠」。

〔吹盡〕《雅詞》無「盡」字。

〔明月〕《雅詞》作「涼月」。楙花盦本注：「明」，一作「涼」。

〔采菱〕楙花盦本注：「菱」，一作「蓮」。

〔枕簟〕《雅詞》無「簟」字。楙花盦本戈校云：《樂府雅詞》前半「微雲」句無「盡」字，此句無「簟」

字，亦前後皆四字。

【箋注】

〔一〕此詞或作於知潁昌任上，因下闋有「無人能唱《采菱歌》」，似寓思鄉之情。王譜繫於宣和五年癸卯（一一二三），見第一八九頁，其説甚詳，值得參考。客：不詳。

〔二〕跳魚句：韓維《南陽集》卷十：《宴湖上呈稺卿》詩「飛鷺欲來迎畫舫，跳鱗如喜脱金鈎」，注曰：「公許湖魚以不殺。」蘇軾《永遇樂》詞：「曲港跳魚，圓荷瀉露，寂寞無人見。」

〔三〕蕭蕭句：蘇軾《九月中……南溪竹上》詩：「湖上蕭蕭疏雨過……陂塘水落荷將盡。」

〔四〕《采菱歌》：《樂府詩集》卷五十「清商曲辭」：梁武帝《江南弄》七首：「一曰《江南弄》，二曰《龍笛曲》，三曰《采蓮曲》，四曰《鳳笛曲》，五曰《采菱曲》，六月《遊女曲》，七曰《朝雲曲》。」此借江南民歌《采菱曲》，寄託作者思鄉之情。

臨江仙　送章長卿還姑蘇兼寄程致道〔一〕

碧瓦新霜侵曉夢，黄花已過清秋。風帆何處掛扁舟。故人歸欲盡，斜日更回頭。　欒圃橋邊煩借問〔二〕，有人高卧江樓〔三〕。寄聲聊爲訴離憂。桂叢應已老〔四〕，何事久淹留〔五〕。

【校】

〔題〕《雅詞》粵雅堂本作「送友人還姑蘇重寄程致道」；古香樓本同，但無「友」字，「兼」作「重」。

〔斜日〕《雅詞》、《全宋詞》作「殘日」。梂花盦本及《歷代詩餘》均作「斜日」。

【箋注】

〔一〕章長卿：不詳，據《雅詞》題序，可知爲作者之友人。　程致道：即程俱，詳見《滿庭芳》（麥隴如雲）注。

〔二〕欒圃橋：《吴郡志》卷二十六「人物」：「朱長文，字伯原。光禄卿公綽之子。公綽居鳳凰鄉集祥里，園亭甚古，長文擢第，號其居曰樂圃。」《吴郡志》卷六「坊市」：樂圃坊在「樂橋西北」，「三太尉橋北」。

〔三〕有人句：《三國志・魏志・陳登傳》：「許汜與劉備並在荆州牧劉表坐。表與備共論天下人。汜曰『陳元龍湖海之士，豪氣不除。……昔遭亂，過下邳，見元龍，元龍無客主之意，久不相與語。自上大床卧，使客卧小床。』備曰：『君有國士之名，今天下大亂，帝王失所，望君憂國忘家，有救世之意；而君求田問舍，言無可采，是元龍所諱也，何緣當與君語？如小人，欲卧百尺樓上，卧君於地，何但上下床之間邪！』」此處陳元龍借指程致道。

〔四〕桂叢：《楚辭·招隱士》：「桂樹叢生兮山之幽。」

〔五〕何事句：王粲《登樓賦》：「雖信美而非吾土兮，曾何足以少留？」柳永《八聲甘州》：「歎年來蹤迹，何事苦淹留？」

臨江仙　席上次韻韓文若〔一〕

聞道安車來過我〔二〕，百花未敢飄零。疾催弦管送杯行。五朝瞻舊老〔三〕，揮麈聽風生〔四〕。　鳳詔遠從天上落〔五〕，高堂燕喜初醒〔六〕。莫言白髮減風情〔七〕。此時誰得似，飲罷却精明。

【校】

〔精明〕原刻作「精神」，因「神」字出韻，據《雅詞》改。《百家詞》、《詞徵》亦作「精明」。楙花盦本戈校云：「神」應是「明」之訛，觀以下二闋亦皆次韻，而作「明」可見。

【箋注】

〔一〕本詞作於知潁昌期間。　韓文若：即韓宗武，字文若，韓縝之子。《宋史》卷三一五《韓縝附傳》：「宗武，第進士。韓忠彦鎮瀛州，辟爲河間令……徽宗即位，爲秘書丞。……尋除都官員外郎，改開封府推官。丐外爲淮南轉運判官……罷歸。……官累大中大夫。年八十二卒。」葉夢得《避暑録話》卷上：「余在許昌，與韓宗武會……時年八十餘……客誦其人往來詩數十篇，皆五字古風，清婉可愛如《玉臺新詠》。宗武見余愛，乃笑曰：『荆公嘗亦甚稱云。』」

〔二〕安車：《禮記注疏》卷一「曲禮上」：「大夫七十而致事……適四方，乘安車。」鄭玄注：「安車，坐乘，若今小車也。」孔穎達疏：「古者乘四馬之車，立乘。以臣既老，乘一馬小車，坐乘也。」

〔三〕五朝句：韓宗武一生經歷仁、英、神、哲、徽宗五朝，故稱。

〔四〕揮麈：麈，此代麈尾。蔡卞《毛詩名物解》：「麈，獸，似鹿而大，其尾辟麈。」蘇軾《贈治易僧智周》詩：「揮麈空山亂石聽。」

〔五〕鳳詔：《鄴中記》：「石季龍與皇后在觀，上有詔書，銜木鳳口中，放數十丈緋繩，迴轉飛下。」

〔六〕燕喜：燕，同「宴」。《詩・小雅・六月》：「吉甫燕喜，既多受祉。」

〔七〕風情：柳永《雨霖鈴》：「便縱有千種風情，更與何人説。」

臨江仙 晁以道見和答韓文若之句，復答之二首〔一〕

三月鶯花都過了〔二〕，曉來雪片猶零。嵩陽居士記行行〔三〕。西湖初水滿〔四〕，遥想縠紋生〔五〕。　欲爲海棠傳信息〔六〕，如今底事長醒。不應高卧頓忘情〔七〕。留春春不住，老眼若爲明〔八〕。

【校】

〔題〕《雅詞》調下無題。

〔留春句〕《雅詞》作「當時風月在」。

〔老眼句〕《雅詞》作「相見眼終明」。

【箋注】

〔一〕本詞作於知潁昌期間。　晁以道：即晁説之，字以道，端彦之子。以道慕司馬光，自號景迂生。元豐進士，蘇軾以著述科薦之。元祐中，以黨籍放斥。靖康初召爲著作郎，後試中書舍人兼東宫詹事，建炎初，終徽猷閣待制。博極群書，通《六經》，尤善《易傳》。善畫山水，工詩。著有《儒言》、《晁氏客語》、《景迂生集》（又名《嵩山集》）（參閲《佩文齋書畫譜》卷五十）。《研北雜志·許昌唱和集序》：「説之以道居新鄭，杜門不出，遥請入社。」

〔二〕三月句：丘遲《與陳伯之書》：「暮春三月，江南草長，雜花生樹，群鶯亂飛。」蘇軾《常潤道中有懷錢唐寄述古》詩五首之三：「二年魚鳥渾相識，三月鶯花付與公。」

〔三〕嵩陽居士：晁以道崇寧間隱居嵩山，故稱之。

〔四〕西湖：指潁昌西湖。《嘉靖許昌志》卷一：「西湖，在州西北七里。今水涸，民田其中。」《石林詩話》卷上：「許昌西湖與子城密相附，緣城而下，可策杖往來，不涉城市。云是曲環作鎮時，取土築城，因以其地，導潩水瀦之，略廣百餘畝，中爲横堤。初，但有其東之半耳，其西廣於東增倍，而水不甚深。宋莒公（庠）爲守時，因起黄河春夫浚治之，始與西相通，則其詩所謂『鑿開魚鳥忘情地，展盡江湖極目天』者也。其後，韓持國作大亭水中，取其詩，名之曰展江。然水面雖闊，西邊終易堙塞。數十年來，公規利者，遂涸以爲田，歲入才得三百斛，以佐釀酒，而水無幾矣。予爲守時，復以還舊，稍益開浚，渺然真有江湖之趣。莒公詩更有一篇，中云『向晚舊灘都浸月，遇寒新木（一作水）便生烟』，尤風流有味，而世不傳，往往但記前聯耳。」

〔五〕縠紋：蘇軾《臨江仙》詞：「夜闌風静縠紋平。」

〔六〕欲爲句：《冷齋夜話》引《太真外傳》：「明皇登沈香亭，詔妃子，妃子時卯醉未醒，命力士從侍兒扶掖而至。妃子醉顔殘妝，鬢亂釵橫，不能再拜。上皇笑曰：『豈是妃子醉？真海棠睡未足耳。』」

〔七〕高卧：指隱居不仕。《世説新語・排調》：「卿（謝安）屢違朝旨，高卧東山。諸人每與語：『安石不能出，將如蒼生何？』」此喻晁以道居新鄭而杜門不出。

〔八〕留春二句：白居易《晚春欲携酒尋沈四著作先以六韻寄之》詩：「無計留春得，争能奈老何。」若爲明，難爲明、怎爲明。

臨江仙〔一〕

唱徹《陽關》分别袂〔二〕，佳人粉淚空零。請君重作《醉歌行》〔三〕。一歡須痛飲，回首念平生。　却怪老來風味減〔四〕，半酣易逐愁醒。因花那更賦《閒情》。鬢毛今爾耳，空笑老淵明〔五〕。

【箋注】

〔一〕此詞承前闋同爲答晁以道之作。

〔二〕唱徹句：《陽關》，古琴曲《陽關三疊》之簡稱。王維《送元二使安西》詩：「渭城朝雨浥輕塵，客舍青青柳色新。勸君更盡一杯酒，西出陽關無故人。」《陽關三疊》即以其辭增删之配曲。徹，曲終。分別袂，即分袂、分手、分離。杜牧《重送王十》詩：「分袂還應立馬看，向來離思始知難。」

〔三〕《醉歌行》：樂府歌辭名，内容多寫贈別之情。如杜甫《醉歌行・别從侄勤落第歸》詩。

〔四〕老來風味：周邦彦《蝶戀花》詞：「强對青銅簪白首，老來風味難依舊。」

〔五〕因花三句：言己年歲漸老，不復因花而賦情。《閒情》，陶淵明有《閒情賦》，此反用以自嘲。爾耳，如此、這樣。《晉書・阮咸傳》：「不能免俗，聊復爾耳。」夢得中歲鬢髮已霜，詞作多有歎老之句，如《臨江仙》（三日疾風吹浩蕩）：「霜鬢不堪春點檢。」程俱《卞山信至三首》之一：「公昔奉阡隴，二毛不勝簪。」亦可証。老淵明，此乃作者自嘲語。

臨江仙　次韻洪思成湖上〔一〕

瀲灩湖光供一笑〔二〕，未須醉日論千〔三〕。將軍曾記舊臨邊〔四〕。野塘新水漫〔五〕，烟岸藕如船〔六〕。　却怪情多春又老，回腸易逐愁煎。何如旌旆鬱相連。凱歌歸玉帳〔七〕，錦帽碧油前〔八〕。

【校】

〔洪思成〕《雅詞》「成」作「誠」。

〔湖上〕《雅詞》作「席上」。

〔漫〕《雅詞》作「滿」。

〔藕〕原本作「酒」，據《雅詞》改。楙花盦本作「酒」，戈校云：《樂府雅詞》「酒」作「藕」。

〔旌旆〕《雅詞》作「旌騎」。

【箋注】

〔一〕此詞作於潁昌任上。洪思成：即洪中孚，字思誠，休寧（今屬安徽）人。據《宋史·兵志》、《九朝編年備要》、《資治通鑑續編》等載，洪中孚曾任禮部尚書、户部侍郎、熙河蘭湟路轉運使、河東轉運使等職。劉岑《贈光禄大夫少師洪公中孚神道碑》：徽宗朝曾帥河東路知太原府，移潁昌。以顯謨閣待制真定路安撫使兼知成德軍府。又，知揚州，歸許昌。建炎二年復龍閣致仕。紹興元年十一月終，享年八十三。《宋史翼》卷五《洪中孚傳》：「（中孚）爲成都縣簿，雕門蠻叛，蜀帥以屬中孚，親呼酋長，諭以利害。酋自歸服。」

〔二〕瀲灩句：蘇軾《飲湖上初晴後雨》詩：「水光瀲灩晴方好。」

〔三〕醉日論千：晉張華《博物志》卷十：「劉玄石於中山酒家酤酒，酒家與千日酒，忘言節度。

歸至家，醉，而家人不知，以爲死也，權葬之。酒家計千日滿，乃憶玄石前來沽酒，醉當醒耳。往視之，云玄石亡來三年矣。於是開棺，醉始醒。俗云：『玄石飲酒，一醉千日。』」

〔四〕將軍句：謂洪思成曾帥邊事。

〔五〕野塘句：嚴維《酬劉員外見寄》詩：「柳（一作「野」）塘春水漫，花塢夕陽遲。」

〔六〕藕如船：韓愈《古意》詩：「太華峰頭玉井蓮，開花十丈藕如船。」

〔七〕玉帳：指軍帳，主將所居。李白《司馬將軍歌》：「身居玉帳臨河魁。」

〔八〕錦帽句：蘇軾《江城子》詞：「錦帽貂裘，千騎卷平岡。」碧油，指碧油幢，青緑色的油篷車。張仲素《塞下曲》：「獵馬千群雁幾隻，燕然山下碧油幢。」

臨江仙

十一月二十四日同王幼安、洪思成過曾存之園亭〔一〕

學士園林人不到〔二〕，傳聲欲問江梅。曲欄清淺小池臺。已知春意近，爲我著詩催。急管行觴圍舞袖〔三〕，故人坐上三台〔四〕。幼安與存之少相從。此歡此宴固難陪。不辭同二老，倒載習池回〔五〕。

【校】

〔題〕原本無「十一月二十四日」七字，據《雅詞》增補。　楙花盦本亦無上七字。《雅詞》「洪思成」之「成」作「誠」。

〔原注〕《雅詞》無此注。

【箋注】

〔一〕此詞當作於知潁昌期間。　王幼安：見前《浣溪沙》(絳蠟燒殘夜未分)注。　洪思成：見前闋注。

〔二〕學士：指曾存之。宋張邦基《墨莊漫録》：「曾誠存之，元符間任館職。」《宋詩紀事》卷三十五：「元符間秘書監。」故稱之。　園林：見《浣溪沙》(物外光陰不屬春)注。

〔三〕急管句：傅玄《前有一罇酒行》：「置酒結此會，主人起行觴。玉罇兩楹間，絲理東西廂。舞袖一何妙，變化窮萬方。」

〔四〕三台：星宿名。《晉書·天文志》：「三台六星，兩兩而居。」此喻王幼安、洪思成、曾存之三人。

〔五〕倒載句：用山簡事。詳見《水調歌頭》(秋色漸將晚)注。習池，即習家池，故址在今湖北襄陽峴山南。宋祝穆《方輿勝覽》引《襄陽記》：「峴山南有習郁大魚池……山季倫每臨此必大醉而歸……郁，後漢人，封襄陽公，即鑿齒之先也。」

臨江仙 次韻答幼安、思成、存之席上梅花〔一〕

不與群芳争絶艷〔二〕，化工自許寒梅〔三〕。一枝臨晚照歌臺。眼明渾未見，絃管莫驚催。　記取劉郎歸去路，千年應話天台〔四〕。酒闌不惜更重陪。夜寒衣袂薄〔五〕，猶有暗香回〔六〕。

【校】

〔題〕《雅詞》「思成」作「思誠」。《歷代詩餘》題爲「席上梅花」。

〔絶艷〕原本作「艷艷」，《雅詞》、《梅苑》作「絶艷」，據改。棫花盦本注：「絶艷」，原刻誤作「艷艷」，今依《梅苑》改正。《歷代詩餘》作「艷艷」。

〔驚催〕棫花盦本作「輕催」，注：「輕」原作「驚」，今依《梅苑》改。

【箋注】

〔一〕此詞作於知潁昌期間。　幼安、思成、存之已見前注。

〔二〕不與句：林逋《山園小梅》：「衆芳摇落獨暄妍。」蘇軾《寓居定惠院之東雜花滿山有海棠一株土人不知貴也》詩：「忽逢絶艷照衰朽。」

〔三〕化工：天工，天地造化之功。杜甫《古柏行》：「扶持自是神明力，正直元因造化功。」

〔四〕記取二句：用劉晨、阮肇天台山遇仙事。《太平御覽》卷四十一引《幽明録》：「漢明帝永平五年，剡縣劉晨、阮肇共入天台山取穀皮，迷不得返，經十餘日，糧盡飢餒殆死。遥望山上有一桃樹，大有子實，而絶巖邃澗，了無登路。攀葛捫蘿至上，噉數枚而飢止體充，復下山持杯取水飲，見蕪青葉從山腹流出，甚鮮新，復一杯流出，有胡麻飯，相謂曰：『此處去人徑不遠。』度山出一大溪，溪邊有二女子，資質妙絶，見二人持杯出，便笑曰：『劉、阮二郎捉向所失流杯來。』晨、肇既不識之，二女便呼其姓，如似有舊，相見忻喜，問：『來何晚耶？』因要還家……遂留半年……既出，親舊零落，邑屋改異，無復相識。問得七世孫，傳聞上世入山，迷不得歸。」

〔五〕夜寒句：杜甫《佳人》詩：「天寒翠袖薄。」

〔六〕暗香：林逋《山園小梅》：「暗香浮動月黄昏。」王安石《梅花》詩：「遥知不是雪，爲有暗香來。」

臨江仙 正月二十四日晚之湖上〔一〕

三日疾風吹浩蕩，綠蕪未遍平沙。約回殘影射明霞〔二〕。水光遥泛坐，烟柳互攲斜。　霜鬢不堪春點檢〔三〕，留連又見芳華。一枝重插去年花〔四〕。此身江海夢〔五〕，何處定吾家。

【校】

〔題〕原刻無「正月二十四日」六字，據《雅詞》補。《雅詞》「之」作「至」。楙花盦本無「正月」等六字。

〔三日〕《雅詞》作「三月」。

〔互攲斜〕「互」，《雅詞》作「卧」；楙花盦本作「互」，注：《樂府雅詞》作「卧」。

〔又見〕《雅詞》作「又過」。

【箋注】

〔一〕此詞約作於知潁昌期間。　湖：指潁昌西湖。詳見《臨江仙》（三月鶯花都過了）注。

〔二〕約回句：王安石《登西樓》詩：「一曲平蕪連古樹，半分殘日帶明霞。」

〔三〕點檢：羅鄴《芳草》詩二首之二：「年年點檢人間事，唯有春風不世情。」

〔四〕去年花：李商隱《憶梅》：「寒梅最堪恨，長作去年花。」

〔五〕江海夢：見《八聲甘州》（問浮家泛宅）注。

臨江仙　熙春臺與王取道、賀方回、曾公衮會别〔一〕

自笑天涯無定準，飄然到處遲留〔二〕。興闌却上五湖舟〔三〕。鱸蓴新有味〔四〕，碧樹已驚秋。　臺上微涼初過雨，一尊聊記同遊。寄聲時爲到滄洲。遥知欹枕處〔五〕，萬壑看交流〔六〕。

【箋注】

〔一〕夏承燾《賀方回年譜》（見《唐宋詞人年譜》）：「政和三年癸巳（一一一三）……石林詞《臨江仙·熙春臺與王取道、賀方回、曾公衮會别》……亦吴下詞也。」時葉夢得居蘇州。　熙春臺：不詳。　王取道：即王資深。《嘉慶一統志·淮安府·人物》：「王資深，字取道。山陽（淮安)人。第進士，累官尚書郎。初擢御史，首論在廷大臣，草具將上，蔡京遣所親謂曰：『慎勿言，當以此位相處。』不答。翌日出知揚州，尋改明州。嘗著《周書》及《方言》二十卷。」賀方回：名鑄。葉夢得《建康集》卷八有傳：「賀方回，名鑄，衛州人。自言唐諫議大夫知章後，故號鑑湖遺老。長七尺，眉目聳拔，面鐵色。喜劇談當世事，可否不略少假借。雖貴要權傾一時，小不中意，極口詆無遺辭，故人以爲近俠。然博學强記，尤長於度曲，掇拾人所棄遺，少加檃括，皆爲新奇……爲泗州通判，悒悒不得志，食宫祠禄，退居吴下。」有《東山詞》。曾公衮：即曾紆。《宋史翼》卷二十六《曾紆傳》：「曾紆，字公衮，布子，晚號青空道人。初，以廕補官。紹聖中復中宏詞科，坐黨籍貶零陵。紹興初，除顯謨閣。歷知撫、信、衢三州……官終直寶文閣。有《空青集》。」汪藻《曾公墓誌銘》謂其政和間簽書寧國軍節度判官，後通判鎮江府，知楚州。建炎間，加直秘閣移秀州，改江南東路轉運副使，罷居湖州。明年除司農少卿，改福州提刑，進直寶文閣。紹興五年十月卒於信州，年六十三。

〔二〕遲留：猶逗留。

〔三〕五湖：指太湖。詳見《念奴嬌》(洞庭波冷)注。

〔四〕鱸蓴句：用張翰歸隱事。詳見《應天長》(松陵秋已老)注。

〔五〕欹枕：蘇軾《水調歌頭》詞：「長記平山堂上，欹枕江南烟雨。」

〔六〕萬壑句：《世説新語·言語》：「顧長康從會稽還，人問山川之美。顧云：『千巖競秀，萬壑争流。草木蒙籠其上，若雲興霞蔚。』」

臨江仙　癸卯次韻葛魯卿法華山曲水勸酒〔一〕

山半飛泉鳴玉珮〔二〕，回波倒卷粼粼〔三〕。解巾聊濯十年塵〔四〕。青山應却怪，此段久無人。　行樂應須賢太守〔五〕，風光過眼逡巡〔六〕。不辭常作坐中賓。只愁花解笑〔七〕，衰鬢不宜春。

【校】

〔題〕原本無「癸卯」及「韻」字，據《雅詞》補，然《雅詞》無「曲水」二字。楙花盦本亦據《雅詞》補。

〔粼粼〕楙花盦本注：戈校云「粼粼」，《雅詞》作「鮮鱗」。

〔解巾〕《雅詞》作「醉巾」。

〔賢〕原本誤作「賀」，據《雅詞》改正。楙花盦本注同。

【箋注】

〔一〕癸卯：指宣和五年（一一二三）。本年作者已歸居湖州卞山，時葛魯卿知湖州，上巳日邀葉同遊法華山，於九曲池流觴唱和。法華山：《湖州府志》卷二載：「法華山，在縣西北十八里，東有石塢，吴太史慈葬此。《太平寰宇記》謂之石斗山，王羲之嘗登，顧親友：『百歲之後，知我皆遊此乎？』」曲水：指法華山之九曲池水。《嘉泰吴興志》卷十三：「（法華）寺有偃松、九曲池、流杯亭、望湖亭。」

〔二〕玉珮：玉製佩飾，此喻泉聲。

〔三〕粼粼：水清而激貌。《詩·唐風·揚之水》：「揚之水，白石粼粼。」

〔四〕解巾句：作者自大觀三年（一一〇九）罷翰林學士後，又曾先後出知汝州、蔡州、潁昌，至宣和二年（一一二〇）罷知潁昌，大概十年，故云。

〔五〕行樂句：化用歐陽修《朝中措》詞：「文章太守，揮毫萬字，一飲千鍾。行樂應須年少，尊前看取衰翁。」太守，指葛勝仲。

〔六〕風光句：蘇軾《寶繪堂記》：「譬之烟雲之過眼，百鳥之感耳，豈不欣然接之，去而不復念也。」

〔七〕花解笑：元稹《獨醉》詩：「桃花解笑鶯能語。」晁以道《春色》詩：「鶯能嘲客語，花解笑人忙。……明朝逢上巳，何處有流觴。」

【附録】

臨江仙　與葉少藴夢得上巳遊法華山九曲池　葛魯卿

小漾洪河分九曲，飛泉環繞粼粼。青蓮往事已成塵。羽觴浮玉甃，寶劍捧金人。　緑荷且依流水調，蓬蓬譙鼓催巡。玉堂詞客是嘉賓。茂林修竹地，大地永和春。（録自《丹陽詞》）

臨江仙　西園右春亭新成〔一〕

手種千株桃李樹〔二〕，參差半已成陰。主人何事馬駸駸〔三〕。一年江海路〔四〕，空負種花心。　試向中間安小檻，此還長要追尋。却驚摇落動悲吟〔五〕。春歸知早晚，爲我變層林。

【校】

〔題〕《雅詞》題末有「作」字。《百家詞》「右春亭」作「古香亭」。

【箋注】

〔一〕本詞作於歸居卞山期間。　西園右春亭：石林園亭名。《浙江通志》卷二十四「古迹」：

葉氏石林園注，有西園右春亭。詳見《浣溪沙》（休笑山翁不在山）注。

〔二〕手種句：劉禹錫《元和十一年自朗州承召至京戲贈看花諸君子》詩：「玄都觀裏桃千樹，盡是劉郎去後栽。」

〔三〕騣騣：馬速行貌。《詩·小雅·四牡》：「駕彼四駱，載驟騣騣。」注：「林云：馬行疾也。」

〔四〕二年句：夢得於紹興元年（一一三一）帥江東，次年罷歸，故云。

〔五〕却驚句：宋玉《九辯》：「悲哉，秋之爲氣也。蕭瑟兮草木摇落而變衰。」

臨江仙 乙卯八月九日，南山絶頂作臺新成，與客賞月作〔一〕

絶頂參差千嶂外，不知空水相浮。下臨湖海見三州〔二〕。落霞横暮景〔三〕，爲客小遲留。　卷盡微雲天更闊，此行不負清秋。忽驚河漢近人流〔四〕。青霄元有路〔五〕，一笑倚瓊樓。

【校】

〔題〕原本無「乙卯八月九日」和末「作」字，據《雅詞》補。楙花盦本亦據《雅詞》改，然無末「作」

字。《歷代詩餘》作「南山臺成，與客看月」。

〔千嶂外〕「外」，《雅詞》作「列」。《全宋詞》同。

〔三州〕楙花盦本戈校云：《歷代詩餘》「州」作「洲」，按：下四首用前韻作「州」，以「州」爲是。

〔暮景〕「暮」，《雅詞》作「晚」。

〔微雲〕「微」，楙花盦本注：《七十二峰足徵集》作「浮」。

〔忽驚〕《雅詞》作「莫驚」。

【箋注】

〔一〕乙卯：即高宗紹興五年（一一三五）。　南山絶頂：石林自建之園亭。《建康集》卷一有《送子模歸卞山並示僧宗義爲余守西巖者》詩三首之二：「巢成輒棄去，我豈秋社燕。」句下自注云：「築南山絶頂，亭基垂成而來。」　客：據下《臨江仙》（一醉年年今夜月）「詔芳亭贈坐客」題注，當爲徐敦立昆仲。

〔二〕三州：此指吴郡、吴興、會稽三郡。

〔三〕落霞句：王勃《滕王閣序》：「落霞與孤鶩齊飛。」

〔四〕河漢：銀河。《古詩十九首》：「皎皎河漢女。」

〔五〕青霄句：錢惟演《和司空相公假山》詩：「誰言盈尺内，自有青霄路。」

臨江仙 明日與客復登臺，再用前韻〔一〕

一醉三年那易得〔二〕，應須大白同浮〔三〕。已知絶景是吾州。姮娥仍有意，更肯爲人留。 萬籟無聲遥夜永〔四〕，人間未識高秋。從來我客盡風流。故知憐老子，尤勝在南樓〔五〕。

【校】

〔高秋〕《雅詞》作「清秋」。

【箋注】

〔一〕本詞與上詞同作於紹興乙卯(一一三五)秋。 臺：指南山絶頂新成之臺。

〔二〕一醉句：用劉玄石千日醉事。詳見《臨江仙》(瀲灩湖光供一笑)注。

〔三〕大白同浮：猶言滿杯痛飲。白，酒杯名。左思《吴都賦》：「飛觴舉白。」《文選》劉良注：「白，罰爵名也。《漢書》曰：『引滿舉白。』」浮，罰酒也。《説苑・善説》：「飲不釂者，浮以大白。」

〔四〕萬籟句：黄庭堅《題楊道人默軒》詩：「萬籟無聲月入簾。」宋玉《九辯》其七：「靚杪秋之遥夜兮，心繚悷而有哀。」

〔五〕從來三句：用晉庾亮登南樓事。《晉書・庾亮傳》：「亮在武昌，諸佐吏殷浩之徒，乘秋夜往，共登南樓。俄而，不覺亮至，諸人將起避，亮徐曰：『諸君少住，老子於此處，興復不淺。』便據胡床，與浩等談詠竟坐。其坦率行己，多類此也。」此喻作者與登臺諸客談詠之興。南樓，《輿地紀勝・荆湖北路・鄂州》「景物上」：南樓，「在郡治正南黄鵠山頂，後改爲白雲閣。元祐間，知州方澤重建，復此名。」

臨江仙

明日小雨，已而風大作，復晚晴，遂見月，與客再登〔一〕

卷地驚風吹雨過〔二〕，却堪香霧輕浮。遥知清影遍南州〔三〕。萬峰横玉立，誰爲此山留。　邂逅一歡須共惜，年年長記今秋。平生江海恨飄流。元龍真老矣，無意卧高樓〔四〕。

【校】

〔雨過〕《雅詞》作「雨去」。

〔老矣〕《雅詞》作「老懶」。

【箋注】

〔一〕本詞與前二闋均爲登南山臺之作。

〔二〕卷地句：蘇軾《六月二十七日望湖樓醉書五絶》之一：「卷地風來忽吹散。」

〔三〕南州：泛指南方。白居易《寄題上强山精舍寺》詩：「慣遊山水住南州，行盡天台及虎丘。」

〔四〕元龍二句：此反用三國陳元龍事。詳見《臨江仙》（碧瓦新霜侵曉夢）注。

臨江仙 詔芳亭贈坐客〔一〕

一醉年年今夜月，酒船聊更同浮〔二〕。恨無羯鼓打《梁州》〔三〕。遺聲猶好在，風景一時留。　老去狂歌君勿笑，已拚雙鬢成秋。會須擊節泝中流〔四〕。一聲雲外笛，驚看水明樓〔五〕。世傳《梁州》，西涼府初進此曲，會明皇遊月宫還，記《霓裳》之曲適相近，因作《霓裳羽衣曲》，以「梁州」名之。是夕，約諸君明夜泛舟，故有「梁州」、「中流」之句。

【校】

〔題〕《雅詞》粵雅堂本作「去歲中秋，商山臺初成，與徐敦立氏昆仲連三日極飲其上，月色達旦無纖雲，當作《臨江仙》三首。今歲敦立在館中，招章幾道、朱三復會詔芳亭，追懷去年之集，復用舊韻作贈坐客」。楙花盦本注：原刻題止「詔芳亭贈坐客」六字，餘前後六十三字缺，戈校依《樂府雅詞》補全。又於「商山臺初成」下注：前云「南山作臺」，此「商」字似應作「南」。案：文淵閣本《樂府雅詞》「商山」作「南山」，「朱三」作「與三朱」。

〔勿笑〕《遺書》本作「復笑」。

〔原注〕《雅詞》前有「右贈坐客」四字；「霓裳羽衣曲」作「羽衣曲」；末句以「故云」結，無「有梁州中流之句」七字。

【箋注】

〔一〕據《雅詞》題序，此詞既是追懷去年會飲，當作於紹興六年（一一三六）中秋，時作者居卞山。　詔芳亭：石林園亭名。　坐客：據《雅詞》本詞小序，當指章幾道、三朱等。章幾道，生平不詳。石林《建康集》卷一有《章幾道將歸小飲懷謝城父》詩：「中年甚畏别交親，況復雲山舊結鄰。」則幾道爲作者卞山之舊鄰。三朱，指作者在卞山的鄰居朱氏三兄弟。

〔二〕酒船：此謂酒器，尊罍之屬。宋王與之《周禮訂義》「皆有舟」：「舟之制，陸佃謂如今世酒船之類。」又云：爲承尊之器，形如舟。

〔三〕恨無句：蘇軾《東陽水樂亭》詩：「又不學哥舒横行西海頭，歸來羯鼓打《梁州》。」羯鼓，古打擊樂器。南卓《羯鼓録》：「狀如漆桶，下以小牙床承之。擊用兩杖。」故又名「兩杖鼓」。《梁州》，曲名，已見原注。

〔四〕會須句：會，猶當也、應也。李白《將進酒》詩：「會須一飲三百杯。」擊，樂器名，點拍以調節樂曲。擊節中流，《晉書·祖逖傳》：「逖爲奮威將軍豫州刺史……將本流徙部曲百餘家渡江，中流擊節而誓曰：『祖逖不能清中原而復濟者，有如大江。』辭色壯烈，衆皆慨歎。」

〔五〕水明樓：杜甫《月》詩：「四更山吐月，殘夜水明樓。」

臨江仙〔一〕

草草一年真過夢〔二〕，此生不恨萍浮。且令從事到青州〔三〕。已能從辟穀，那更話封留〔四〕。　好月尚尋當日約，故人何啻三秋〔五〕。援琴欲寫竹間流。此聲誰解聽，吟上仲宣樓〔六〕。

【校】

〔且令〕《遺書》本作「且今」。

〔尚〕《雅詞》作「嘗」。

〔援〕《雅詞》作「瑶」。

〔吟〕《雅詞》作「空」。

【箋注】

〔一〕本詞與前一闋同爲追懷南山臺會飲之作。

〔二〕草草：匆忙、急遽。梅堯臣《令狐秘臣守彭州》詩：「前時草草别，渺漫二十年。」

〔三〕從事到青州：即青州從事，指好酒。《世説新語・術解》：「桓公有主簿善别酒，有酒輒令先嘗，好者爲『青州從事』，惡者爲『平原督郵』。青州有齊郡，平原有鬲縣；從事言到臍，督郵言在鬲(膈)上住。」

〔四〕已能二句：此二句謂隱退修仙學道，不求功名富貴。辟穀，亦稱斷穀、絶穀。古代修仙入道之術，不食五穀。《史記・留侯世家》：「留侯性多病，即導引不食穀。」裴駰《集解》：「服辟穀之藥，静居行氣。」留，古縣名，今江蘇沛縣東南，漢高祖封張良爲留侯於此。蘇軾《和陽行先》詩：「拔葵終相魯，辟穀會封留。」

〔五〕故人句：故人，指徐敦立昆仲。三秋，《詩・衛風・采葛》：「一日不見，如三秋兮。」

〔六〕仲宣樓：原指湖北當陽城樓，建安時詩人，王粲，字仲宣，曾登此樓之東南隅，臨漳水而賦《登樓賦》，故文人多以「仲宣樓」稱之。此處借指南山絶頂之亭。

虞美人 雨後同幹譽、才卿置酒來禽花下作〔一〕

落花已作風前舞。又送黄昏雨〔二〕。曉來庭院半殘紅，惟有游絲千丈、罥晴空〔三〕。　殷勤花下同携手〔四〕。更盡杯中酒。美人不用斂蛾眉〔五〕。我亦多情無奈、酒闌時。

【校】

〔調〕原本調下注：「或刻蘇子瞻，或刻周美成。」《四庫全書考證》：《虞美人·風情》葉少蘊作，刊本「葉少蘊」訛「周美成」，據卓人月《詞選》改。《全宋詞》案：此首誤入汲古閣本《東坡詞》，《類編草堂詩餘》卷一又誤作周邦彦詞。

〔題〕《花庵》作「雨後置酒林檎花下」，《草堂》作「風情」，《增修箋注妙選草堂詩餘》本無題。《雅詞》「來禽」作「林檎」，「花下」無「作」字。《全芳備祖》移此題於詞末，作「葉少蘊飲林禽花下作」。

〔罥〕《雅詞》、《草堂》、楙花盦本、《詞徵》、《歷代詩餘》作「褭」。楙花盦本戈校云：「褭」原刻作「罥」，依《樂府雅詞》改。《全芳備祖》作「舞」。潘校云：《花庵詞選》亦作「舞」。

〔同攜手〕《雅詞》、《花庵》、《全芳備祖》「同」作「重」。

〔杯〕《花庵》、《全芳備祖》作「樽」。

〔蛾眉〕《雅詞》、《花庵》「蛾」作「歌」，《全芳備祖》作「愁」。

【箋注】

〔一〕此詞約作於紹興四年（一一三四）或五年（一一三五）之暮春，作者居卞山石林。幹譽：許亢宗，詳見《定風波》（破萼初驚一點紅）注。才卿：不詳，當爲卞山之鄰居或親友。來禽花：即林檎花。陳與義《清明》詩：「東風也作清明節，開遍來禽一樹花。」

〔二〕落花二句：韋莊《春怨》詩：「落花寂寂黃昏雨。」

〔三〕游絲：韓愈《次同冠峽》：「游絲百丈飄。」罥：纏繞、牽掛。杜甫《茅屋爲秋風所破歌》：「茅飛渡江灑江郊，高者掛罥長林梢。」

〔四〕同攜手：歐陽修《浪淘沙》詞：「總是當年攜手處，遊遍芳叢。」秦觀《水龍吟》詞：「亂花叢裏曾攜手，窮艷景，迷歡賞。」

〔五〕斂蛾眉：毛熙震《酒泉子》詞：「蕙蘭心，魂夢役，斂蛾眉。」

【集評】

楊慎《詞品》卷四：《石林詞》《賀新郎》「睡起流鶯語」、《虞美人》「落花已作風前舞」，皆其字妙之人選者也。

沈際飛評《草堂詩餘》正集卷二：下場頭話，偏自生情生姿，顛播妙耳。舊以「多情」點句，非旨。

虞美人　極目亭望西山〔一〕

翻翻翠葉梧桐老〔二〕。雨後涼生早。葛巾藜杖正關情〔三〕。莫遣繁蟬容易、作秋聲〔四〕。　遥空不盡青天去。一抹殘霞暮〔五〕。病餘無力厭躋攀〔六〕。爲寄曲欄幽意、到西山。

【箋注】

〔一〕此詞約作於作者晚年歸居卞山期間。　極目亭：指卞山之極目亭。　西山：夢得《玉澗雜書》云：「吾山朱氏子作小閣於石橋之下，與西山相面，景物極幽遠。」其《建康集》卷一《懷西山》詩：「西山十畝强，高下略不齊。」

〔二〕翻翻：猶翩翩。屈原《九章・悲回風》：「漂翻翻其上下兮，翼遥遥其左右。」

〔三〕葛巾句：謂休閒度日也。秦觀《裴秀才跋尾》文：「於是退居許之陽翟，葛巾藜杖，日閲佛書，惟以專精神養壽命爲事。」正關情，温庭筠《菩薩蠻》：「春夢正關情。鏡中蟬鬢輕。」

〔四〕繁蟬：劉長卿《送元八遊汝南》詩：「繁蟬動高柳，匹馬嘶平澤。」容易：輕易、隨便。詳見《水調歌頭》（今古幾流轉）注。

〔五〕一抹句：周邦彦《雙頭蓮》：「一抹殘霞，幾行新雁。」

〔六〕病餘句：《巖下放言》卷中：「往歲自行山間，使童子操杖以從，殆以爲觀爾，未必直須此物也。邇來足力漸覺微，每升降殆不可無。」

虞美人 上巳席上〔一〕

一聲鶗鴂催春晚〔二〕。芳草連空遠〔三〕。年年餘恨怨殘紅。可是無情容易、愛隨風。　茂林修竹山陰道〔四〕。千載誰重到。半湖流水夕陽前。猶有一觴一詠、似當年〔五〕。

【校】

〔餘恨〕《雅詞》作「遺恨」。

【箋注】

〔一〕上巳：農曆三月第一個巳日爲修禊日，後定於三月初三。《周禮·春官·女巫》：「女巫掌歲時祓除釁浴。」鄭玄注：「歲時祓除，如今三月上巳如水上之類；釁浴，謂以香薰草藥沐浴。」賈公彦疏：「一月有三巳，據上旬之巳，而爲祓除之事。見今三月三日水戒浴是也。」吴自牧《夢粱録》卷三「三月」：「三月三日上巳之辰，曲水流觴故事，起於晉時。」

〔二〕鶗鴂：同鶗鴂，鳥名。屈原《離騷》：「恐鶗鴂之先鳴兮，使夫百草爲之不芳。」《漢書·揚雄傳》注：「鶗鴂，一名子規，一名杜鵑。常以立夏鳴，鳴則衆芳歇。」

〔三〕芳草句：柳永《迷神引》詞：「芳草連空闊。」

〔四〕茂林二句：王羲之《蘭亭集序》：「此地有崇山峻嶺、茂林修竹。」山陰道，《世説新語·言語》：「王子敬言：『從山陰道上行，山川自相映發，使人應接不暇。』」

〔五〕猶有句：指東晉永和九年（三五三）三月初三日，王羲之和謝安、孫統、孫綽等四十一人，在會稽蘭亭修禊、曲水流觴、風流雅集之事。一觴一詠，王羲之《蘭亭集序》：「雖無絲竹管絃之盛，一觴一詠，亦足以暢叙幽情。」

虞美人 同蔡寬夫置酒，王仲弓出歌人，聲甚妙〔一〕

東風一夜催春到。楊柳朝來好。莫辭尊酒重携持。老去情懷能有、幾人知。

鳳臺園裏新詩伴〔二〕。不用相追唤。一聲清唱落瓊卮〔三〕。千頃西風烟浪、晚雲遲〔四〕。

【校】

〔東風〕楙花盦本注：「東」，《七十二峰足徵集》作「春」。

〔鳳臺園〕楙花盦本注：「臺」，《七十二峰足徵集》作「皇」。

〔烟浪〕楙花盦本注：「烟」，《七十二峰足徵集》作「波」。

〔晚雲〕楙花盦本注：「雲」，《七十二峰足徵集》作「烟」。

【箋注】

〔一〕本詞約作於潁昌期間。　蔡寬夫：即蔡居厚。《宋史·蔡居厚傳》：蔡居厚，字寬夫。第進士。大觀初，拜右正言，進右諫議大夫。嘗論東南兵政七弊；又言學官、書局皆爲要塗，宜公選實學多聞之士。後知東平府，卒。葉、蔡二人的交誼非同一般，據《石林家訓序》：「初免喪，家無餘資，爲汝陽令，借貸於陳州蔡寬夫侍郎，得三千許緡。」王仲弓：即王寔，王陶之子，韓持國之婿。元陸友仁《研北雜志》卷上載：「王仲弓，許昌人。文恪公陶之子。未冠，從司馬温公學……超然不以仕宦進取爲意……詩祖陶、謝、韋、杜，故其文典雅温麗，華暢而不靡；詩静而深，婉而麗，有一唱三歎之音。……元祐初……爲藉田令……崇寧初，强起一守信陽，歸即謝事，挂冠里中。葉少藴守許昌，下車亟往過之，視其貌，盎然不爲崖異，而簡遠蕭然若初，未嘗與世交者。」

〔二〕鳳臺園：王仲弓家園林。《研北雜志》卷上謂王仲弓：「善飲酒，所居鳳臺園，有修竹萬餘本，導潩水貫其中，水木幽茂，不覺在城市間。」

〔三〕瓊巵：玉製酒器。晏殊《少年遊》詞：「佳人拜上千春壽，深意滿瓊巵。」

〔四〕千頃句：蘇軾《滿庭芳》詞：「萬里烟浪雲帆。」

虞美人 二月小雨達旦，西關獨卧，寒甚，不能寐，時窗前梨花將謝〔一〕

數聲微雨風驚曉。燭影欹殘照。客愁不奈五更寒〔二〕。明日梨花開盡、有誰看。

追尋猶記清明近〔三〕。爲向花前問〔四〕。東風正使解欺儂〔五〕。不道花應有恨、也匆匆〔六〕。

【校】

〔題〕原刻失題，依《樂府雅詞》補。楙花盦亦依《雅詞》補，並改「西關」爲「西園」（未注明依據）。《歷代詩餘》無題。《全宋詞》案：「園」原誤作「關」，改從汲古閣本《石林詞》。案：汲古閣原詞無題。又，除《全宋詞》和楙花盦本外，各本《雅詞》及《石林詞》均作「西關」，改「關」爲「園」尚待斟酌。

〔曉〕《全宋詞》案：「曉」，原作「晚」，據汲古閣本《石林詞》改。

〔殘照〕《歷代詩餘》作「斜照」。

〔花前〕《雅詞》作「花邊」。

【箋注】

〔一〕西關：楙花盦本及《全宋詞》改爲「西園」。案：西園乃葉氏園林之一，似不宜夜間獨卧，且詞中「客愁」云云，更非主人之園。據吴自牧《夢粱録》卷上：「西關……在杭州西城門，曰水西關，在雷峰塔前。」《咸淳臨安志》卷十八《城郭》「餘杭門」條：「據《乾道志》：錢氏舊門：南曰龍山，東曰南土、北土、保德，北曰北關，西曰涵水西關（在雷峰塔下）。」唯不知是否作者所宿之處，不敢妄斷，權作此注，以備查考。又據《乾道臨安志》卷三載「靖康元年十月十三日，朝散大夫葉夢得復龍圖閣待制知杭州」，如若詞序所云西關確在杭州，則本詞可能作於夢得知杭州之次年，即建炎元年（一一二七）春。

〔二〕客愁句：李煜《浪淘沙》詞：「羅衾不耐五更寒。夢裏不知身是客，一晌貪歡。」

〔三〕明日及過片句：晏殊《破陣子》詞：「梨花落後清明。」

〔四〕爲向句：歐陽修《蝶戀花》詞：「淚眼問花花不語。亂紅飛過秋千去。」

〔五〕東風句：使，使弄。解欺儂，得欺我。儂，我。李白《秋浦歌》十七首之一：「寄言向江水，汝意憶儂不？」

〔六〕不道：此猶云不料也。張載《詩上堯夫先生兼寄伯淳正叔》之二：「人憐舊病新年減，不道新添别病新。」

虞美人 寒食泛舟〔一〕

平波漲緑春堤滿。渡口人歸晚。短篷輕楫費追尋。始信十年歸夢、是如今〔二〕。

故人回望高陽里〔三〕。遥想車連騎〔四〕。尊前點檢舊年春。應有海棠猶記、插花人〔五〕。

【校】

〔舊年〕 棣花盦本戈校云：「舊」，汲古閣本作「去」。

〔插花人〕 棣花盦本戈校云：「插」，汲古閣本作「拆」。

【箋注】

〔一〕 本詞因寒食泛舟而有懷許昌友人。　寒食：節日名。晉陸翽《鄴中記》：「鄴俗：冬至後一百五日爲子推斷火，冷食三日。」

〔二〕 十年歸夢：作者自大觀三年己丑（一一〇九）因論童貫事，罷翰林，以龍圖閣學士出知汝州，尋落職，領洞霄祠，即有歸隱之意；至宣和二年（一一二〇）罷知潁昌，前後大致十年，故云。

〔三〕 高陽里：《許昌縣志》卷一：「高陽里，在州城内，舊名西濠。潁陰令渤海范康以荀氏八子，擬高陽氏八人，故改此名。」

〔四〕車連騎：《史記·司馬相如列傳》：「相如之臨邛，從車騎雍容。」

〔五〕應有句：《石林詩話》卷上：「曾存之家池中島上，亦有海棠十許株。余爲守時，歲與王幼安諸人席地屢飲。」蘇軾《講武臺南有感》詩：「花似去年堪折贈，插花人去淚闌干。」

虞美人 逋堂睡起，同吹洞簫〔一〕

緑陰初過黄梅雨〔二〕。隔葉聞鶯語。睡餘誰遣夕陽斜。時有微涼風動、入窗紗。

天涯走遍終何有。白髮空搔首〔三〕。未須錦瑟怨年華〔四〕。爲寄一聲長笛、怨《梅花》〔五〕。

【箋注】

〔一〕逋堂：不詳。

〔二〕黄梅雨：宋陳元靚《歲時廣記》卷二引《四時纂要》：「梅熟而雨，曰梅雨。」歐陽修《送王學士赴兩浙運使》詩：「春寒欲盡黄梅雨。」

〔三〕白髮句：杜甫《春望》詩：「白頭搔更短，渾欲不勝簪。」

〔四〕未須句：李商隱《錦瑟》詩：「錦瑟無端五十弦，一弦一柱思華年。」

〔五〕爲寄句：《梅花》，笛曲名，即《梅花三弄》。又名《梅花引》、《玉妃引》。據《神奇秘譜》卷六，此曲係據晉桓伊所作笛曲改編。又據《晉書・桓伊傳》，謝安爲王國寶所讒，「（武）帝召伊宴飲……伊便撫箏而歌怨詩曰：『爲君既不易，爲臣良獨難。忠信事不顯，乃有見疑患。』」詳見《八聲甘州》（故都迷岸草）注。

虞美人 贈蔡子因〔一〕

梅花落盡桃花小。春事餘多少〔二〕。新亭風景尚依然〔三〕。白髮故人相遇、且留連。

家山應在層林外。悵望花前醉。半天烟霧尚連空。笑取扁舟歸去、與君同〔四〕。

【校】

〔故人〕《全宋詞》案：「故」原作「過」，此從汲古閣本《石林詞》改。

〔笑〕《百家詞》作「唤」。

【箋注】

〔一〕本詞約作於第二次帥江東兼建康留守任上，王譜繫本詞於紹興九年己未（一一三九）。蔡子因：字仲文，作者的友人。陳留（今屬河南開封）人。工詩善畫，曾任寶符郎（《冷齋夜話》卷五）。葉夢得《建康集》卷一有《蔡子因相過留逾月》詩及《蔡子因前韻留別再答》詩二首，可佐證本詞作於建康。

〔二〕春事：此指春日賞花之事。周密《武林舊事》卷二：「至暮春，則……賞牡丹……采蘭挑筍，則春事已在緑陰芳草間矣。」歐陽修《暮春有感》詩：「春事已爛漫，落英漸飄揚。」

〔三〕新亭句：《世説新語·言語》：「過江諸人，每至美日，輒相邀新亭，藉卉飲宴。周侯中坐而歎曰：『風景不殊，正自有山河之異。』皆相視流淚。唯王丞相愀然變色曰：『當共戮力王室，克復神州，何至作楚囚相對。』」

〔四〕笑取句：石林《蔡子因相過留逾月》詩：「築室君方論並舍，歸山我已辦扁舟。」自注：「子因約同居霅溪上。」又《次韻再答子因》詩：「鄰里朱陳無別社，江山李郭有同舟。」

減字木蘭花

黄花暫老。秋色欲歸還草草〔一〕。花下前期。花老空歌《鵲踏枝》〔二〕。狂醒易醒〔三〕。不似舊時長酩酊〔四〕。玉簟新涼〔五〕。數盡更籌夜更長〔六〕。

【校】

〔暫〕《全宋詞》作「漸」。

【箋注】

〔一〕還草草：蘇軾《和秦太虚梅花》詩：「今年對花還草草。」

〔二〕《鵲踏枝》：詞牌名，亦名《雀踏枝》、《蝶戀花》。

〔三〕酲：《詩·小雅·南山》：「憂心如酲。」《正義》引《説文》云：「酲，病酒也。」

〔四〕酩酊：《説文》：「酩酊，醉也。」《晉書·山簡傳》：「日夕倒載歸，酩酊無所知。」

〔五〕玉簟：簟，竹製之席。《詩·小雅·斯干》：「下莞上簟。乃安斯寢。」鄭箋：「莞，小蒲之席也。竹葦曰簟。」李白《題金陵王處士水亭》詩：「更憶陸平原。掃拭青玉簟，爲余置金尊。」

〔六〕更籌：古代夜間計時報更之簽籌。《新唐書·百官志》：「晝題時刻，夜題更籌。」

減字木蘭花　雪中賞牡丹〔一〕

前村夜半〔二〕。每爲江梅腸欲斷〔三〕。淺紫深紅〔四〕。誰信漫天雪裏逢。　醉頭扶起。宿酒闌干猶困倚〔五〕。便莫催殘。明日東風爲掃看。

【校】

〔題〕《雅詞》粵雅堂本無此題。

【箋注】

〔一〕據下一首詞題序，此詞與王幼安唱和，約作於潁昌期間。

〔二〕前村句：齊己《早梅》詩：「前村深雪裏，昨夜一枝開。」

〔三〕江梅：范成大《范村梅語》曰：「江梅，遺核野生不經栽植者，又名直脚梅，或謂之野梅。凡山間水濱，荒蕪清艷之趣，皆此本也。」

〔四〕淺紫深紅：蘇軾《次韻荆公四絶》之一：「深紅淺紫從争發，雪白鵝黄也鬥開。」參寥子《僧首然師院北軒觀牡丹》詩：「輕烟薄霧初冥蒙，深紅淺紫忽爛漫。」

〔五〕醉頭二句：宋僧惠洪《冷齋夜話》卷一引《太真外傳》：「上皇登沈香亭召太真妃子，妃子時卯醉未醒，命力士從侍兒扶掖而至。妃子醉顔殘妝，鬢亂釵横，不能再拜。」李白《清平調詞》：「沈香亭北倚闌干。」此借喻雪中牡丹。

減字木蘭花　王幼安見和前韻，復用韻答之〔一〕

楊花粉消妝半〔二〕。一曲《陽春》歌始斷〔三〕。便覺香紅。十倍光華昔未逢。吹起〔四〕。猶自風前相枕倚。莫恨春殘。留取新詩仔細看。

【箋注】

〔一〕此詞承前闋，亦詠牡丹。　王幼安：見《定風波》（破萼初驚一點紅）注。

〔二〕妝半：《南史·徐妃傳》：「妃無容質，不見禮，帝三二年一入房。妃以帝眇一目，每知帝將至，必爲半面妝以俟。」此言牡丹之粉色，部分披雪被蒙狀。

〔三〕《陽春》：即《陽春白雪》。《文選》卷四十五《宋玉對楚王問》：「客有歌於郢中者，其始曰下里巴人，國中屬而和之者，數千人；其爲陽春白雪，國中屬而和者不過數十人。是其曲彌高而和彌寡也。」

〔四〕楊花句：用謝道韞（一作蘊）以楊花喻雪花之典。詳見《浣溪沙》（物外光陰不屬春）注。

木蘭花 二月二十六日晚雨，集客湖上〔一〕

花殘却似春留戀。幾日餘香吹酒面。濕烟不隔柳條青，小雨池塘初有燕〔二〕。波光縱使明如練〔三〕。可奈落紅紛似霰〔四〕。解將心事訴東風〔五〕，只有啼鶯千種囀。

【校】

〔調〕《詞律》引本詞於調下注：五十六字，又名《春曉曲》、《惜春容》。又於詞後注：前後俱七言八句，此宋體也。按：唐詞《木蘭花》有五十二字、五十四字、五十五字和五十六字，其五十六字者，七言八句名《玉樓春》。至宋則皆用七言，而或名之曰《玉樓春》，或名之曰《木蘭花》，又或加「令」字，兩體遂合爲一。

〔餘香〕《雅詞》作「餘寒」。

〔千種〕《歷代詩餘》作「千萬」。

【箋注】

〔一〕本詞約作於知潁昌期間。

〔二〕小雨句：周邦彦《虞美人》詞：「廉纖小雨池塘遍。……一雙燕子守朱門。」

〔三〕如練：謝朓《晚登三山還望京邑》詩：「餘霞散成綺，澄江静如練。」

〔四〕可奈句：顧況《獨遊青龍寺》詩：「積翠暖遥原，雜英紛似霰。」可奈，無奈。

〔五〕解將：解得。將，用於動詞之後，爲語助詞。

點絳唇　晚出山榭，春初植蘭榭側，近復生紫芝十一本〔一〕

高柳蕭蕭〔二〕，睡餘已覺西風勁。小窗人静。淅瀝生秋聽〔三〕。　底事多情，欲與流年競〔四〕。殘雲暝。墜巾慵整〔五〕。獨立芝蘭徑〔六〕。

【校】

〔題〕《雅詞》「十一本」作「二本」，《全宋詞》作「十二本」。《全芳備祖》、《粹編》、《歷代詩餘》均無題。

〔六〕獨立〕《全芳備祖》作「小立」。

【箋注】

〔一〕本詞作於卞山石林。　紫芝：菌類植物。羅願《爾雅翼》卷三：「芝，瑞草……備五色，唯紫最多。昔四老人避秦，入商洛山，采芝食之。作歌曰：『曄曄紫芝，可以療饑。』是也。」陶淵明《贈羊長史》詩：「紫芝誰復采，深谷久應蕪。」

〔二〕蕭蕭：草木搖落聲。杜甫《登高》詩：「無邊落木蕭蕭下。」

〔三〕淅瀝句：歐陽修《秋聲賦》：「初淅瀝以蕭颯。」

〔四〕底事二句：用歐陽修《秋聲賦》「奈何以非金石之質，欲與草木而爭榮」之意。底事，何事。詳見《八聲甘州》(又新正過了)注。

〔五〕墜巾句：王安石《初晴》詩：「輻巾慵整露蒼華。」

〔六〕芝蘭徑：王績《遊仙》詩四首之二：「上月芝蘭徑，中巖紫翠房。」

點絳唇　紹興乙卯登絕頂小亭〔一〕

縹緲危亭〔二〕，笑談獨在千峰上。與誰同賞〔三〕。萬里橫烟浪〔四〕。　老去情懷，獨作天涯想。空惆悵。少年豪放〔五〕。莫學衰翁樣。

【校】

〔題〕「小亭」，原刻作「水亭」，據《雅詞》改。棘花盦本：「小」，原刻誤作「水」，與「絶頂」不合，戈校依《雅詞》改。

〔莫學〕《雅詞》作「莫似」。

【箋注】

〔一〕乙卯：指高宗紹興五年（一一三五），時作者居卞山。　絶頂小亭：石林自築之亭。《建康集》卷一《送模歸卞山》詩三首之二，自注云：「築南山絶頂亭。」

〔二〕縹緲：白居易《長恨歌》：「忽聞海上有仙山，山在虚無縹緲間。」

〔三〕與誰句：王安石《贈上元宰梁之儀承議》詩：「風月誰同賞，江山我亦思。」

〔四〕萬里句：蘇軾《滿庭芳》詞：「三十三年，漂流江海，萬里烟浪雲帆。」

〔五〕少年豪放：《北史·張彝傳》：「彝少而豪放，出入殿庭，步眄高上，無所顧忌。」

點絳脣 丙辰八月二十七日，雨中與何彥亨小飲〔一〕

山上飛泉，漫流山下知何處。亂雲無數。留得幽人住〔二〕。　深閉柴門〔三〕，聽盡空簷雨。秋還暮。小窗低户。唯有寒蛩語〔四〕。

【校】

〔山下〕「山」，原刻誤作「水」，《雅詞》作「山下」，依之改正。

【箋注】

〔一〕丙辰：指高宗紹興六年（一一三六），時作者居卞山。　何彥亨：作者的友人，生卒不詳。葉夢得《建康集・書明皇吹簫圖後》有「紹興庚申（十年）二月十二日，久陰初晴，爲山亭與何彥發同觀」之記録。王洋《東牟集》有詩，其題序云：「中春二十四日集仰止書室，德茂、仰止（之）、何彥亨、彥發、鄧叔度與僕凡六人，至夜，格夫自外歸，就邀同飲。」則彥亨乃彥發之兄弟也。王洋亦爲作者友人，《東牟集》中尚有《飲葉氏石林園不覺大醉欹側》等詩。

〔二〕幽人：《易經·履卦》：「履道坦坦，幽人貞吉。」王弼注：「在幽而貞，宜其吉也。」蘇軾《卜算子》詞：「時見幽人獨往來，縹緲孤鴻影。」

〔三〕深閉柴門：姚合《獨居》詩：「深閉柴門長不出。」

〔四〕寒蛩語：程俱《夜聞壁間蛩鳴有感》詩二首之一：「寒蛩獨無依，入我壁間鳴。」陸璣《毛詩草木鳥獸蟲魚疏》卷下：「蟋蟀，似黄而小，正黑，有光澤如漆，一名蛩。」

鷓鴣天　十二月二十二日與許幹譽賞梅〔一〕

不怕微霜點玉肌。恨無流水照冰姿。與君著意從頭看，初見今年第一枝〔二〕。人醉後，雪消時。江南春色寄來遲〔三〕。使君本是花前客〔四〕，莫怪殷勤爲賦詩。

【校】

〔調〕《全宋詞》案：此首又見張元幹《蘆川詞》卷下，疑是誤入。

〔題〕原本無上「十二月二十二日」七字及「許」字，據《雅詞》補。「與」，《雅詞》作「同」。《梅苑》無題。《歷代詩餘》題爲「梅」。

〔本是〕原刻「本」作「盡」，據《雅詞》改。《梅苑》、《全宋詞》亦作「本」。　栞花盦本作「盡」，注曰：「盡」，《樂府雅詞》作「本」。

【箋注】

〔一〕本詞約作於潁昌任上。　幹譽：即許亢宗，作者在潁昌時詩酒唱和之友人、妹婿。　詳見《定風波》（破萼初驚一點紅）注。

〔二〕初見句：歐陽修《和公儀正月桃》詩：「便當索酒花前醉，初見今年第一枝。」

〔三〕江南句：《荆州記》載陸凱贈范曄詩：「江南無所有，聊贈一枝春。」詳見《臨江仙》（聞道今年春信早）注。

〔四〕使君：作者自指。

【集評】

清曾沂《石林詞序》：公詩有《送模歸卞山示守西巖僧》一首，西巖地瘦，種梅忽得花，喜見乎詞，故集中《與幹譽賞梅》一闋，有「初見今年第一枝」之句，蓋公每以閑澹之筆，寫知足之思。

案：從「江南春色寄來遲」、「使君本是花前客」等句，知本詞作於知潁昌期間，則詞中「今年第一枝」之梅，似非西巖所種之梅也。

鷓鴣天　元夕次韻幹譽〔一〕

夾路行歌盡《落梅》〔二〕。篆烟香細裊寒灰〔三〕。雲移碧海三山近〔四〕，月破中天九陌開〔五〕。　追樂事，惜多才。車聲遥聽走隨雷〔六〕。十年夢斷鈞天奏〔七〕，猶記流霞醉後杯〔八〕。

【校】

〔題〕《雅詞》「韻」字在「幹譽」下。《花庵》、《歷代詩餘》題「元夕」。

〔走隨雷〕《花庵》作「殷晴雷」，《雅詞》作「走晴雷」。

【箋注】

〔一〕本詞約作於潁昌任上，追憶昔年京都元夕之盛況。

〔二〕《落梅》：古笛曲《落梅花曲》的簡稱。《能改齋漫録》卷三引《樂府雜録》：「笛者，羌樂也。古曲有《落梅花》。」李白《與史郎中欽聽黄鶴樓上吹笛》詩：「黄鶴樓中吹玉笛，江城五月《落梅花》。」

〔三〕篆烟句：宋洪芻《香譜》卷下：「香篆，鏤木以爲之，以範香塵爲篆文，燃於飲席或佛像前，往往有二三尺徑者。」

〔四〕三山：傳説中的海上三神山，即蓬萊、方壺、瀛洲。

〔五〕九陌：漢代長安城有八街九衢，見《三輔黄圖・漢長安故城》。後泛指都城大道。駱賓王《帝京篇》：「三條九陌麗城隈，萬户千門平旦開。」

〔六〕車聲句：司馬相如《長門賦》：「雷殷殷而響起兮，聲象君之車音。」

〔七〕十年：葉夢得大觀三年（一一〇九）罷翰林學士，政和七年（一一一七）至宣和元年（一一一九）知潁昌，其間離京大致十年，故云。　鈞天奏：指鈞天樂。鈞天，天子所居處。鈞天樂，天帝所奏樂曲。張衡《西京賦》注：「秦穆公夢之天帝奏鈞天樂。」李白《流夜郎聞酺不預》詩：「漢酺聞奏鈞天樂，願得風吹到夜郎。」

〔八〕猶記句：此作者追憶紹聖四年及第時瓊林宴皇上賜酒的情景。《石林燕語》卷五：「金明池龍舟，太宗時造，每歲春駕上池必登之。紹聖初，亦嘗命别造形制，有加於前，亦號工麗。余時正登第，在京師，初成，瓊林賜宴。」流霞，仙酒名。王充《論衡・道虚篇》：「（項）曼都曰：『有仙人數人，將我上天，離月數里而止。居月之旁，其寒悽愴，口餓欲食，仙人輒飲我以流霞一杯。每飲一杯，數月不餓。』」

鷓鴣天　雨後湖上看落花〔一〕

小雨初收報夕陽。歸雲欲度轉橫塘〔二〕。空回雨蓋翻新影，不見瓊肌洗暗香。　追落景〔三〕，弄微涼。尚餘殘淚浥空牀〔四〕。祇應自有東風恨，長遣啼痕破晚妝〔五〕。

【箋注】

〔一〕本詞約作於知潁昌期間。

〔二〕橫塘：梁簡文帝《藥名詩》：「朝風動春草，落日照橫塘。」

〔三〕落景：庾闡《海賦》：「映曉雲而色暗，照落景而俱紅。」

〔四〕牀：指花牀，護花之葉枝也。《廣群芳譜》卷三十四：「（牡丹）芽上二層葉枝爲花棚，芽下護枝名花牀。」《淵鑑類函》引《花木録》：「剪牡丹欲急，急則花牀無傷。」

〔五〕祇應二句：用楊貴妃事。李白《清平調》詩：「解釋東風無限恨，沈香亭北倚闌干。」

鷓鴣天 續《採蓮曲》〔一〕

曉日初開露未晞〔二〕。夕烟輕散雨還微。暗摇緑霧游儵戲〔三〕，斜映紅雲屬玉飛〔四〕。

情脉脉〔五〕，恨依依。沙邊空見棹船歸。何人解舞新聲曲，一試纖腰六尺圍〔六〕。

【校】

〔題〕《全芳備祖》無題。

〔夕烟〕「烟」，原刻作「陽」，《全芳備祖》作「烟」，依改。楙花盦本注原刻作「陽」，亦依《全芳備祖》改。

〔緑霧〕「緑」，原刻作「綿」，《百家詞》、《全芳備祖》作「緑」，依改。楙花盦本注原刻作「錦」，亦依《全芳備祖》改。

〔六尺〕《全宋詞》案云：「六尺」，疑是「尺六」之誤。《全芳備祖》作「半尺」。楙花盦本作「半尺」，注：「半」原刻作「六」，豈可言「細腰」？今依《全芳備祖》改。

【箋注】

〔一〕《採蓮曲》：古江南民歌。《樂府詩集》卷五十《清商曲辭·江南弄》序：「《古今樂録》曰：武帝改西曲，製《江南上雲樂》十四曲，《江南弄》七曲：一曰《江南弄》，二曰《龍笛曲》，三曰《採蓮曲》……」

〔二〕露未晞：《詩·秦風·蒹葭》：「蒹葭蒼蒼，白露未晞。」毛傳曰：「晞，乾也。」

〔三〕儵：白鰷魚。《莊子·秋水》：「儵魚出游從容，是魚之樂也。」

〔四〕屬玉：水鳥名。司馬相如《上林賦》：「鴻鷫鵠鴇，駕鵝屬玉。」注引郭璞：「屬玉似鴨而大，長頸赤目，紫紺色。」蘇養直《清江曲》：「屬玉雙飛水滿塘，菰蒲深處浴鴛鴦。」

〔五〕脉脉：古詩《迢迢牽牛星》：「盈盈一水間，脉脉不得語。」

〔六〕何人二句：解舞，能舞。纖腰，錢惟演《荷花》詩：「楚女妒纖腰。」

鷓鴣天　次韻魯卿大錢觀太湖〔一〕

蘭茝空悲楚客秋〔二〕。旌旗誰見使君遊〔三〕。淩雲不隔三山路〔四〕，破浪聊憑萬里舟〔五〕。

公欲去〔六〕，尚能留。杯行到手未宜休。新詩無物堪倫比，願探珊瑚出寶鈎〔七〕。

【校】

〔題〕 彬花盦本注：「錢」，原刻誤作「夫」，今依藝海樓舊鈔本改正。按：大錢，濱湖港名，今隸烏程縣界。《太湖備考》稱大錢口爲苕、霅下太湖之大路。魯卿當日蓋於此泛舟入湖，俗手不知而誤改，幸有善本可考。《歷代詩餘》作「次韻觀太湖」。

〔探〕《百家詞》作「採」。

【箋注】

〔一〕 此詞約作於宣和六年（一一二四），時作者歸居卞山，葛魯卿知湖州。　大錢：港名，在烏程縣界。齊召南《水道提綱》卷十五：「湖州府，水俱入太湖，其港最大者，府治烏程縣東北之大錢湖。」

〔二〕 蘭茝：《韓詩外傳》卷七：「蘭茝生於茂林之中、深山之間，人莫見之。」故多用以比喻君子美人。《楚辭・悲回風》：「蘭茝幽而獨芳。」　楚客秋：宋玉《九辯》：「悲哉，秋之爲氣。」此謂古楚詩人徒作悲秋之歎。

〔三〕 使君：此指葛魯卿，時知湖州，九月移知鄧州。

〔四〕三山：太湖有三山島，清徐文靖《禹貢會箋》卷二引《水經注》：「太湖有大雷、小雷、三山，亦謂之三山。」

〔五〕破浪句：《南史・宗慤傳》：「願乘長風破萬里浪。」

〔六〕公欲去：時葛魯卿知湖州已第二年，按古代官吏三年一任之慣例，即將離任，故有此語。

〔七〕珊瑚鈎：古之瑞寶。《宋書・符瑞志》：「珊瑚鈎，王者恭信則見。」杜甫《奉同郭給事湯東靈湫作》詩：「飄飄青瑣郎，文采珊瑚鈎。」此喻葛魯卿之文采。

鷓鴣天　與魯卿晚雨泛舟出西郭，用烟波定韻〔一〕

天末殘霞卷暮紅。波間時見没鳧翁〔二〕。斜風細雨家何在〔三〕，老矣生涯盡箇中〔四〕。　唯此意，與公同。未須持酒祝牛宫〔五〕。旁人不解青蓑意〔六〕，猶説黄金寶帶重〔七〕。

【校】

〔題〕楙花盦本題下注：戈校：「烟波定」三字似有訛。《歷代詩餘》作「晚雨泛舟」。

【箋注】

〔一〕本詞約作於宣和六年(一一二四)或前一年,作者歸居卞山期間。烟波:指烟波釣徒張志和。志和,字子同,初名龜齡,婺州(今浙江金華)人。年十六,舉明經。唐肅宗時待詔翰林,後隱居江湖,自號烟波釣徒。善歌詞,能書畫。所作《漁父詞》云:「西塞山前白鷺飛,桃花流水鱖魚肥。青箬笠,緑蓑衣,斜風細雨不須歸。」所謂用烟波定韻,或即檃括其詞意而成篇。

〔二〕没鳧翁:黄庭堅《再答勉仲》詩:「小桃源口雨繁紅,春溪蒲稗没鳧翁。」任淵引顔師古注曰:「鳧者,水中之鳥;翁,頸上毛也。」

〔三〕斜風二句:語本張志和「斜風細雨不須歸」句意。

〔四〕箇中:箇,指點辭,猶這也。箇中,猶云此中。蘇軾《李頎秀才善畫山以兩軸見寄》詩:「平生自是箇中人,欲向漁舟便寫真。」

〔五〕牛宫:《吴郡志》卷二:「牛欄,亦名牛宫。吴地下濕,冬寒即牛入欄,唐人謂之牛宫。陸龜蒙《祝牛宫辭》其序曰:『冬十月,耕牛違寒,築宫納而造之。』」

〔六〕青蓑意:此化用張志和「青箬笠」二句,指隱退之意。

〔七〕黄金寶帶重:《石林燕語》卷五:「舊制:學士以上賜御仙花帶而不佩魚,雖翰林學士亦然。唯二府賜笏頭、帶佩魚,謂之『重金』。元豐官制始行詔六曹尚書、翰林學士、雜學士皆得佩魚。故蘇子瞻《謝宣召入院狀》云:『玉堂賜篆,仰淳化之彌文;寶帶重金,佩元豐之新渥。』」此處泛指高官厚禄。

鷓鴣天〔一〕

一曲青山映小池。緑荷陰盡雨離披〔二〕。何人解識秋堪美，莫爲悲秋浪賦詩〔三〕。
攜濁酒，繞東籬〔四〕。菊殘猶有傲霜枝。一年好景君須記，正是橙黄橘緑時〔五〕。梁范堅常謂：欣成惜敗者，物之情。秋爲萬物成功之時，宋玉作悲秋，非是，乃作《美秋賦》云。

【校】

〔題〕《雅詞》調下有題：「東坡嘗有詩曰：『荷盡已無擎雨蓋，菊殘猶有傲霜枝。一年好景君須記，正是橙黄橘緑時。』此非吴人無以知其爲佳也。余居有小池種荷，移植十本於池側。每秋晚，常喜頌此句，因少增損，以《鷓鴣天》歌之。」𣏌花盦本原刻失題，戈校依《樂府雅詞》補。

【箋注】

〔一〕據《雅詞》題序知本詞乃作者有意檃括蘇軾《贈劉景文》詩句而成。有關争議參本書【附録二】。

〔二〕離披：宋玉《九辯》：「白露既下百草兮，奄離披此梧楸。」陳第注曰：「離披，分散貌。」

〔三〕莫爲句：用原注中梁范堅語意。

〔四〕繞東籬：陶淵明《飲酒》詩：「采菊東籬下。」

〔五〕菊殘三句：並前闋「緑荷」句，皆化用或徑用蘇軾《贈劉景文》詩句。

【集評】

清李調元《雨村詞話》卷三：梁范堅常謂：欣成惜敗者，物之情。秋爲萬物成功之時，宋玉作悲秋，非是，乃作《美秋賦》云。「秋堪美」三字如此不輕下，然何後三句全用東坡詩，只少「荷盡已無擎雨蓋」句耳，如此作詞，太容易也。

水龍吟　二月十日西湖燕客作〔一〕

對花常欲留春，恨春故遣花飛早。晚來雨過，緑陰新處，幾番芳草。一片飄時，已知消減，滿庭誰掃〔二〕。料多情也似，愁人易感，先催趁、朱顏老。　猶有清明未過〔三〕，但狂風、匆匆難保。酒醒夢斷，年年此恨，不禁烟草〔四〕。只恐春歸，應留芳信，與花争好。有姚黄一朵〔五〕，殷勤付與，送金杯倒。

【校】

〔題〕原刻作「西湖燕客作」，無「二月十日」四字，據《雅詞》補字。《全宋詞》作「三月十日西湖燕客作」，下案云：「三」原作「二」。楙花盦本原刻亦無上四字，戈校依《雅詞》補。

〔留〕原本作「流」，《雅詞》、《歷代詩餘》作「留」，依改。楙花盦本原刻亦作「流」，戈校云：此字必訛，特改之。

〔烟草〕《雅詞》、《百家詞》作「相惱」。楙花盦本作「相惱」，注：原刻訛作「烟草」，與上複韻，戈校依《樂府雅詞》改。

〔春歸〕「歸」，原本無此字，據楙花盦本補。《雅詞》作「應」。《歷代詩餘》作「工」。

〔應留〕《雅詞》作「暗留」。楙花盦本及《歷代詩餘》均作「應留」。

〔金杯〕《雅詞》作「金樽」。

【箋注】

〔一〕本詞約作於夢得知潁昌任上。　西湖：見前《臨江仙》（三月鶯花都過了）注。

〔二〕一片三句：杜甫《曲江二首》之一：「一片花飛減却春，風飄萬點更愁人。」

〔三〕清明：二十四節氣之一。《淮南子·天文訓》：「春分後十五日，斗指乙，則清明風至。」宋陳元靚《歲時廣記》卷一引《三統曆》曰：「清明爲三月節……清明者謂物生清浄明潔。」

〔四〕不禁句：清明節在寒食節之後一日，舊俗寒食禁烟。此以「烟火」之「烟」，引申爲「烟草」之「烟」。春日草長，故云不禁。烟草，春草帶霧狀。

〔五〕姚黄：歐陽修《牡丹記》：「姚黄者，千葉黄花，出於民姚氏家。此花之出，於今未十年。姚氏居白司馬坡，其地屬河陽，然花不傳河陽傳洛陽。洛陽亦不甚多，一歲不過數朵。」

水龍吟

八月十三日，與張少逸遊道場山，放舟中流，命工吹笛舟尾，迎月歸作〔一〕

柂樓横笛孤吹〔二〕，暮雲散盡天如水。人間底事，忽驚飛墮，冰壺千里〔三〕。玉樹風清〔四〕，漫波摇卷，與空無際。謝嫦娥此夜，慇勤偏照，知人在、千山裏。　常恨孤光易轉〔五〕，仗多情、使君料理〔六〕。一杯起舞，曲終須寄，狂歌重倚。爲問飄流，幾逢清影〔七〕。有誰同記。但尊前有酒，常追舊事，拚年年醉〔八〕。

【校】

〔題〕「十三日」，《雅詞》作「十二日」；「張少逸」，《雅詞》作「强少逸」。又，《雅詞》無「作」字。

〔漫波摇卷〕《雅詞》作「漫披遥卷」。

〔空無際〕《雅詞》作「天無際」。

〔謝〕《雅詞》作「料」。

〔料理〕原本自此下空缺十六字，「一杯起舞，曲終須寄」與「但尊前」相接，且「寄」作「記」，今據《雅詞》改「記」作「寄」，并於「須」下補「狂歌重倚爲問飄流幾逢清影有誰同記」十六字。

〔尊前〕《雅詞》作「尊中」。

【箋注】

〔一〕此詞當作於宣和五年（一一二三）或之後，作者歸居卞山期間。　張少逸：生平不詳。道場山：《嘉慶一統志·湖州府》「山川」：「道場山在烏程縣少西十二里。舊名雲峰，後建僧舍，因改名。山頂有塔，下有伏虎巖、一掬泉、虎跑泉、瑶席池。其山峰巒秀鬱，水石森爽，殊爲佳絶。遊覽者皆萃焉。」

〔二〕柂樓：柂，同柁、舵。黄庭堅《汴岸置酒贈黄十七》詩：『誰倚柁樓吹玉笛，斗杓寒挂屋山頭。』横笛：李白《夜别張五》詩：『横笛弄秋月，琵琶彈陌桑。』

〔三〕冰壺：此喻明月，以其瑩徹無瑕。

〔四〕玉樹：《淮南子·墜形訓》：「（昆侖虚）上有木禾，其修五尋。珠樹、玉樹、琁樹、不死樹在其西。」

〔五〕孤光：此指月光。蘇軾《西江月》詞：「中秋誰與共孤光。」

〔六〕料理：安排或幫助。《詩詞曲語辭匯釋》卷五：「料理，字出《世説》，見下。蘇軾《用和人筆迹韻寄莘老》詩：『困窮誰要卿料理，舉頭看山笏拄頰。』《施注蘇詩》補注云，《世説》『王徽之爲桓沖參軍，沖嘗謂徽之曰：「卿在府日久，比當相料理。」徽之初不酬答，直高視以手板拄頰云：「西山朝來致有爽氣」』。按所謂料理者，乃安排而欲幫助之也。米黻《竹西寺》詩：『不用使君相料理，都緣塵土蔽青山。』此亦脱胎《世説》語意。」

〔七〕清影：蘇軾《水調歌頭》詞：「起舞弄清影，何似在人間。」

〔八〕拚：謂不顧惜也。

千秋歲 次韻兵曹席孟惠解中千葉黄梅〔一〕

曉烟溪畔。曾記東風面〔二〕。化工更與重裁剪〔三〕。額黄明艷粉〔四〕，不共妖紅軟〔五〕。凝露臉。多情正是當時見。　誰向滄波岸。特地移閑館。情一縷，愁千點。煩君搜妙語〔六〕，爲我催清燕。須細看。紛紛亂蕊空凡艷〔七〕。

【校】

〔正是〕《全芳備祖》作「正似」，𣑽花盦本依改。

【箋注】

〔一〕兵曹：官名，州府六曹之一，在府稱兵曹參軍，在州稱司兵參軍。席孟惠：生平不詳。

〔二〕千葉黄梅：《會稽志》：「千葉黄梅，剡中爲多。王梅溪詩：菊以黄爲正，梅唯白最嘉。徒勞千葉染，不似雪中花。」

〔二〕東風面：杜甫《詠懷古迹》：「畫圖省識春風面。」此借指千葉黄梅。

〔三〕化工：天工，造化之工。詳見《江城子》（蹁躚飛舞半空來）注。

〔四〕額黄：六朝時婦女額上的塗飾，唐代仍沿用。李商隱《蝶》詩：「壽陽公主嫁時妝，八字宫眉捧額黄。」

〔五〕妖紅：元稹《梨花》詩：「桃花徒照地，應被笑妖紅。」

〔六〕妙語：蘇軾《書鄢陵王主簿所畫折枝》二首之一：「懸知君能詩，寄聲求妙語。」

〔七〕亂蕊：杜甫《江畔獨步尋花》七絕句之一：「稠花亂蕊裹江濱，行步欹危實怕春。」

千秋歲 小雨達旦，東齋獨宿不能寐，有懷松江舊遊〔一〕

雨聲蕭瑟，初到梧桐響。人不寐〔二〕，秋聲爽。低簷燈暗淡，畫幕風來往。誰共賞。依稀記得船篷上。拍岸浮輕浪。水闊菰蒲長〔三〕。向別浦，收橫網〔四〕。緑蓑衝暝色，艇子摇雙槳〔五〕。君莫忘。此情猶是當時唱。

【校】

〔暝色〕《全宋詞》缺「色」字，作空格。《歷代詩餘》、《詞譜》、《詞律》均作「暝色」。

【箋注】

〔一〕松江舊遊：指宣和年間在湖州與葛魯卿等友人泛舟之往事。葉夢得《玉澗雜書》：「癸卯七月十二日夜，天氣稍涼，月色如霜雪。余寓居溪堂，當苕、霅兩溪之會，適自山中還，葛勝仲亟相遇，因同泛舟，掠白蘋亭渡甘棠橋至魚樂亭。少留步，而叩門呼莫彦平，尚未寢。天無片雲，夜氣澄澈，星斗爛然，俯仰上下，微風時至，毛髮森動。莫居三面臨水，爲城中居地之勝。夾徑老柳參天百餘尺，環以蓮蕩。人行柳蔭荷氣中，時聞跳魚潑剌水上。復拉彦平刺舟逆水而上。月色正午，徐行抵南郭門而還。魯卿得華亭餉白酒，色如湩乳，持以飲我。旋呼兵以小舟吹笛相尾。道旁居人聞笛聲，亦有起而相應者。酒盡抵岸，已四鼓矣。」於此可見一斑。

〔二〕人不寐：范仲淹《漁家傲》詞：「人不寐，將軍白髮征夫淚。」

〔三〕菰蒲：菰、蒲乃兩種水生植物。謝靈運《從斤竹澗越嶺溪行》詩：「蘋萍泛沈深，菰蒲冒清淺。」

〔四〕横網：姚之駰《後漢書補逸》卷十七：「横網振而逆鱗掃。」此指漁人所撒之網。

〔五〕艇子句：《樂府詩集·清商曲辭·莫愁樂》：「艇子打雙槳，催送莫愁來。」

蓦山溪　百花洲席上次韻司録董庠〔一〕

一年春事〔二〕，長恨風和雨。趁取未殘時〔三〕，醉花前、春應相許。山翁倒載，日暮習池回〔四〕，問東風，春知否，莫道空歸去。　滿城歌吹，也似春和豫〔五〕。争笑使君狂〔六〕，占風光、不教飛絮。明朝酒醒，滿地落殘紅，唱新詞，追好景，猶有君收聚。

【校】

〔題〕《歷代詩餘》作「百花洲席上」。

〔收聚〕「聚」，栱花盦本作「取」，注：「取」，原刻作「聚」，依《歷代詩餘》改。《全宋詞》作「聚」。

【箋注】

〔一〕百花洲：古以「百花」命洲者甚多，與葉夢得相關者亦不止一處，如蘇州（《吴郡志》卷七）、烏程（《吴興備志》卷十五）、建康（《景定建康志》卷二十二）等地。考詞中自稱『使君』，而作者未曾在蘇州、湖州任知州，則此百花洲或當位於建康。司録：古代官名。唐宋時府治設有録事參軍。

〔二〕一年春事：歐陽修《青玉案》詞：「一年春事都來幾。早過了、三之二。」

董庠：生卒及事迹不詳。《要録》卷十一云：東京留守宗澤以庠守鄭州，援兵未至，棄城而走。

〔三〕趁取：趁着。取，語助詞，猶着也。

〔四〕山翁二句：用山簡事。見《水調歌頭》（秋色漸將晚）注。

〔五〕和豫：和樂。《莊子·德充符》：「使之和豫，通而不失於兑。」

〔六〕使君：作者自指。

清平樂〔一〕

水空相映。淡碧涵千頃。素練不收寒玉鏡〔二〕，影落口階無影。纖纖與捧金杯〔三〕。暗香逐舞徘徊〔四〕。雪盡玉容開遍，東風不管寒梅。

【校】

〔影落句〕按譜此當爲六言。琳花盦本於「落」下注缺一字。《全宋詞》於「落」上空一格，又於「階」下注曰：毛扆校汲古閣本《石林詞》云：「階」字上下缺一字。

【箋注】

〔一〕此爲賞梅詞。

〔二〕素練：潔白的綾絹。此處用來形容湖水澄浄如練。玉鏡：喻明月。鄭谷《春日伴同年禮部趙員外省直》詩：「水含玉鏡春寒在，粉傅仙闈月色多。」

〔三〕纖纖：手指細巧貌。古詩《迢迢牽牛星》：「纖纖擢素手。」

〔四〕暗香：林逋《山園小梅》詩：「暗香浮動月黄昏。」

雨中花慢 寒食前一日小雨，牡丹已將開，與客置酒坐中戲作〔一〕

痛飲狂歌〔二〕，百計强留，風光無奈春歸。也應知相賞，未忍相違。卷地風驚〔三〕，争催春暮雨，頓回寒威。對黄昏蕭瑟，冰膚洗盡，猶覆霞衣〔四〕。多情斷了，爲花狂惱，故飄萬點霏微〔五〕。低粉面、妝臺酒散，淚顆頻揮。可是盈盈有意〔六〕，祇應真惜分飛〔七〕。拚令吹盡，明朝酒醒，忍對紅稀〔八〕。

【校】

〔題〕楙花盦本無「坐中」二字，注：顧氏藝海樓舊鈔本「置酒」下有「坐中」二字。

〔春歸〕原刻「歸」作「去」，據楙花盦本改。楙花盦本注：「歸」，原刻作「去」。戈校云：此闋平韻，《雨中花慢》第三句當起韻，此「去」字必「歸」之訛；況通首用「微」韻，「歸」字更無疑，特改正。《全宋詞》作「歸」。

〔也應句〕《全宋詞》作「春去也、應知相賞」。

〔卷地二句〕楙花盦本戈校：卷地二句與下段「可是盈盈」二句對，如張孝祥、劉褒、辛棄疾、蘇泂、吳禮之、高觀國、京鏜、葛立方諸作，無不六字二句者，今此作三句，當有誤，或另是一體，而《欽定詞譜》未收，何也？

〔爭催句〕《全宋詞》注：毛扆校：「雨」字上多一字。

〔回〕楙花盦本戈校：「回」字宜仄，大約非「減」即「缺」。

【箋注】

〔一〕寒食：節日名。梁宗懍《荆楚歲時記》：「去冬節一百五日，即有疾風甚雨，謂之寒食，禁火三日。」

〔二〕痛飲句：杜甫《贈李白》詩：「痛飲狂歌空度日，飛揚跋扈爲誰雄。」

〔三〕卷地：蘇軾《六月二十七日望湖樓醉書》詩：「卷地風來忽吹散。」

〔四〕霞衣：借指花瓣。曾鞏《聽鵲寄家人》詩：「春風千樹變顔色，遠水静照紅霞衣。」宋夏侯嘉正《洞庭賦》：「睹一異人於巖之際，霞爲裾，雲爲袂，冰膚雪肌，金玦玉珮。」

〔五〕霏微：迷濛貌。李煜《采桑子》詞：「細雨霏微。不放雙眉暫時開。」

〔六〕可是句：《樂府雅詞・調笑集句・班女》：「和淚盈盈嬌眼。」李清照《春光好》詞：「盈盈玉蘂如裁。」可是，豈是。

〔七〕惜分飛：周邦彦《定風波》詞：「無情豈解惜分飛。」

〔八〕紅稀：晏殊《踏莎行》：「小徑紅稀，芳郊緑遍。」

南鄉子　池亭新成晚步〔一〕

淺碧蘸鱗鱗〔二〕。照眼全無一點塵。百草千花都過了〔三〕，初新。翠竹高槐不占春。

歌嘯墮綸巾〔四〕。午醉醒來尚欠伸〔五〕。待得月明歸去也，青蘋〔六〕。更有涼風解送人〔七〕。

【校】

〔青蘋〕《歷代詩餘》作「香蘋」。

【箋注】

〔一〕此詞約作於歸居卞山期間。

〔二〕淺碧句：蘇軾《南鄉子》詞：「霜降水痕收，淺碧鱗鱗露遠洲。」

〔三〕百草句：馮延巳《蝶戀花》詞：「百草千花寒食路。」

〔四〕綸巾：絲帶編織的頭巾。《世説新語·簡傲》：「謝中郎（萬）是王藍田女婿，嘗著白綸巾，肩輿徑至揚州。」

〔五〕午醉句：張先《天仙子》詞：「午醉醒來愁未醒。」

〔六〕青蘋二句：宋玉《風賦》：「夫風生於地，起於青蘋之末。」

〔七〕解：會也，能也。

南鄉子　自後圃晚步湖上〔一〕

小院雨新晴。初聽黄鸝第一聲〔二〕。滿地緑陰人不到，盈盈。一點孤花尚有情〔三〕。　却傍水邊行。葉底跳魚浪自驚〔四〕。日暮小舟何處去〔五〕，斜橫。衝破波痕久未平。

【校】

〔波痕〕原刻作「浪痕」，據楙花盦本改。戈校云：「『波』原作『浪』，必訛。此字宜平，且上已用過

「浪」字，故改之。《全宋詞》作「波」。

【箋注】

〔一〕此詞當與上闋作時相近。

〔二〕初聽句：蘇軾《壽陽岸下》詩：「偶聽黄鸝第一聲。」

〔三〕盈盈二句：蘇軾《江城子》詞：「一朵芙蕖，開過尚盈盈。」

〔四〕葉底句：胡宿《池臺》詩：「蟾明桂樹間，魚躍蓮葉底。」

〔五〕日暮句：崔灝《黄鶴樓》詩：「日暮鄉關何處是。」蘇軾《臨江仙》詞：「小舟從此逝，江海寄餘生。」

南鄉子

癸卯種梅於西巖，地瘦難立，石間無花。今歲十一月，輒先開數枝，喜而爲賦〔一〕

山畔小池臺。曾記幽人著意栽〔二〕。亂石參差春至晚，徘徊。素景衝寒却自開〔三〕。　絶絶照瓊瑰。孤負芳心巧剪裁〔四〕。應恐練裙驚縞夜〔五〕，殘杯。且放疏枝待我來。

【校】

〔題〕「無花」，《全宋詞》作「無花開」。「喜而」，《百家詞》作「喜之」。

〔著意裁〕《遺書》本作「著意裁」。

〔絶絶〕楙花盦本作「寂寂」，戈校云：「寂寂」，原刻作「絶絶」，恐訛，故改之。《全宋詞》作「絶絶」。

【箋注】

〔一〕癸卯：指徽宗宣和五年（一一二三）。時作者已居卞山石林。西巖：卞山一景。葉夢得《送模歸卞山並示僧宗義爲余守西巖者三首》詩：「西巖鬱嶔岑，久斷俗子路。」范成大《與吴興薛士隆使君遊卞山石林先生故居》詩：「西巖踞熊虎，東巖峙屏案。」

〔二〕幽人：幽隱之人，此作者自指。《周易注疏》卷三「履卦」：「幽人貞吉。」孔疏：「幽隱之人，守正得吉。」蘇軾《卜算子》詞：「誰見幽人獨往來，縹緲孤鴻影。」

〔三〕衝寒：破寒、冒寒。杜甫《小至》詩：「山意衝寒欲放梅。」

〔四〕巧剪裁：蘇軾《吉祥寺花將落而述古不至》詩：「今歲東風巧剪裁。」

〔五〕應恐句：練裙，白色的裙。縞，映照。王安石《寄蔡氏二女子二首》詩之一：「積李兮縞夜，崇桃兮炫晝。」

卜算子 鳳皇亭納涼〔一〕

新月掛林梢，暗水鳴枯沼。時見疏星落畫簷，幾點流螢小〔二〕。　歸意已無多，故作連環繞。欲寄新聲問《採蓮》〔三〕，水闊烟波渺。

【校】

〔題〕《百家詞》「鳳皇亭」作「鳳凰臺」。《歷代詩餘》無題。楙花盦本題上有「五月八日夜」五字，注云：原刻無此五字，戈校依《樂府雅詞》補。查《雅詞》題爲「三月八日」，曹元忠批本曰：「竹垞傳抄本此題『三月一日』，按詞中情景，右改『八月三日』，明鈔本却是『三月八日』，恐延誤久矣。」未知楙花盦本改「三」爲「五」何據。《全宋詞》案曰：「五」原作「三」，改從汲古閣本《石林詞》。又，此首亦見趙長卿《惜香樂府》卷四，題作「亭上納涼」。

〔已無多〕「已」，《雅詞》及《惜香樂府》作「了」。

〔新聲〕《惜香樂府》作「新詩」。

〔採蓮〕《雅詞》「蓮」作「菱」。

【箋注】

〔一〕鳳皇亭：不詳。從「歸意」幾句推測，作者當時在地方任上。

〔二〕幾點句：柳永《女冠子》詞：「疏篁一徑，流螢幾點，飛來又去。」

〔三〕《採蓮》：古樂府曲名。《樂府詩集》卷五十：梁武帝《江南弄》七曲之三曰《採蓮曲》。

卜算子

並澗頃種木芙蓉，九月旦盛開〔一〕

曉雨洗新妝，艷艷驚衰眼〔二〕。不趁東風取次開〔三〕，待得清霜晚。　曲港照回流，影亂微波淺。作態低昂好自持〔四〕，水闊烟波遠。

【校】

〔題〕《雅詞》作「木芙蓉九日旦盛開作」。《全芳備祖》無題。楙花盦本注：「旦」原刻作「且」，戈校依《樂府雅詞》改。

〔曉雨〕《雅詞》「曉」作「小」。

〔艷艷〕《全芳備祖》作「艷色」。楙花盦本原作「艷艷」，依《全芳備祖》改爲「艷色」。

〔清霜晚〕《全宋詞》案：「晚」原誤「曉」，改從汲古閣本《石林詞》。

〔水闊烟波遠〕《全芳備祖》及《廣群芳譜》作「江闊烟村遠」。

【箋注】

〔一〕此詞作於歸居卞山期間。　澗：指卞山西澗。　木芙蓉：《續通志》卷一百七十六「木類」：「木芙蓉，一名地芙蓉，一名木蓮，一名華木，一名桃木，一名拒霜花。類牡丹、芍藥，有紅、白、黄三種。」

〔二〕艷艷句：杜甫《早花》詩：「盈盈當雪杏，艷艷待春梅。」

〔三〕取次：猶云草草、隨意也。柳永《玉女摇仙珮》詞：「取次梳妝，尋常言語。」

〔四〕作態：擺弄姿態。《後漢書·曹世叔妻傳》：「入則亂髮壞形，出則窈窕作態。」

菩薩蠻　湖光亭晚集

平波不盡蒹葭遠〔一〕。清霜半落沙痕淺。烟樹晚微茫〔二〕。孤鴻下夕陽。　梅花消息近。試向南枝問。記得水邊春。江南别後人〔三〕。

【校】

〔調〕《草堂》作《重疊金》。

〔題〕《粹編》、《草堂》作「秋思」。《詞綜》作「湖光亭晚景」。

【箋注】

〔一〕蒹葭：《詩・秦風・蒹葭》：「蒹葭蒼蒼，白露爲霜。」《爾雅・釋草》：「蒹，薕；葭，蘆。」郭云：蒹似萑而細高數尺。

〔二〕微茫：隱約模糊狀。陸璣云：蒹，水草也，可食牛；葭，可以爲薪爲薄。」陳子昂《感遇》詩：「巫山彩雲没，高丘正微茫。」李白《惜餘春賦》：「試登高而望遠，極雲海之微茫。」

〔三〕梅花四句：用陸凱與范曄典，見《臨江仙》（聞道今年春信早）注。

蝶戀花

薄雪消時春已半〔一〕。踏遍蒼苔，手挽花枝看。一縷遊絲牽不斷。多情更覺蜂兒亂。

盡日平波回遠岸。倒影浮光，却記冰初泮〔二〕。酒力無多吹易散。餘寒向晚風驚幔〔三〕。

【校】

〔調〕棫花盦本調下注：原刻分此闋以下爲下卷。

【箋注】

〔一〕春已半：黄庭堅《從王都尉覓千葉梅云已落盡》詩：「催盡落梅春已半。」

〔二〕冰初泮：泮，溶解。《詩·邶風·匏有苦葉》：「迨冰未泮。」毛傳曰：「迨，及；泮，散也。」

〔三〕向晚：臨晚。詳見《賀新郎》注。

醉蓬萊

辛丑寓楚州，上巳日有懷許下西湖，作此詞寄曾存之、王仲弓、韓公表〔一〕

問東風何事，斷送殘紅，便拚歸去〔二〕。牢落征途〔三〕，笑行人羈旅。一曲《陽關》，斷雲殘靄，做渭城朝雨〔四〕。欲寄離愁，緑陰千轉，黄鸝空語〔五〕。遥想湖邊，浪摇空翠〔六〕，絃管風高，亂花飛絮。曲水流觴〔七〕，有山公行處〔八〕。翠袖朱闌〔九〕，故人應也，弄畫船烟浦〔一〇〕。會寫相思，尊前爲我，重翻新句。

【校】

〔題〕原刻題作「楚州上巳懷許下西湖，寄曾在之、王仲弓、韓文表」，據《雅詞》增補「辛丑寓」、「日」、「作此詞」，又改「曾在之」爲「曾存之」，改「韓文表」爲「韓公表」。《花庵》、《草堂》題作「上巳日有懷許下西湖」。《歷代詩餘》調下無題。

〔東風〕《雅詞》、《花庵》、《草堂》、《粹編》並作「春風」。

〔殘紅〕《雅詞》、《花庵》、《草堂》、《粹編》並作「繁紅」。

〔轉〕《雅詞》、《花庵》、《草堂》、《粹編》、《歷代詩餘》並作「囀」。

〔山公〕《雅詞》、《花庵》、《草堂》、《粹編》並作「山翁」。

〔朱闌〕《歷代詩餘》「闌」作「欄」。

【箋注】

〔一〕辛丑：指徽宗宣和三年（一一二一）。作者於宣和二年庚子罷潁昌任後，曾南下楚州。上巳日：農曆三月上旬的巳日。詳見《虞美人》（一聲鶗鴂催春晚）注。楚州：宋時治所在山陽

（今江蘇淮安）。　曾存之、王仲弓、韓公表：皆作者在潁昌時的詩友。詳見《定風波》（破萼初驚一點紅）注。

〔二〕拚：舍棄。

〔三〕牢落：孤寂，無所依託。陸機《文賦》：「心牢落而無偶，意徘徊而不能揥。」

〔四〕一曲三句：《陽關》，古琴曲名。又名《渭城曲》，以其詞由王維《送元二使安西》詩敷衍而成，而其首句云：「渭城朝雨浥輕塵。」詳見《臨江仙》（唱徹陽關分别袂）注。

〔五〕黄鸝句：杜甫《蜀相》詩：「隔葉黄鸝空好音。」

〔六〕空翠：山色濃緑欲滴。王維《山中》詩：「山路元無雨，空翠濕人衣。」

〔七〕曲水流觴：《晉書·束皙傳》：「武帝嘗問摯虞三月曲水之義。虞曰：『漢章帝時，平原徐肇以三月初生三女，至三日俱亡。村人以爲怪，乃招携之水濱洗祓，遂因水以泛觴，其義起此。』帝曰：『必如所談，便非好事。』皙進曰：『虞小生不足以知，臣請言之。昔周公城洛邑，因流水以泛酒，故逸詩云：「羽觴隨波。」又，秦昭王以三日置酒河曲，見金人奉水心之劍，曰：「令君制有西夏。」乃霸諸侯。因此，立爲曲水。』」王羲之《蘭亭集序》：「又有清流急湍，映帶左右，引以爲流觴曲水。」

〔八〕山公：此以晉山簡自指。詳見《水調歌頭》（秋色漸將晚）注。

〔九〕翠袖朱闌：蘇軾《江城子》詞：「携翠袖，倚朱闌。」翠袖，指代美人。

〔一〇〕烟浦：烟霧迷漫的水邊。李賀《釣魚》詩：「爲看烟浦上，楚女淚沾裾。」

【集評】

沈際飛評《草堂詩餘》正集卷四：起頭何許精力。大凡離情入王右丞詩，右丞等矣。末句瀟灑。

南歌子　是日微雨，過午而霽，晚遂月出，次劉無言韻〔一〕

雨惜山容斂，雲矜棹影開。忽看霽色射林隈〔二〕。爲問明亭清影、爲誰來。　盡洗歸時路，重傾醉後杯。未應霜雪遽相催。留得佳期猶在、共徘徊〔三〕。

【校】

〔題〕《歷代詩餘》調下無題。

〔霽色〕《歷代詩餘》作「霧色」。

〔明亭〕《歷代詩餘》作「空亭」，《全宋詞》作「湖亭」。

〔清影〕《歷代詩餘》作「月影」。

【箋注】

〔一〕此詞約作於宣和五年癸卯(一一二三),時作者罷居湖州,卜築卞山,與知州葛勝仲、友人劉無言等交遊唱和。周密《癸辛雜識》:「玲瓏山,在卞山之陰……有洞曰歸雲,張謙中有篆書於石樑,闊三尺許,横繞兩磵,名定心石,旁有杜牧之題云:『大中五年八月八日來。』又,紹興(案:當爲「宣和」)癸卯,葛魯卿、林彦政、劉無言、莫彦平、葉少藴之所題名。」劉無言:詳見《八聲甘州》(寄知還倦鳥)注。

〔二〕忽看句:祖詠《終南山積雪》詩:「林表明霽色,城中增暮寒。」簡文帝《玄圃冬夕》詩:「曛烟生澗曲,暗色起林隈。」

〔三〕佳期:《楚辭·湘夫人》:「與佳期兮夕張。」

采桑子

冬至日,與許幹譽、章幾道飯積善。晚歸雪作,因留小飲〔一〕

山蹊小路歸來晚,暮雪繽紛〔二〕。尊酒慇勤。邂逅相從只有君。　全家住處無人到,元在重雲〔三〕。此景誰分。萬玉參差更作羣。

【校】

〔題〕《歷代詩餘》調下無題。「積」，原本作「績」，依楙花盦本改。楙花盦本注云：「積」原刻誤作「績」，今依藝海樓舊鈔本改正。

【箋注】

〔一〕積善：寺名或堂名。《巖下放言》卷中云：葉夢得晚年自福州致仕，曾「蒙恩賜寺積善教忠」，乃後賜之匾額。　許幹譽：葉夢得的詩友及妹夫，生平見《定風波》（破萼初驚一點紅）注。章幾道：生平不詳。據葉夢得《建康集》卷一《章幾道將歸小飲懷謝城父》詩「中年甚畏别交親，況復雲山舊結鄰」，又《臨江仙》（一醉年年今夜月）《雅詞》題「招章幾道、朱三復坐詔芳亭」，則幾道爲作者卞山之親鄰。　作者紹興二年（一一三二）罷帥後，即歸居卞山，其妹夫許幹譽晚年亦居卞山，兩人過從甚密。《避暑録話》卷二曰：「今余所居，常過我者許幹譽，此外即鄰之三朱。」紹興五年（一一三五）七月，許亢宗起知信州，八月病卒，則本詞最遲作於紹興四年冬。

〔二〕暮雪句：岑參《白雪歌送武判官歸京》詩：「紛紛暮雪下轅門，風掣紅旗凍不翻。」

〔三〕元在句：賈島《尋隱者不遇》詩：「只在此山中，雲深不知處。」

石林詞補遺

江神子 湘靈鼓瑟〔一〕

銀濤無際卷蓬瀛〔二〕。落霞明〔三〕。暮雲平。遥見青鸞、紫鳳下層城〔四〕。二十五絃彈不盡〔五〕，空感慨，有餘情。蒼梧雲水斷歸程〔六〕。卷霓旌〔七〕。爲誰迎〔八〕。空有千行、流淚寄幽貞〔九〕。舞罷魚龍雲海冷〔一〇〕，千古恨，入江聲。

【校】

〔調〕此詞録自黄昇《中興以來絶妙詞選》卷一。案：汲古閣《宋六十名家詞·東坡詞》有本詞，調下注：或刻葉夢得，或刻張元幹。楙花盦本詞末注：潘校本采《花庵詞選》。《粹編》於葉少藴名下注：《西清詩話》。《歷代詩餘》作東坡詞。《全宋詞》據明抄本，列入葉夢得詞，置於《江城子》六闋之一。調下案：此首誤入曾慥本《東坡詞拾遺》，又誤入《蘆川詞》卷上。

〔遥見〕《粹編》、《歷代詩餘》、《全宋詞》作「曾見」。

〔有餘情〕「有」,《百家詞》、《全宋詞》作「惜」。「餘」,《歷代詩餘》作「離」。

〔雲水〕《百家詞》、《粹編》、《歷代詩餘》、《全宋詞》作「烟水」。

〔空有〕《百家詞》作「定有」。

〔雲海泠〕「泠」,《百家詞》作「曉」。《粹編》、《歷代詩餘》及《全宋詞》作「晚」。

【箋注】

〔一〕湘靈鼓瑟:屈原《九章·遠遊》:「使湘靈鼓瑟兮,令海若舞馮夷。」湘靈,湘水之神。

〔二〕蓬瀛:《史記·秦始皇本紀》:「齊人徐市等上書,言海中有三神山,名曰蓬萊、方丈、瀛洲,仙人居之。」

〔三〕落霞明:王勃《滕王閣序》:「落霞與孤鶩齊飛。」蘇軾《江城子》詞:「水風清,晚霞明。」

〔四〕青鸞紫鳳:羅願《爾雅翼》卷十三:「漢光武時,華陰有大鳥,高五尺,鷄頭燕頷蛇頸魚尾,五色備舉而多青。詔問百僚,咸以爲鳳。唯太史令蔡衡對以爲:凡象鳳者五:多赤色者鳳,多青色者鸞,今此鳥多青,乃鸞,非鳳也。」王昌齡《蕭駙馬宅花燭》詩:「青鸞飛入合歡宫,紫鳳銜花出禁中。」李商隱《相思》詩:「相思樹上合歡枝,紫鳳青鸞並羽儀。」

〔五〕二十五絃:《淮南子·泰族》:「琴不鳴,而二十五絃各以其聲應。」

〔六〕蒼梧句:《史記·封禪書》:舜南巡,崩於蒼梧之野。二妃追至,哭之甚哀。後投水而死,爲湘水之神，遂稱湘妃，亦曰湘君、湘夫人。

〔七〕霓旌：司馬相如《上林賦》：「施霓旌，靡雲旗。」注曰：「折羽毛染以五彩，綴以縷，爲旌，有似虹霓之氣也。」

〔八〕爲誰迎：《九歌·湘夫人》：「九嶷繽以並迎，靈之來兮如雲。」朱熹注：「言舜使九嶷山神繽然來迎二妃，而衆神從之如雲也。」

〔九〕空有句：言湘靈思君之深切和忠貞。幽貞，高潔堅貞的操守。《周易注疏》卷三：「幽人貞吉……中不自亂也。」

〔一〇〕舞罷句：杜甫《秋興八首》詩：「魚龍寂寞秋江冷。」

【集評】

宋黄昇《中興詞話》：石林葉少藴……有《湘靈鼓瑟》一曲，尤高妙，而曾伯端所選《雅詞》不載。今録於此（詞略），蓋奇作也，世必有識之者。

宋胡仔《苕溪漁隱叢話》前集卷五十九：曾伯端《樂府雅詞》謂世傳《江城子》、《青玉案》皆東坡所作，然《西清詩話》謂《江城子》乃葉夢得作。

元不撰姓氏《氏族大全》卷二十一：葉夢得……晚居卞山下，詩酒娱老。工於詞，有《湘靈鼓瑟》一曲尤妙。

南歌子 四月二十六日集客臨芳觀〔一〕

麥隴深初轉，桃溪曲漸成。緑槐重疊午陰清〔二〕。更有榴花一朵、照人明〔三〕。

畫棟清微暑，疏簾入晚晴〔四〕。請君坐待縠紋平〔五〕。看取紅幢緑蓋、引前旌〔六〕。

【校】

〔調〕本詞録自《樂府雅詞》卷中。

〔緑蓋〕楙花盦本、《全宋詞》作「翠蓋」。

【箋注】

〔一〕此詞作於政和七年（一一一七），時作者即將移知潁昌。臨芳觀：程俱《北山集》卷十二《臨芳觀賦》：「政和七年春，蔡州作臨芳觀於牙城之上，太守翰林葉公也。」

〔二〕午陰：周邦彦《滿庭芳》詞：「午陰佳樹清圓。」

〔三〕更有句：米芾《小重山》詞：「雨過風來午暑清。榴花紅照眼，向人明。」

〔四〕畫棟二句：王勃《滕王閣序》：「畫棟朝飛南浦雲，朱簾暮卷西山雨。」

〔五〕縠紋平：蘇軾《臨江仙》詞：「夜闌風静縠紋平。」

〔六〕紅幢緑蓋：歐陽修《采桑子》詞：「荷花開後西湖好，載酒來時。不用旌旗。前後紅幢緑蓋隨。」

菩薩蠻　己未五月十七日贈無住道人〔一〕

經年不踏斜橋路。青山試問誰爲主。密葉轉回風。寒泉落半空。　此間無限興。可便荒三徑〔二〕。明日下扁舟。滄波莫浪遊〔三〕。

【校】

〔調〕本詞録自宋曾慥《樂府雅詞》卷中。

【箋注】

〔一〕己未：指高宗紹興九年（一一三九），時作者任江東安撫制置大使兼知建康府兼行宫留守司公事。　無住道人：即釋梵隆，夢得在石林谷之門僧。《建康集》卷二《東山圖并贊》：「無住道人少規模伯時，爲余臨寫，真贋殆不可辨。更數十歲，安知天下不有兩伯時？」《研北雜志》載：「梵隆爲葉少藴門僧，久住弁山，故其作畫極多。德壽宫評畫以隆爲龍眠嫡嗣。」《佩文齋書畫譜》引《圖繪寶鑑》：「釋梵隆，字茂宗，號無住，吴興人。喜白描人物山水，師李伯時。高宗極喜其畫，每見輒加品題之。然氣韻筆法皆不逮龍眠。」

〔二〕可便句：陶淵明《歸去來辭》：「三徑就荒。」

〔三〕明日二句：劉攽《題館壁》詩：「明日扁舟滄海去，却尋雲氣望蓬萊。」李白《宣州謝脁樓餞别校書叔雲》：「明朝散髮弄扁舟。」

卜算子　海棠

嬌艷醉楊妃〔一〕，輕裊憐飛燕〔二〕。人在昭陽睡足時〔三〕，初試妝深淺〔四〕。　一段錦新裁〔五〕，萬里來何遠。高燭休教照夜寒〔六〕，盈臉融春暖。

【校】

〔調〕本詞録自《全芳備祖》前集卷七《海棠門》。此首又見趙師使（一作俠）《坦庵詞》。楙花盦本注：戈校本采《全芳備祖》。

〔題〕《坦庵詞》題作「和從善籌安堂賞海棠」。

〔盈臉〕「盈」，《坦庵詞》、《廣群芳譜》、《遺書》本、商務版《全宋詞》作「媚」。梻花盦本作「嫋」，注：「嫋」字似訛。

【箋注】

〔一〕嬌艷句：用楊貴妃醉酒事。詳見《臨江仙》（三月鶯花都過了）注。

〔二〕輕裊句：《漢書·外戚傳》：「孝成趙皇后，本長安宫人……屬陽阿主家，學歌舞，號曰飛燕。成帝嘗微行，出過陽阿主，作樂。上見飛燕而説之，召入宫，大幸。」李白《清平調辭》：「借問漢宫誰得似，可憐飛燕倚新妝。」

〔三〕昭陽：漢宫殿名。漢成帝時，趙飛燕居之。後世詩文、小説、戲曲多以指皇后之宫。

〔四〕初試句：歐陽修《南歌子》詞：「窗下笑相扶，愛道畫眉深淺入時無？」

〔五〕一段句：孟郊《雍陶公子行》：「公子風流嫌錦繡，新裁白苧作春衣。」此反用其意。

〔六〕高燭句：蘇軾《海棠》詩：「只恐夜深花睡去，高燒銀燭照紅妝。」

水調歌頭〔一〕

何處難忘酒〔二〕，朱夏日偏長〔三〕。湖山地勝瀟湘〔四〕，十里芰荷香〔五〕。柳外新蟬驚晚，樓上疏簾垂翠，簟枕晚生涼。紈扇摇霜月〔六〕，曲水浮流觴〔七〕。流年去，今古夢，幾千場。虚名浮利，輸却幾許好時光。幸有碧雲深處，存取朱顔緑鬢〔八〕，流落又何妨。莫厭人間世，頻入醉中鄉。

【校】

〔調〕本詞録自《花草粹編》。

【箋注】

〔一〕本詞作年無考，從「朱夏日偏長」句，可知作於夏天。又，據「存取朱顔緑鬢」句推測，應在建炎三年冬避亂縉雲前，因作者自縉雲歸時鬚髮已盡白。再從詞中借山水詩酒以消解虚名浮利之表白，則作者此時可能已罷歸隱居卞山。

〔二〕何處句：白居易《勸酒》詩十四首中，七首以「何處難忘酒」爲首句，王安石《何處難忘酒》詩二首注云：「效白樂天體。」

〔三〕朱夏：《爾雅注》卷中「釋天」：「春曰青陽，夏曰朱明，秋曰白藏，冬曰玄英。」又，夏有「朱夏」、「炎夏」、「九夏」、「三夏」等名稱。曹植《槐賦》：「在季春而初茂，踐朱夏而乃繁。」

〔四〕瀟湘：湖南二水名，瀟水在零陵縣蘋州與湘江相會，水流清澈。

〔五〕芰荷：《埤雅》卷十七：「荷，總名也。……今其的中有青爲薏，皆倒生兩芽，一成芰荷，一藕荷也。……芰荷無藕，卷荷也。」

〔六〕紈扇：細絹製作的團扇。班婕妤《詠扇》詩：「紈扇如圓月。」

〔七〕曲水句：王羲之《蘭亭集序》：「又有清流激湍，映帶左右，以爲流觴曲水。」

〔八〕朱顔緑鬢：黄庭堅《水龍吟》詞：「看朱顔緑鬢，封侯萬里，寫淩烟像。」

臨江仙〔一〕

昨夜新陽回候館〔二〕，芳菲正滿霜林。此時珍賞重千金。誰知紅粉艷，還有歲寒心〔三〕。　風動寒衣香散漫，酒醺丹臉深深。妖嬈偏稱美人簪〔四〕。一枝無處贈〔五〕，折得自孤吟。

【校】

〔調〕此詞録自《永樂大典》卷二千八百零九「梅」字韻，《梅苑》卷九列於范夢龍名下，居葉少蘊二首梅詞之後。《全宋詞》葉夢得存目詞附注：「無名氏詞，見《梅苑》卷九。」

〔回〕《梅苑》亦作「回」，《全宋詞》誤作「開」。

〔珍賞〕《梅苑》作「珍重」。

〔寒衣〕《梅苑》作「霞衣」。

〔醺〕《永樂大典》原作「醮」，《梅苑》作「醺」，據改。

〔深深〕《梅苑》作「深沈」。

【箋注】

〔一〕此爲詠梅詞，與後二闋《減字木蘭花》作者均有歧説，録此並加校箋，以備查考。

〔二〕新陽：猶新春。謝靈運《登池上樓》詩：「初景革緒風，新陽改故陰。」

〔三〕歲寒心：《論語·子罕》：「子曰：歲寒，然後知松柏之後凋也。」張旭《和魏僕射還鄉》

詩：「衆芳摇落盡，獨有歲寒心。」

〔四〕美人簪：梁簡文帝《桃花曲》：「但使新花艷，得間美人簪。」

〔五〕一枝句：此反用陸凱與范曄驛寄梅花事。詳見《臨江仙》(聞道今年春信早)注。

減字木蘭花 臘梅〔一〕

鵝黄初吐。無數蜂兒飛不去。别有香風。不與南枝鬥淺紅〔二〕。憑誰折取。擬把鸞箋吩咐與〔三〕。碧玉搔頭〔四〕。淡淡霓裳人倚樓〔五〕。

【校】

〔調〕此詞録自《永樂大典》卷二千八百十一「梅」字韻「蠟梅」。《梅苑》卷九列於張文潛名下。《全宋詞》葉夢得存目詞注：「(出)《永樂大典》卷二千八百十梅字韻，爲無名氏詞，又見《梅苑》卷九。」

〔鸞箋〕《梅苑》作「玉人」。

【箋注】

〔一〕蠟梅：范成大《范村梅譜》：「蠟梅本非梅類，以其與梅同時，香又相近，色酷似蜜脾，故名蠟梅。」

〔二〕南枝：指梅花。詳見《臨江仙》（聞道今年春信早）注。

〔三〕蠻箋：蜀箋，此指信箋。秦觀《沁園春》詞：「縱蠻箋萬疊，難寫微茫。」

〔四〕碧玉搔頭：宋楊侃《兩漢博聞》卷十「玉搔頭」：《太平御覽》卷一四四引《西京雜記》曰：「武帝遇李夫人，就取玉簪搔頭，自此宮人搔頭皆用玉。」馮延巳《謁金門》詞：「碧玉搔頭斜墮。」

〔五〕霓裳：《楚辭・九歌・東君》：「靈之來兮蔽日，青雲衣兮白霓裳。」此形容美人的衣裳。

減字木蘭花

園林衰槁〔一〕。一品梅花開太早。紫蕊檀心。獨佔中央色似金〔二〕。　幽香清遠。對景開尊同賞玩。雅稱仙姿。莫是多情染相思〔三〕。

【校】

〔調〕此詞録自《永樂大典》卷二千八百十一「梅」字韻「蠟梅」，《梅苑》卷九置於張文潛名下。《全宋詞》葉夢得存目詞注：「（出）《永樂大典》卷二千八百十梅字韻，爲無名氏詞，又見《梅苑》卷九。」

〔詞〕《梅苑》卷三《滿庭芳》調下有周忘機《蠟梅》詞，其上闋云：「園林蕭索，亭臺寂静，萬木杳凍凋傷。曉來初見，一品蠟梅芳。疑是黄酥點綴，超群卉、獨佔中央。堪閑玩、檀心紫蕊，清雅噴幽香。」詞語與本詞多處雷同。

【箋注】

〔一〕衰槁：王安石《法雲》詩：「汲泉養之花不老，花底幽人自衰槁。」

〔二〕一品三句：《范村梅譜》：蠟梅「凡三種：……最先開，色深黄如紫檀花蜜，香穠，名檀香梅，此品最佳。」

〔三〕染相思：歐陽炯《三字令》：「花澹薄，惹相思。」

【附録一】總評及序跋

東坡先生以文章餘事作詩，溢而作詞曲，高處出神入天，平處尚臨鏡笑春，不顧儕輩。晁無咎、黄魯直皆學東坡韻製得七八……後來學東坡者，葉少藴、蒲大受亦得六七，其才力比晁、黄差劣。（録自宋王灼《碧鷄漫志》卷二）

右丞葉公（案：「右丞」爲「左丞」之誤）以經術文章爲世宗儒，翰墨之餘作爲歌調，亦妙天下。元符中，予兄聖功爲鎮江掾，公爲丹徒尉，得其小詞爲多。是時，妙齡氣豪，未能忘懷也。味其詞，婉麗綽有温、李之風；晚歲落其華而實之，能於簡淡時出雄傑，合處不減靖節、東坡之妙，豈近世樂府之流哉？陳德昭始得之，喜甚，出以示余，揮汗而書，不知暑氣之去也。《詩》云：「誰能執熱，逝不以濯。」公詞之能慰人心蓋如此。紹興十七年七月九日東廡關注書。（録自明毛晉汲古閣本《宋名家詞》）

少藴自號石林居士，晚年居卞山下，奇石森列，藏書數萬卷，嘯詠自娱。所撰詩文甚富，有《建康集》、《審是集》、《燕語》，後人合編《石林總集》百卷行世。外《石林詞》一卷，與蘇、柳並傳，綽有林下風，不作柔語殢人，真詞家逸品也。其爵里始末，具載《年譜》及本傳。湖南毛晉識。（録自明毛晉汲古閣本《宋名家詞》）

宋時，我吴以詞名者五人：范文正、文穆、李筠溪、陳夢弼，其最著者，葉少保也。少保於徽宗朝以敢言稱，其論用人賢能之辨及士大夫朋黨之弊，侃侃而談，具見本傳。故其詞亦無柔靡習氣，抒寫性靈，游行自在，浮華盡洗，清逸獨標。香巖居士序云「簡淡中時出雄傑」，信然。余於庚辰夏輯《六十家詞選》，借戴竹友太守所藏舊鈔本，與汲古閣本互校，略有異同，曾選二十七首置之篋衍久矣。兹葉君調生遠述祖德，先校刻《建康集》及《詩話》、説部各種，繼屬余代購《石林詞》善本。適從朱君子鶴處獲葉光復新槧二卷，因將舊校録於簡耑，復檢别本及他書，正其訛字，補其闕文。以意校者亦謬擬數條，并搜得佚詞三闋，其餘雖尚有疑義，然無所依據，未敢妄斷。質諸調生，調生謂以此付梓，較光復新槧固遠勝，即毛本亦瞠乎其後矣。余嘗惜文正、筠溪詞無專集，惟《石湖詞》及夢弼《和石湖詞》刻鮑氏叢書中。今少保是編得調生重刊吴地詞壇，庶足輝映千古也乎！戊申夏五端三戈載識。（録自清葉廷琯刻楙花盦本《石林詞》）

戊申六月坐船庵，掩書對鶴，葉君茗生貽白蘋一叢，因有「雨打蘋花蓋鶴篷」之句。越旬，寄石林公詞集，屬爲題跋。「誰采蘋花」，向日不知誰語，今一展卷得之，喜甚。因檢《花庵詞選》，亦首列《賀新郎》詞，唯《江神子》賦湘靈鼓瑟一闋，不見兹集，殆遺佚尚多。至所謂涉諧謔則去之者，公本無是爾。公詩有《送模歸卞山示守西巖僧》一首，西巖地瘦，種梅忽得花，喜見乎詞。故集中與幹譽賞梅一闋，有「初見今年第一枝」之句。蓋公每以閑澹之筆寫知足之思。吾於前序《避暑録話》已言之。今茗生亦復許我閑澹，謂宜與白蘋相對，然安得齋壁團扇盡書柳惲句奉報也？是歲立秋前二日，小浮山人潘曾沂識。（録自清葉廷琯刻楙花盦本《石林詞》）

《石林詞》刻本，近代惟毛氏汲古閣《宋名家詞》中有之，幾九十九闋。郡中顧氏藝海樓所藏舊鈔本同。此外單行本絶少。吾友戈君順卿（載）今夏偶得一本見示，乃戊戌秋婁縣裔孫光復新刊，《序》中未言從何本翻雕，而其闋亦九十九，疑即以毛刻爲祖本，特以意分上、下二卷。書中駁訛不少，順卿曾依汲古閣原本及戴君竹友所藏舊鈔本，校勘一過。因余借録謀付梓，復爲搜檢群書，詳加訂證，拾遺刊謬，裨益良多。潘君功甫（曾沂）見之，亦爲補勘數處。余於手繕之餘，又稍稍參校一二，皆注明句下。校語中稱光復本爲原刻。（如：《鷓鴣天・次韻魯卿大錢觀太湖》，題中「錢」字原刻誤作「夫」，今以顧氏舊鈔本改正。按：大錢乃瀕湖港名，今隸烏程縣界，金友理《太湖備考》稱大錢口爲苕霅下太湖之大路，葛仲卿當日蓋於此泛舟觀湖，俗手不知，而誤改「夫」字，舉此以見一斑。）其在疑似間者存之，未敢臆改也。謹按《四庫目録・詞曲類》有《石林詞》一卷，當即從毛氏《名家詞》收入。毛之卷帙又本之《直齋書録解題》。往籍流傳較爲可據，故今仍編作一卷，以還其舊。戈、潘二君從宋人書中搜得佚詞四闋（潘校采《花庵詞選》《江神子》一闋，戈校采《樂府雅詞》《南歌子》、《菩薩蠻》二闋及《全芳備祖》《卜算子》一闋）附存卷末。此外，尚不及遍搜，而毛刻之非完本，已可概見，惟未知直齋所録正復何如耳。道光戊申九秋，裔孫廷琯謹識。（録自清葉廷琯楙花盦本《石林詞》。案：叶廷琯《吹網録》有《題重刊〈石林詞〉》一文，較本序文字有所增補。本文括弧中所標示的文字，均出自《題重刊〈石林詞〉》，録以備考。）

葉少藴主持王學，所著《石林詩話》，陰抑蘇、黄，而其詞顧挹蘇氏之餘波，豈此道與所問學固多歧出耶？（録自清馮煦《六十一名家詞选》）

《石林詞》一卷，凡九十九闋，明毛晉汲古閣刻入《宋六十家詞》中。毛刻諸書多臆改謬誤，唯於詞爲外道，不敢輕易下筆，故所刻尚有依據也。今世藏書家侈言宋、元舊刻，影寫傳抄，亦若毛本之陋劣不可寓目者。不知各家抄本皆止九十九闋，其與毛刻同一祖本，斷然可知。乃佞宋者必欲抑近刻而崇宋、元，不得宋、元，寧取傳抄之本以相矜尚，此甚無謂之事也。道光末年，吾家調笙先生廷琯校刻此詞，所據爲道光戊戌婁縣裔孫光復刻本，中如《鷓鴣天·次韻魯卿大錢觀太湖》一闋，題中「大錢」本港名，在烏程縣界，金友理《太湖備考》載其名，毛本不誤也。光復刻本誤作「大夫」，至調翁刻時，轉援毛本改正。此亦何必舍毛刻而從他刻爲此詞費也？毛本出於宋刻，而宋刻不傳，今唯曾慥《樂府雅詞》引五十五闋，黄昇《花庵詞選》「中興諸公詞」引七闋，無撰人《草堂詩餘》引三闋，黄大輿《梅苑》引二闋，都六十七闋，已逾全卷三分之二。余因取以校勘，録其異文，列於逐句之下，雖其意互有長短，不敢妄下己意，逆臆作者之心。世有審音定律如萬紅友其人者，余將俾以正之，是刻猶其嚆矢焉爾。光緒三十四年戊申春三月裔孫德輝序。（録自清葉德輝輯《石林遺書》本）

毛刻《石林詞》九十九首，四庫收《石林詞》即用此本。戈順卿嘗得裔孫光復新刊本，亦九十九首，似以毛刻爲祖本，而以意分上、下二卷。書中駁誤甚多，目次亦異。戈氏曾依毛本及戴竹友所藏舊鈔本校勘一過。後葉廷琯重刊此本，葉氏及潘功甫並有補勘，戈氏亦據《樂府雅詞》補《南歌子》、《菩薩蠻》二首，據《全芳備祖》補《卜算子》一首，潘氏又據《花庵詞選》補《江神子》一首；除《卜算子》一首爲《坦庵詞》外，餘並可信：共得一百三首。又，毛刻《水龍吟》（柁樓横笛）一首中缺十五字，此本並不缺，是亦可貴也。予復自《大典》輯得二首，是又戈、潘二氏所未見矣。惟《賀新郎》起句，傳本皆作「睡起流鶯語」，但考《野客叢書》云：「章茂深嘗得其婦翁所書《賀新郎》詞，首曰『睡起啼鶯語』，章疑其誤，頗詰之。石林曰：『老夫嘗得之矣，流鶯不解語，啼鶯解語，見《禽經》。』云云。」則「流鶯」確爲「啼鶯」之誤，兹據之補正。（録自商務印書館本唐圭璋編《全宋詞》葉夢得小傳）

【附録二】歷代書目著録及提要

宋陳振孫《直齋書録解題》卷二十一

《石林詞》一卷，葉夢得少藴撰。

又《注琴趣外篇》三卷，江陰曹鴻注葉石林詞。

元馬端臨《文獻通考》卷二四六

《石林詞》一卷。陳氏曰：葉夢得少藴撰。

《注琴趣外篇》三卷。陳氏曰：江陰曹鴻注葉石林詞。

明楊士奇《文淵閣書目》卷二

《琴趣外篇》一部一册。

案：《文淵閣書目》於此目下并未署作者名。宋人詞集以《琴趣外篇》命名者共五家，除葉夢得外，餘皆署作者姓號，如《醉翁琴趣外篇》、《晁氏琴趣外篇》、《閑齋琴趣外篇》，且除《閑齋》爲一卷外，餘皆二卷以上，故繫於葉夢得名下備考。

明楊慎《詞品》卷四

葉少藴，字夢得，號石林居士。妙齡秀發，有文章盛名，《石林詞》一卷傳於世。

明董斯張《吴興備志》卷二十二「經籍徵」第十八引《文獻通考》

《老子解》二卷，《石林詞》一卷，《維揚過江録》一卷，俱葉夢得撰。

清朱彝尊《詞綜・發凡》

葉夢得《石林詞》一卷。

清錢曾《錢遵王藏書目録彙編》

葉夢得《石林詞》一卷。

清嵇璜等《續通志》卷一六三「藝文略・文類」第十二下

《石林詞》一卷，葉夢得撰。

《四庫全書簡明目録》

《石林詞》一卷，宋葉夢得撰。其詞初以穠艷擅長，晚年刊落浮華，乃頗類蘇軾，舊本多與蘇詞互刊，由其近似而誤收也。

《四庫全書總目》卷一九八，附余嘉錫《四庫提要辨證》卷二十四「集部五」《石林詞》案語

《四庫總目提要》：《石林詞》一卷（江蘇巡撫采進本）。宋葉夢得撰。夢得有《春秋傳》，已著録。是編陳振孫《書録解題》作一卷，與今本同。卷首有關注序，稱其兄聖功元符中爲鎮江掾，夢得爲丹徒尉，得其小詞爲多。味其詞，婉麗有温、李之風，晚歲落其華而實之，能於簡淡時出雄傑，合處不減靖節、東坡，云云。考倚聲一道，去古詩頗遠，集中亦惟《念奴嬌》（故山漸近）一首雜用陶潛之語，不得謂之似陶。注所擬殊爲不類。至於「雲峰横起」一首，全仿蘇軾「大江東去」，並即參用其韻。又《鷓鴣天》（一曲青山）後闋，且直用蘇軾詩語足成，是以舊刻頗有與東坡詞彼此混入者。則注謂夢得近於蘇軾，其説不誣。夢得著《石林詩話》，主持王安石之學，而陰抑蘇、黄，頗乖正論；乃其爲詞則又挹蘇氏之餘波，所謂是非之心，有終不可澌滅者耶？

嘉錫案：關注字子東，錢塘人。登紹興五年進士第，官至太學博士，有《關博士集》二十卷。見《咸淳臨安志》卷六十七。其人亦知名之士，何至不知詞與古詩之不同？考唐人樂府，多是五、七言絶句，而絶句之體，即出於古詩，其後乃變而爲長短句。然其體雖變，而其感於物而發於言，以吟詠其性情者，初未嘗變也。故蘇軾但以詞曲爲詩之苗裔，見朱弁《風月堂詩話》卷上，不知本出於何書，俟再考。未嘗言其必不出於古詩也。《提要》乃謂「倚聲一道，去古詩頗遠」，此其所見固與軾異矣。且闕注序稱「石林詞不減靖節、東坡」者，第謂陶詩簡淡，蘇詩雄傑，詞亦然。而夢得之詞，能於簡淡中時出雄傑，故不減之耳；豈謂其字句之長短，聲調之高下，一一與淵明古詩相似耶？今即以《提要》所引三闋考之，除《念奴嬌》（雲峰橫起）一首全仿蘇軾「大江東去」者姑置不論外，至於「故山漸近」一首，大半檃括《歸去來辭》語，而其後半闋末云：「倦鳥知還，晚雲遥映，山氣欲黄昏。此還真意，故應欲辨忘言。」此是用陶詩「山氣日夕佳」四句，但點竄十數字，與《鷓鴣天》（一曲青山）後半闋所云「菊殘猶有傲霜枝。一年好景君須記，正是橙黄橘緑時」，直用蘇軾詩語者，復何以異？而《提要》於其用陶詩者則謂其不似陶，用蘇詩者則謂其近於蘇，然則直取古人之詩，凡聲調相協者，盡譜以入詞，便與諸大家無不相近矣，然耶？否耶？王灼《碧鷄漫志》卷二云：「東坡先生以文章餘事作詩，溢而作詞曲，高處出神入天，平處尚臨鏡笑春，不顧儕輩。晁無咎、黄魯直皆學東坡，韻致得七八。黄晚年閑放於狎邪，故有少疏蕩處。後來學東坡者，葉少藴、蒲大受亦得之六七，其才力比晁、黄差劣矣。」其言與闕注合。注之序、灼之《漫志》，皆作於夢得未死之前，夢得本傳謂其卒於紹興十八年，闕序之末題十七年七月，王灼自序言紀於乙丑之冬，乃紹興十五年也。而其言並如此，蓋當時之公論然也。夫其所以學東坡十得六七者，自當於神味氣韻之間求之，若但如《提要》所舉，模擬其辭，剽竊其語者，則所學亦陋矣，何足道哉！至《提要》論《石林詩話》

之語，其説出於《瀛奎律髓》，詳見「别集類九」「《建康集》」條下。

《四庫總目提要》：卷首《賀新郎》一詞，毛晉注或刻李玉。考王楙《野客叢書》曰：「章茂深嘗得其婦翁所書《賀新郎》詞，首曰『睡起啼鶯語』，章疑其誤，頗詰之。石林曰：『老夫嘗得之矣，流鶯不解語，啼鶯解語，見《禽經》。』」云云。則確爲夢得之作，晉蓋未核。又《野客叢書》所記，正謂此句作「啼鶯語」，故章沖疑「啼」字、「語」字相雜。此本乃改爲「流鶯」，與王楙所記全然抵牾，知毛晉疏於考證，妄改古書者多矣。

嘉錫案：《夷堅丁志》卷十二云：「葉少藴右丞初登第，調潤州丹徒尉。郡守器重之，俾稽察征税之出入。務亭在西津上，葉嘗以休日往，與監官並欄杆立，望江中有彩舫傣亭而南，滿載皆婦人，嬉笑自若，謂爲貴富家人。方趍避之，舫已泊岸。十許輩袨服而登，徑詣亭上，問小吏：『葉學士安在？幸爲入白。』葉不得已，出見之。皆再拜致詞曰：『學士儁聲滿江表，妾輩乃真州妓也。嘗願一侍尊俎，愜平生心，而身隷樂籍。儀真過客如雲，無時不開宴，望頃刻之適不可得。今日太守私忌，郡官皆不會集，故相約絶江此來，殆天與其幸也。』葉慰謝，命之坐。同官謀取酒與飲，則又起言：『不度鄙賤，輒草具殽醖自隨，敢以一杯慰公壽。願得公妙語持歸，誇示淮人，爲無窮光榮，志願足矣。』顧從奴挈榼而上，饌品皆精潔，迭起歌舞。酒數行，其魁奉花箋以請。葉命筆立成，不加點竄，即今所傳《賀新郎》詞也。其詞曰：『睡起聞鶯語。掩蒼苔、簾櫳畫掩，亂紅無數。吹盡殘花無人見，唯有垂楊自舞。漸暖靄、初回輕暑。寶扇重尋明月影，暗塵侵、尚有乘鸞女。驚舊恨，鎮如許。　江南夢斷横江渚。浪黏天、葡萄漲緑，半空烟雨。無限樓前滄波意，誰采蘋花寄取。但悵望、蘭舟容與。萬里雲帆何時到，送孤鴻、目斷千山阻。重爲我，唱《金縷》。』卒章蓋紀實也。此詞膾炙人口，配坡公『乳燕飛華屋』之作。而葉以爲非其絶唱，人亦罕知其事云。」原注云，葉晦叔説。《蘆浦筆記》卷十則云：「葉石林《賀新郎》詞有『誰采蘋花寄與，但悵望蘭舟容與』，下『與』字去聲。《漢書·禮樂志》『練時日，澹容與』，顔注：『閑舒也。』今歌者不辨音義，乃以其疊兩『與』字，妄改上『與』作『寄取』，而不以爲非，良可笑也。慶元庚申，石林之孫筠守臨江，嘗從容語及，謂賦此詞時，年方十八，而傳者乃云爲儀真妓女作。詳味句意，皆不相干。或是書此以遺之爾。」《浩然齋雅談》卷上亦謂石林詞中「容與」之「與」自音「豫」，乃去聲。兩説雖不同，然其爲夢得所作，則固確鑿可信。若夫李玉之詞，僅《花庵詞選》前集卷八載其「春情」一首，雖亦調寄《賀新郎》，而其詞與此全不同。黄氏自注云：「李君之詞，雖不多見，然風流蘊藉，盡此篇矣。」則安得爲李所作也耶？毛晉所謂或刻李玉者，不知指何本也。此詞篇首一句，王楙《野客叢書》卷二十八雖記夢得自言是用《禽經》「啼鶯解語」意，然考之諸書，唯《樂府雅詞》卷中作「啼鶯」，《四部叢刊》影印舊鈔本「啼」字爲後人塗去，改作「流」。餘若《花庵詞選》後集卷一、《草堂詩餘》卷上，均作「流鶯」。《草堂》並有注云：韋蘇州詩「流鶯日日啼花間」，是宋人所見之本固有作「流鶯」者，則非毛晉所妄改也。《夷堅志》又作「聞鶯」，與他書復不同。蓋宋人之詞本是歌曲，妓女不甚通文義，以「啼鶯語」詞中少見，遂隨意改之。猶之改「寄與」爲「寄取」，彼惡知所謂《禽經》、《漢志》耶？觀詞中「江南夢斷横江渚」以下，明是叙真州妓過江相見之事，洪邁所紀蓋得其實。葉鈞乃謂「詳味句意，全不相干」，殆由年幼不知本事，故曲爲之説云爾。

清沈德壽《抱經樓藏書志》

《石林詞》一卷，抄本，宋吴郡葉夢得少藴撰。

清莫友芝《郘亭知見傳本書目》（傅增湘訂本）

《石林詞》一卷，宋葉夢得撰。汲古閣二集；明鈔《宋元名家詞》七十種本，毛扆手校並黏校簽；明末毛氏汲古閣刊《宋名家詞》六十一種本，余有一帙。余用明鈔《宋元名家詞》七十種本校，補詞三闋。

清丁日昌《豐順丁氏持静齋書目》

《石林詞》一卷，舊抄本。

清陸心源《皕宋樓藏書志・續志》卷二十

《石林詞》一卷，毛斧季手校本。宋吴郡葉少藴撰。陸氏手跋曰：辛亥六月廿八日三鈔本校，其一即底本也。毛氏手跋曰：子鴻校後，手校一過，其不中款處多抹去。

《中國古籍善本書目》卷三十

《石林詞》一卷，宋葉夢得撰，清葉廷琯校正。

《石林詞補遺》一卷，宋葉夢得撰，清葉廷琯輯，朱孝臧校，清道光二十九年葉氏楙花盦刻本。

《石林詞》一卷，宋葉夢得撰，清光緒十四年汪氏刻《宋名家詞》本，朱孝臧校。

饒宗頤《詞集考》

《石林詞》，葉夢得撰。夢得（一〇七七——一一四八），字少藴，吴縣人。紹聖四年進士，崇、觀間驟顯貴，三十二歲官至翰林學士。中廢。紹興初，帥金陵，饋餉不乏。移帥福建（紹興十四年甲子），削平群盜。後忤秦檜，致仕。居卞山，奇石森列，因取《天問》「石林」二字爲號。夢得爲蔡京門客，章惇姻家，持論尊熙寧而抑元祐；然本晁無咎甥，猶及見張耒諸人，故文章高雅，有北宋遺風。著述頗富，清宣統末，長沙葉氏刊《石林遺書》五十餘卷。事蹟具《宋史》四四五《文苑傳》。道光刊《建康集》附有《紀年録》。《石林詞》今傳百五首。關注序謂「婉麗有温、李之風，晚歲落其華而實之，能於簡淡時出雄傑」。王灼亦謂「後來學東坡者，葉少藴亦得六七」。各本《石林詞》有複韻者，按以他集和作則不然，《四庫提要》嘗略舉一二，然如《江城子·和葛魯卿韻》，複押「宫」字，毛幵用葉韻則押「翁」字，可見「翁」字爲是。

《直齋書録》載江陰曹鴻注葉石林詞，名《注琴趣外編》三卷，不經見。又載長沙本《石林詞》一卷，疑即後來毛刻。《唐宋百家詞》鈔本、《宋元名家詞》鈔本，皆不分卷。

汲古閣《六十一家》本《石林詞》一卷，九十九首，有紹興十七年關注序，《四庫》本據此，有錢塘汪氏覆刊，《四部備要》排印。

道光承恩堂刊《石林詞》一卷，詞九十九首，似祖毛本，以意分二卷。

道光葉廷琯重刊《石林詞》一卷。據戈順卿、潘功甫、葉廷琯校補承恩堂本，凡詞一百零三首。

宣統間葉德輝刊《石林遺書》其詞一卷據此。

《全宋詞》八四葉夢得詞一百零五首，附録一首。收葉本，加輯《大典》二首，補毛刻所缺十五字。

蔣哲倫、楊萬里《唐宋詞書録·別集》「葉夢得」

石林詞一卷：

《百家詞》本；

《宋六十名家詞》本（收詞九十九首，有紹興十七年關注序）；

明紫芝漫鈔《宋元名家詞》本（北京大學藏）；

清毛扆校本（前有關注序。毛氏校文曰：「辛亥六月二十八日，三鈔本校。其一即底本也。」「子鴻校後，手校一過。其不中款處多抹去。」「五月朔日讀。」日本静嘉堂文庫藏）；

《四庫全書·集部·詞曲類》本；

清光緒十四年（一八八八）錢塘汪氏覆刻《宋名家詞》本（有朱祖謀校本，國家圖書館藏）；

《郎園先生全書》本（復旦大學、華東師範大學等藏）。

石林詞二卷：

清道光十八年（一八三八）葉光復承恩堂刻本（收詞九十九首），似出毛本，以己意分二卷者。

石林詞一卷補遺一卷，清葉廷琯、戈順卿、潘功甫補校：

清道光二十九年（一八四九）棶華庵重刻本（據承恩堂本，收詞一百零三首，有朱祖謀校本，國家圖書館藏）；

清宣統葉德輝刊《石林遺書》本。

葉夢得詞二卷：

《湖州詞徵》本。

葉夢得詞：

唐圭璋輯《全宋詞》本，有一九四〇年商務印書館本（據棶花盦本，加輯《大典》二首，收詞一〇四首，附録一首，總一〇五首）、一九六五年中華書局本（據紫芝漫鈔本録詞一百首，又録棶花盦本補遺詞二首，總一〇二首，附存目詞四闋）。（案：此條爲作者新增補。）

【附録三】葉夢得年譜簡編

葉夢得，字少藴，自號石林居士。（《花庵詞選》卷一、《直齋書録解題》卷三）

蘇州長洲人（明葉盛《水東日記》卷十八引葉夢得《湖州葉氏族譜叙》、方建新《葉夢得事蹟考辨》、王兆鵬《葉夢得年譜》）；史傳蘇州吴縣人（《宋名臣言行録》別集上卷四《葉夢得傳》，以下簡稱《言行録》；《宋史》卷四四五《葉夢得傳》，以下簡稱《宋史》本傳等），或單稱吴縣人（《宋詩紀事》卷三十五，《四庫全書總目提要》卷二十七等）。餘説有：烏程人（《輿地紀勝》卷四、《嘉泰吴興志》卷十七、《湖州府志》卷十九、《全宋詞》）、湖州人（陸心源《重刻石林奏議叙》）、處州人（《方輿勝覽》卷九）、松陽人（嘉靖《浙江通志》卷四十、《山堂肆考》卷一二二）等。

曾祖綱，贈金紫光禄大夫。葬蘇州寶華山，遂爲吴郡人，以長洲縣道義鄉爲定著。（《湖州葉氏族譜》）

曾叔祖清臣，累官至翰林學士。（《避暑録話》卷下、《宋史》卷二九五《葉清臣傳》）

祖父羲叟，以清臣蔭入官，元祐間爲荆湖南路提點刑獄公事。追封福國公。（《石林詩話》卷中、張擴《東窗集》卷七）

叔祖温叟，與蘇軾同年進士。元祐末爲兩浙轉運副使。入爲主客郎中。（《避暑録話》卷下、《續資治通鑑長編》卷四三〇、卷四五四，以下簡稱《長編》。）

父助，字天佑，舉進士。曾官達州司理參軍，潁州通判。追贈太傅。（《晁夫人墓誌銘》、《巖下放言》卷中）

母晁静，端友之次女，補之之姊。年十九歸於葉氏。三十歲病卒，追贈鎮國夫人。（《鷄肋集》卷六十五《晁夫人墓誌銘》）

繼母榮國夫人。（《石林家訓自序》）

配周氏，周仁熟穜之女。封文安。（葉夢得《祭周大人文》、葉廷琯《吹網録・石林家訓》）

有子五：楝、桯、模、楫、櫓；女五：繕、繪、綬、絺、綽。（《石林家訓自序》）

孫：籌、篔、節、筠、簵、簣，名位皆顯。（《吹網録・石林家訓》）

著述甚富，見於歷代著録者五十餘種，現存者有：《春秋傳》二十卷、《春秋考》十六卷、《春秋讞》二十二卷、《禮記解》四卷（輯本）、《石林奏議》十五卷、《老子解》二卷（輯本）、《石林燕語》十卷、《玉澗雜書》十卷（存一卷）、《避暑録話》二卷（或四卷）、《巖下放言》三卷（或一卷）、《蒙齋筆談》二卷（題鄭景望撰）、《石林家訓》一卷、《石林治生家訓要略》一卷、《建康集》八卷、《石林詞》一卷、《石林詩話》一卷（或三卷）等。詳見王兆鵬《葉夢得年譜》、潘殊閑《葉夢得研究》，唯二書均未著録其《水雲録》，已佚。（見《本草綱目》卷一「引據古今經史百家書目」。）

宋神宗熙寧十年丁巳（一〇七七）　一歲

出生。（葉廷琯《吹網録・石林公年齒》）

是年，晁補之二十五歲。（劉乃昌《晁補之年譜》）

賀鑄二十六歲。（夏承燾《賀方回年譜》）

葛勝仲六歲。（王兆鵬《葛勝仲年譜》）

蔡京三十一歲。（《宋史》本傳）

神宗元豐元年戊午（一〇七八）　二歲

程俱出生。（鄭作肅《北山集後序》、《宋史・程俱傳》）

元豐二年己未（一〇七九）　三歲

七月，蘇軾因烏臺詩案入獄；十二月，被貶黄州團練副使。（施宿《東坡先生年譜》）

是年，晁補之登第。（《能改齋漫録》卷十六）

洪思誠登第。（《新安文獻志》卷七十三）

元豐三年庚申（一〇八〇）　四歲

元豐四年辛酉（一〇八一）　五歲

八月二十六日，夢得母晁氏病卒，年三十。（《晁夫人墓誌銘》）

元豐五年壬戌（一〇八二）　六歲

晁補之除北京國子監教授。（《晁補之年譜》）

晁説之登第。（《四庫全書總目・别集類・景迂生集提要》）

元豐六年癸亥（一〇八三）　七歲

五七歲時，能背誦其父口授之詩。（《避暑録話》卷下、《巖下放言》卷中）

李綱出生。（楊希閔《李忠定公年譜》）

元豐七年甲子（一〇八四）　八歲

元豐八年乙丑（一〇八五）　九歲

五月，章惇知樞密院事。司馬光守門下侍郎。（《宋宰輔編年録》卷九）

哲宗元祐元年丙寅（一〇八六）　十歲

閏二月，司馬光任左僕射。章惇罷相。（《宋宰輔編年録》卷九）

四月，王安石卒。（《要録》卷三七四）

韓縝罷右僕射，爲光禄大夫觀文殿大學士知潁昌府京西北路安撫使。（《宋宰輔編年録》卷九）

九月，司馬光卒。（《宋宰輔編年録》卷九）

蘇軾爲翰林學士。（《東坡先生年譜》）

父葉助任達州司理參軍。隨父入蜀，從峽州欒君嘉問學。（《避暑録話》卷上）

沈與求出生。（《龜溪集》録劉一止《沈公行狀》）

元祐二年丁卯（一〇八七）　十一歲

在達州。

元祐三年戊辰（一〇八八）　十二歲

在達州。

十二月，周穜因乞朝廷以王安石配享神宗皇帝廟，罷江寧府司理鄆州教授，歸吏部。（《長編》卷四一八）

劉燾登第。（《萬姓統譜》卷五十九）

元祐四年己巳（一〇八九）　十三歲

李彌遜出生。（《筠溪集》附《李公家傳》）

元祐五年庚午（一〇九〇）　十四歲

隨父居上饒。秋，游鵝湖。（《避暑録話》卷上）

晁補之在京任秘書省校書郎。（劉乃昌《晁補之年譜》）

元祐六年辛未（一〇九一）　十五歲

張元幹出生。（王兆鵬《張元幹年譜》）

元祐七年壬申（一〇九二）　十六歲

元祐八年癸酉（一〇九三）　十七歲

在京師，常出入於舅氏晁補之之門，時張文潛爲右史。（《建康集》卷三《書高居實集後》）

葬母於蘇州吴縣之靈巖鄉實華山北，晁補之爲撰墓誌銘。（《晁夫人墓誌銘》）

紹聖元年甲戌（一〇九四）　十八歲

四月，章惇任左僕射兼門下侍郎。（《宋宰輔編年録》卷十）

初試禮部，不第。（《石林燕語》卷四）

歸，道靈璧縣，購得奇石。（《巖下放言》卷中）

賦《賀新郎》（睡起流鶯語）詞。（《蘆浦筆記》卷十引葉筠語）

紹聖二年乙亥（一〇九五）　十九歲

韓維落職，特授左朝議大夫致仕。（《宋宰輔編年録》卷十）

紹聖三年丙子（一〇九六）　二十歲

紹聖四年丁丑（一〇九七）　二十一歲

再試禮部，及第。瓊林賜宴，往觀金明池、瓊林苑。（《石林燕語》卷五）

任丹徒尉。（《言行録》、《宋史》本傳）

娶周氏爲妻。（《吹網録·石林家訓》）

六七月間，夢得自京赴任，途徑揚州，館於平山堂月餘。（《避暑録話》卷上）

葛勝仲同年及第。（王兆鵬《葛勝仲年譜》）

程致道爲吴江尉，有持其文示夢得者，願請交，未能。（《建康集》卷三）

元符元年戊寅（一〇九八）　二十二歲

在丹徒尉任。

關注之兄聖功爲鎮江掾，得其小詞爲多。（關注《石林詞序》）

一説《賀新郎》（睡起流鶯語）作於丹徒任。（《夷堅丁志》卷十二）

元符二年己卯（一〇九九）　二十三歲

在丹徒尉任。

與甘露寺仲宣法師論方外之説。（《避暑録話》卷上）

元符三年庚辰（一一〇〇）　二十四歲

在丹徒尉任。

嘗見一西夏歸朝官云：「凡有井水飲處，即能歌柳詞。」（《避暑録話》卷下）

九月，章惇罷相。（《宋宰輔編年録》卷十一）

徽宗建中靖國元年辛巳（一一〇一）　二十五歲

秋七月，蘇軾卒。（《東坡先生年譜》）

崇寧元年壬午（一一〇二）　二十六歲

七月，蔡京爲相。九月，立黨人碑並籍元符三年上書人分邪正等，黜陟之。（《宋宰輔編年録》卷

十一》）

除婺州教授。（《言行録》）

赴婺途經吴江大橋，晚年有《念奴嬌·中秋宴客有懷壬午歲吴江長橋》詞追詠。

崇寧二年癸未（一一〇三）　二十七歲

正月，在試院爲省試點檢官。（《避暑録話》卷下）

安惇（處厚）權知貢舉，惇與夢得父助善，故以子弟待之，中夜召言。（《石林燕語》卷五、《避暑録話》卷下）

崇寧三年甲申（一一〇四）　二十八歲

十一月，爲議禮武選編修官。（《言行録》、《宋史》本傳）

以蔡京薦召對，論「自古帝王爲治，必先自治其心。」（同上）

崇寧四年乙酉（一一〇五）　二十九歲

八月，遷祠部員外郎。（《言行録》、《宋史全文》）

崇寧五年丙戌（一一〇六）　三十歲

二月，蔡京罷相。（《宋宰輔編年録》卷十一）

夢得在祠部，與張景修同爲郎，曾同宿祠曹廳，作詩記之。（《石林詩話》卷中、《避暑録話》卷下）

大觀元年丁亥（一一〇七）　三十一歲

正月，蔡京再相，向所立法度已罷者復行，夢得爲論「周官太宰以八柄詔王馭群臣」，黨禁稍弛。（《宋史》本傳）

遷起居郎。（《宋史》本傳）

論「自古用人必先辨賢能……以有德爲先」。（同上）

除中書舍人兼實録院修撰兼直學士院。（《言行録》）

大觀二年戊子（一一〇八）　三十二歲

在中書舍人任。

正月，蔡京復相，進太師。（《宋宰輔編年録》卷十二）

四月，蔡京以童貫爲陝西宣撫取青唐，夢得力勸之，未果。（《言行録》、《宋史》本傳）

遷翰林學士。（《言行録》、《宋史》本傳）

極論士大夫朋黨之弊。乞身先衆人補郡。（《言行録》、《宋史》本傳）

高麗使入貢，夢得以中書舍人初差爲館伴使，約七十日。使者臨行以唐故物玉帶並於笏上書詩一首相贈。（《石林詩話》卷中、《石林燕語》卷七）

大觀三年己丑（一一〇九）　三十三歲

奉詔修《翰林志》未竟，頃罷。（《避暑録話》卷下）

五月十四日罷翰林學士，以龍圖閣直學士知汝州，尋落職，提舉洞霄宫。（《宋會要·職官六

八》、《宋史》本傳、《避暑録話》卷下）

六月，蔡京罷左僕射，出居杭州。（《宋宰輔編年録》卷十二）

夢得免官後，隨父居潁州，有七言詩「城頭曉漏鳴丁丁」一首。（《巖下放言》卷中）

又，曾訪問居潁之歐陽修子棐。（《避暑録話》卷上）

李彌遜登進士第。（《筠溪集·筠溪李公家傳》）

大觀四年庚寅（一一一〇）　三十四歲

自潁歸吴，過潁上縣，有《應天長·自潁上縣欲還吴作》詞。

道泗州，遇廬山崔閑，相與遊南山十餘日。（《避暑録話》卷下）

晁補之卒。（張耒《晁無咎墓誌銘》）

政和元年辛卯（一一一一）　三十五歲

在吴。居郡之鳳池鄉，政和中徙城東布德坊。（《研北雜志》卷上、《姑蘇志》卷三十一）

於蘇州池光亭見白樂天手植檜。（《避暑録話》卷上）

程致道以上書論政事與時異，籍不得調，寓家於吴，於城北葺小屋，號蝸廬。遂與夢得相遇，（《建康集》卷三《程致道集序》、葉夢得《北山集序》）曾同遊虎丘、楓橋，有詩唱和，（程俱《北山集》卷一《和葉翰林阻雨楓橋》、卷三《同葉翰林遊虎丘分韻得丘字》）夢得原詩已佚。

政和二年壬辰（一一一二）　三十六歲

居吴。

二月蔡京自杭召爲太師，夢得與論宰執用舍。（《言行録》）

父助約卒於是年。（方建新《葉夢得事蹟考辨》）

以去年冬大寒，洞庭所種橘皆凍死，爲業者伐橘作薪，夢得感而作《橘薪》詩。（《研北雜志》卷上）

張耒卒，年六十一。（夏承燾《賀方回年譜》）

許亢宗登第。（《江西通志》卷二十九）

政和三年癸巳（一一一三）　三十七歲

居吴。

與程致道同遊南峰寺，有《遊南峰寺並序》。（《吴郡志》卷三十二、《宋詩紀事》卷三十五）程俱有《同葉内翰遊南峰竊觀壬辰舊題詩謹次嚴韻》詩。（《北山集》卷三）

秋，與賀鑄等會别，作《臨江仙·熙春臺與王取道賀方回曾公衮會别》，《賀鑄傳》亦當作於此年前後。（夏承燾《賀方回年譜》）

政和四年甲午（一一一四）　三十八歲

葬父於烏程卞山之麓，遂有卜築此山之意。（《建康集》卷四《祭浄山主文》）

程致道有《奉陪知府内翰至卞山有詩五首》。（《北山集》卷三）

政和五年乙未（一一一五）　三十九歲

六月十日，在吴作《勝法寺輪藏記》。（《吴都文粹》卷九）

除顯謨閣待制起知蔡州。（《言行録》、《宋史》本傳、《避暑録話》卷下）

初免父喪，家無餘貲，假貸於陳州蔡寬夫侍郎。（《石林家訓》）

有《虞美人·同蔡寬夫置酒王仲弓出歌人聲甚妙》詞。

寄詩與程俱唱和。程俱有《次韻葉翰林見寄》詩二首。（《北山集》卷九）

政和六年丙申（一一一六）　四十歲

在蔡州任。

有《八聲甘州·正月二日作是歲閏正月十四日才立春》詞。

於府治築堂，名之曰不惑。（《避暑録話》卷下）

復龍圖閣直學士。（《言行録》、《宋史》本傳）

有《滿庭芳·三月十七日雨後極目亭寄示張敏叔程致道》及《滿庭芳·張敏叔程致道和示復用前韻》詞。

有詩寄程俱，程俱《北山集》卷四有《元夕塊坐因用葉翰林去年見寄元夕詩韻寫懷》、《蔡州葉翰林寄示近詩次韻八首》、卷七《復次韻酬葉翰林見寄》等詩，夢得原詩已佚。

政和七年丁酉（一一一七）　四十一歲

春，蔡州牙城上臨芳觀竣工，程俱有《臨芳觀賦》。（《北山集》卷十二）

有《永遇樂·蔡州移守潁昌與客會别臨芳觀席上》、《南歌子·四月二十六日集客臨芳觀》詞。另，《浣溪沙·送盧倅》及《江城子·再送盧倅》詞或作於是年。

由蔡州移知潁昌府。（《宋史》本傳）

韓璹通判潁昌。（《南澗甲乙稿》卷十六、《研北雜志》卷上）

重浚潁昌西湖約在此年。（《石林詩話》卷上）

邀請程致道、晁沖之、晁將之等來許昌，程俱有《酬潁昌葉内翰見招丁酉》（《北山集》卷十），晁沖之有《和寄葉甥少藴内翰見招》詩，其第二聯注：「八兄（指將之）常言少藴亦欲見招。」（《晁具茨先生集》卷十一）葉之原韻已佚。

重和元年戊戌（一一一八）　四十二歲

在潁昌任。

任期内，與通判韓璹公表、韓宗質彬叔、韓宗武文若、王寔仲弓、曾誠存之、蘇迨仲豫、蘇過叔黨、岑穰彦休、許亢宗幹譽、晁將之無斁以及晁説之以道等，時相從於西湖之上，結社唱和後結集爲《許昌唱和集》。（《研北雜志》卷上）

《臨江仙·正月二十四日晚之湖上》、《水龍吟·二月十日西湖燕客作》、《江城子》（碧潭浮影蘸紅旗）、《浣溪沙·許公堂席上次韻王仲弓》、《浣溪沙·用前韻再答王幼安》、《浣溪沙·次韻王幼安曾存之園亭席上》、《臨江仙・與客湖上飲歸》、《臨江仙・席上次韻韓文若》、《臨江仙・晁以道見和答韓文若之句復答之二首》、《臨江仙・十一月二十四日同王幼安洪思成過曾存之園亭》、《臨江仙・次韻洪思成湖上》、《臨江仙・次韻答幼安思成存之席上梅花》、《減字木蘭花・雪中賞牡丹》、《減字木蘭花・王幼安見和前韻復用韻答之》、《鷓鴣天・十二月二十二日與許幹譽賞梅》、《鷓鴣天・元夕次韻幹譽》諸詞，約作於是年前後。

又有《同許學士亢宗幹譽泛舟瀷水》、《同許幹譽步月飲杏花下》等詩，已佚。（《北山集》卷七有程俱次韻詩）

上巳日作《木蘭花》詩，已佚。（《宋詩鈔》卷三十二晁沖之《復用韻》詩末聯注：「少藴新作《木蘭花》詩奇絶。」）

蘇過有《次韻晁無斁與葉少藴重開西湖唱酬之詩》、《次韻葉守端陽日湖上宴集》、《次韻葉守端午西湖曲水》諸詩（《斜川集》卷三）。晁沖之有《和葉少藴内翰重開西湖見寄》詩二首（《晁具茨先生詩集》卷十一），約作於是年或去年。

於潁昌納妾約在是年前後。（晁沖之《和葉甥少藴内翰重開西湖見寄》詩二首之二注）

是年二月，林德祖致仕，歸居吴下。（趙鼎臣《竹隱畸士集》卷二）

韓元吉出生。（《四庫全書總目・南澗甲乙稿提要》）

宣和元年己亥（一一一九）　四十三歲

在潁昌任。

聞故老言韓持國守潁昌時，春日宴客西湖之軼事。（《避暑録話》卷上）

夏，疫病流行，支省錢二千緡市藥材京師，親督衆醫分治，率幕官輪日給散。（《避暑録話》卷上）

五月，京師水災，決注入潁。發常平倉賑濟災民，幾十萬人幸活；又使收養棄兒，凡三千八百兒免於溝壑，而常平使劉寄惡之。（《言行録》）

宣和二年庚子（一一二〇）　四十四歲

上巳日跋《吴皇象急就章》。（《佩文齋書畫譜》卷七十）

六月，蔡京以太師魯國公致仕。（《宋宰輔編年録》卷十二）

宦官楊戩用事，劉寄括常平錢五十萬緡，請糴粳米，輸以媚戩。夢得上疏極論潁昌地力與東南異，願隨品色，潁昌賴夢得得免。（《宋史》本傳）

李彦括公田以黠吏告訐，籍隱田數千頃，民詣府訴者八百户。夢得上其事，捕吏按治之，郡人大悦。戩、彦交怒於夢得，尋提舉南京鴻慶宫。（《言行録》、《宋史》本傳）

離潁前，蘇過有《送葉少藴歸緡雲》詩。（《斜川集》卷一）

南下寓楚州，會賀鑄。（《避暑録話》卷上）

程致道除著作佐郎，夢得有詩賀之（原詩已佚），程有和詩，見《北山集》卷十。

《石林詩話》約成於本年前後。（王譜）

宣和三年辛丑（一一二一）　四十五歲

春，寓楚州。

上巳日，有《醉蓬萊》懷友詞，其序云：「辛丑寓楚州，上巳日有懷許下西湖，作此詞寄曾存之、王仲弓、韓公表。」

自楚歸，南渡揚子，有《念奴嬌·南歸渡揚子作雜用淵明語》詞。

還吴後，與林德祖唱酬，《水調歌頭·次韻叔父寺丞林德祖和休官詠懷》約作於本年或明年。

蘇叔黨（過）年五十，與陶淵明自序《遊斜川》詩同甲子，是歲得園於許昌西湖上，名之曰小斜川。（《老學庵筆記》卷七）

宣和四年壬寅（一一二二）　四十六歲

居吴。

葛勝仲由汝州乞知湖州，七月赴任。（《丹陽集》卷十四《妻碩人張氏墓誌銘》）

宣和五年癸卯（一一二三）　四十七歲

卜别館於卞山之石林谷，始撰《石林燕語》。（《石林燕語》自序）

有《弁山》詩。（王兆鵬從雍正《浙江府志》卷十二輯得）

李綱有《次韻葉少藴内翰丈霅川上買得卞山石林》詩二首。（《梁溪先生集》卷十六）

上巳日，受葛勝仲之邀同遊法華山，葛有《臨江仙・與葉少藴夢得上巳遊法華山九曲池流杯》詞（《丹陽詞》），夢得以《臨江仙・癸卯次韻葛魯卿法華山曲水勸酒》酬韻。

三月十六日，葛勝仲率林彦振（政）、劉無言、莫彦平來訪，同遊玲瓏山並題名。（《玉澗雜書》、《吴興備志》卷二十四）

四月二十八日，與劉無言同遊長興，有石刻題名。（錢大昕《潛研堂金石文跋尾》卷十五、葉廷琯《得遠祖石林居士孔耳石題名拓本敬題》）

七月十二日夜，寓居溪堂，與葛勝仲同泛舟，並呼莫彦平同遊，刺舟逆水抵南郭門而還。（《玉澗雜書》）

七月十五日，與葛勝仲、陳經仲同登駱駝橋待月，有《定風波》詞一首。葛勝仲次韻一首。

中秋，與周子集坐溪上賞月。（《玉澗雜書》）

《水龍吟》（桅樓横笛孤吹）詞或作於此年，詞序云：「八月十三日與張少逸遊道場山，放舟中流，命工吹笛舟尾，迎月歸作」。

《玉澗雜書》撰成。

宣和六年甲辰（一一二四）　四十八歲

居卞山。

承詔堂、知止亭竣工，劉燾來訪，有《八聲甘州》（寄知還倦鳥）和《南歌子》（雨惜山容斂）詞。

秋，遊西余山，有詩，已佚。程致道有《次韻葉内翰遊西余山用袁奉儀韻甲辰》（《北山集》卷四），葛勝仲有《次韻葉夢得遊西余山》（《丹陽集》卷十七）唱酬。

陪葛勝仲遊太湖，有《鷓鴣天·次韻魯卿大錢觀太湖》詞。《鷓鴣天·與魯卿晚雨泛舟出西郭用烟波定韻》詞或亦作於此年。

九月，葛勝仲移知鄧州，夢得有《浣溪沙·與葛魯卿酌别席上次韻》詞贈别，葛勝仲有《浣溪沙》三首（《丹陽詞》）與之唱和。

十一月，《南鄉子》詠梅詞，小序：「癸卯種梅於西巖，地瘦難立，石間無花。今年十一月，輒先開數枝，喜之爲賦。」約作於此年或明年冬。

十二月，蔡京詔領三省事。（《宋史紀事本末》卷十一）

宣和七年乙巳（一一二五）　四十九歲

召除吏部尚書。（《言行録》、《宋史》本傳）

四月，蔡京復致仕。（《宋宰輔編年録》卷十二）

四月二十一日，夢得提舉鴻慶宫。（《言行録》、《宋會要·職官六九》）

賀鑄卒。（《賀方回年譜》）

欽宗靖康元年丙午（一一二六）　五十歲

正月，金兵圍攻汴京。

二月二十五日，差知潁昌府。（《靖康要録》卷三）

三月十日，差知東平府。（《靖康要録》卷三）

七月，知應天府。（《石林奏議》卷一、《石林燕語》卷二）

九月二十日，罷知應天府。（《宋會要·職官六九》）

十月十三日，復龍圖閣待制知杭州。（《靖康要録》卷九、《乾道臨安志》卷三）

閏十一月，京城陷，北宋亡。

《水調歌頭·送八舅朝請》約作於此年前後。

高宗建炎元年丁未（一一二七）　五十一歲

在杭州任。

五月，高宗即位，改元建炎。（《建炎以來繫年要録》卷五，以下簡稱《要録》）

七月六日，夢得復龍圖閣直學士。（《要録》卷七）

八月初一，杭州軍變，夢得被執，十二月亂平獲釋。（《要録》卷八）

建炎二年戊申（一一二八）　五十二歲

正月初，召至揚州行在。坐杭州軍變落職，提舉江州太平觀。（《石林燕語》卷三、《要録》卷十二）

七月二十八日，試户部侍郎。（《要録》卷十六）

八月七日，拜翰林學士。（同上）

九月九日，兼侍讀。（同上）

十月十一日，應召議常平法。（《要録》卷十八）

十月十二日，請復鈔旁定帖錢，以暫濟急闕，不至害民。（同上）

十月二十二日，奏乞降赦書。（同上）

十一月六日，試吏部尚書。（同上）

十一月八日，奏議常平法。（同上）

十二月十六日，兼修國史。（同上）

十二月二十八日，陳待敵之計，并請帝南巡，以備不虞。（《石林奏議》卷五、《要録》卷十八）

冬，受命館伴高麗使，辭。請循元豐舊制，命他官改差。（《要録》卷十八、《石林燕語》卷七記爲「建炎三年」）

建炎三年己酉（一一二九）　五十三歲

正月，在揚州，奏禦敵之策。（《要録》卷十九）

二月一日，金兵逼進揚州，高宗將南渡，夢得爲具舟楫錢帛。（《要録》卷二十）

二月四日，從駕至鎮江。四日後，渡江走失，徒步間道至常州，入宜興，走長興至杭州，迎高宗入杭州。（《避暑録話》卷上、《要録》卷二十）

二月二十日，遷尚書左丞。（《要録》卷二十、《宋史》本傳）

奏監司州縣擅立軍期司掊斂民財者並罷。（《石林奏議》卷六、《要録》卷二十）

三月三日，罷尚書左丞，提舉崇福宫。（《宋會要・職官七八》）

三月二十七日，夢得自杭歸卞山，行舟至湖州碧瀾堂下，適苗傅、劉正彦反，勤王檄至，與湖州守臣梁端等謀請勤王，夢得引兵次平望，因舟師擁擠不得前。（《要録》卷二十一）時曾紆屏居湖州，聞勤王檄，力主出師。（汪藻《浮溪集》卷二十八《曾公墓誌銘》）

秋，有《水調歌頭》（秋色漸將晚）詞感懷時世。

冬，避亂縉雲。道中冒雪游小仙都崇道院。（《避暑録話》卷上）

建炎四年庚戌（一一三〇）　五十四歲

春，自縉雲歸，鬚髮盡白。（《石林家訓序》）

與曾紆唱和慈感寺蚌珠之詩。（《韻語陽秋》卷十二、《夷堅丁志》卷十四）

七月，葛勝仲復集英殿修撰，（《要録》卷三十五）再知湖州。（《丹陽集》卷二《再任湖州謝上表》）

八月，《石林燕語》撰成，并爲序。

紹興元年辛亥（一一三一）　五十五歲

正月，有《江城子・次韻葛魯卿上元》詞，沈與求和毛幵並有和韻。（《龜溪詞》、《樵隱詞》）

夏，《石林家訓》撰成，并自序。（《石林家訓》）

九月六日，起爲江東安撫大使兼知建康府兼壽春等六州宣撫使。（《要録》卷四十七）

十月二十六日，奉旨體究宣州茶鹽事，自宣州太平州赴建康視察沿江渡口。（《石林奏議》卷六）

十一月二日，始至建康。（《要録》卷四十八）

收埋暴骨，有《建康掩骼記》。（《建康集》卷四）

興復學校。捐軍賦六百緡授學官，使刊六經。（《建康集》卷四、《景定建康志》卷十四）

招撫及收編濠州横澗山王才兵馬。（《要録》卷四十九）

洪思誠卒，年八十三。（《新安文獻志》卷七十三《洪公神道碑》）

紹興二年壬子（一一三二）　五十六歲

正月初三，受命措置邊防。（《要録》卷五十一）

二月二十八日，遣兵退劉豫進犯。（同上）

三月七日，罷江東帥任。（《要録》卷五十二）

歸卞山途經鎮江府，遊茅山；經宜興，雨中遊善權、張公二洞。（《避暑録話》卷上）

在卞山與鄰居朱氏交往，葛勝仲有《九月二十四日陪少藴左轄飲朱氏林亭席上同賦》詩。（《丹陽集》卷十六）

紹興三年癸丑（一一三三）　五十七歲

居卞山。

中秋，有《水調歌頭·癸丑中秋》詞。

作《江城子·登小吴臺小飲》詞。

有車駕親征及民兵水軍事奏議二則。（《石林奏議》卷八）

紹興四年甲寅（一一三四）　五十八歲

居卞山。經常過往者，許亢宗及鄰之三朱。（《避暑録話》卷上）

《定風波·與幹譽才卿步西園始見青梅》、《虞美人·雨後同幹譽才卿置酒來禽花下作》，及《采桑子·冬至日與許幹譽章幾道飯積善晚歸雪作因留小飲》等詞約分别作於是年春、冬。

紹興五年乙卯（一一三五）　五十九歲

正月，帝詔前宰執議敵事，夢得有《應詔諮詢狀》。（《石林奏議》卷十八）

二月十二日，復左中大夫。仍奉祠。（《宋會要·職官七六》）

建「知非堂」。（《避暑録話》卷下）

自紹興五年五月起，每旦與棟、模二子、門生徐度口授古今雜事，由子棟執筆，成《避暑録話》。

六月十一日自爲序。（《避暑録話》序）

八月九日起，與徐度等連續三天登南山臺賞月，作《臨江仙》詞三首。

又有《點絳唇·紹興乙卯登絶頂小亭》詞。

八月，許亢宗卒。（《要録》卷九十二）

十月，曾紆卒。（《要録》卷九十四、汪藻《浮溪集》卷二十八《曾公墓誌銘》）

是年，關注登進士第。（《咸淳臨安志》卷六十七）

紹興六年丙辰（一一三六）　六十歲

居卞山。

中秋，召章幾道、朱三復會詔芳亭，追懷去年南山臺歡飲之集，用舊韻作《臨江仙》詞。

八月二十七日，有《點絳唇·丙辰八月二十七日雨中與何彦亨小飲》詞。

紹興七年丁巳（一一三七）　六十一歲

居卞山。

六月，勸詩友陳克勿赴淮西軍幕，不從。克終死於兵變。（《要録》卷一一一）

九月九日，在卞山與友人有松竹臺之會。（《建康集》卷一）

紹興八年戊午（一一三八）　六十二歲

正月，撰《春秋考》。（《春秋考》自序）

五月二十四日，除江東安撫制置大使兼知建康府兼行宫留守司公事。（《要録》卷一一九、《宋史》本傳）

六月九日，從湖州赴任。（《建康集》卷六《辭免初除第三狀》）

經鎮江，會故友鎮江知府劉岑（季高），有《赴鎮建康過京口呈劉季高》詩。（《建康集》卷一）

到任後，有《再至建康》詩二首等抒懷。（《建康集》卷一）

奏江防措劃八事。（《宋史》本傳）

謁孔廟，問民疾苦。（《建康集》卷四）

八月，減免民絹二萬八千匹。（《建康集》卷八《與曾天游書》）

築府治，親臨指畫。又命諸邑官能文者搜訪古迹，製圖經。（《清波雜志》卷三）

建忠烈廟，有碑文。（《建康集》卷八）

以羨錢購經史諸書，於廳事西隅隙地，築別室重屋以藏書，名之曰「紬書閣」，有記。（《建康集》卷四、《景定建康志》卷十四）

有《湖州》、《懷西山》、《自和》及追念宣和舊事等詩。（《建康集》卷一）

八月，有《送子模歸卞山并示僧宗義爲余守西巖者》詩三首。（《建康集》卷一）

重陽日，馬參議携詩相過，有詩次韻。又寄詩湖州徐惇濟、祝子權，有懷去歲松竹臺之會。（《建康集》卷一）

於郡府建西齋，有詩多首。（《建康集》卷一）

雨夜與子模論中原事，有詩。（《建康集》卷一）

《水調歌頭・濠州觀魚臺作》約作於是年秋。

十二月，宋金議和。（《要録》卷一二四）

紹興九年己未（一一三九）　六十三歲

在建康帥任。

在任期間有書、劄、奏、狀、啓、銘、文等，均涉時政民生，存《建康集》。其中有上秦檜《論買耕牛書》和《論臧梓獄事書》等。（《石林奏議》卷七、卷八）

三月，薦辟王才任建康府兵馬鈐轄。（《要録》卷一二七）

與晁激仲、張暘叔有感懷詩唱和。（《建康集》卷一）

故人蔡子因相過，留逾月，有唱酬、留别詩（《建康集》卷一），以及《虞美人・贈蔡子因》詞。

五月十七日，有《菩薩蠻》贈無住道人詞。其《東山圖贊并序》或作於同時。

六月，高宗賜硯，有《賜硯銘》。（《建康集》卷二）

有《書高居實集後》。（《建康集》卷三）

紹興十年庚申（一一四〇）　六十四歲

在建康帥任。

正月，李綱卒。（《李忠定公年譜》）

二月，府學竣工，有《府學記》。（《建康集》卷四）

二月十二日，在爲山亭與何彦發同觀《明皇吹簫圖》并作跋。（《建康集》卷三）

五月十三日，金兵敗盟，分四道南侵。（《要録》卷一三六）

六月，金兵圍順昌。夢得親至壽州視察。（王譜）

有詩《聞邊報示諸將》、《敵兵復過河王師出討》、《遣晁公昂按行瀕江營壘》、《聞敵兵將過淮再遣晁公昂覘師》等。（《建康集》卷一）

有《八聲甘州・壽陽八公山作》詞。

六月十一日，順昌大捷，有《寄順昌劉節使》詩。（《建康集》卷一）

閏六月十七日，升資政殿大學士，加封食邑，通贈二代。（《要録》卷一三六）

九月十五日，有《水調歌頭》與客習射西園詞。

有與舊友徐度、陳子高等唱和詩，又作《程致道集序》等。（《建康集》卷一及卷三）

同月，李彌遜請祠，歸隱連江，築別業曰筠溪，自號筠溪真隱。（《筠溪集・筠溪李公家傳》）

紹興十一年辛酉（一一四一）　六十五歲

在建康帥任。

正月十五日，金兵陷壽春，續侵淮西。夢得促張俊進兵。（《要録》卷一三九、《三朝北盟會編》卷二〇五）

二月十八日，柘皋大捷。（同上）

二月二十日，夢得結集沿江軍民數萬，分據江津，遣子模將千人守馬家渡，金兵不得渡。（《要録》一三九、《宋史》本傳）

兼總四路漕計，以給饋餉，軍用不乏。（《要録》卷一三九、《宋史》本傳）

三月八日金兵陷濠州。（《三朝北盟會編》卷二〇五）

六月十六日，加觀文殿學士，續帥任。（《三朝北盟會編》卷二百六、《建康集》卷七《辭免觀文殿學士再任狀》）

是年，建芙蓉堂。（《景定建康志》卷二十一）

有《二月六日敵兵犯歷陽……慨然寫懷》、《淮西軍連日告捷喜成口號二首》等詩。

另有與諸將及友人唱酬、感懷、念舊、雜咏諸詩作。（均見《建康集》卷二）

十二月，宋金議和，遣將割地。（《要録》卷一四三）

紹興十二年壬戌（一一四二）　六十六歲

在建康帥任。

築東園草堂，有《東園草堂新成二首》、《三月八日獨坐草堂》等詩。（《建康集》卷二）

另有與馬參議、方仁聲唱和詩，以及陪徐惇立遊蔣山王荆公墓、石頭城、清涼寺、雨花臺諸詩。

徽宗及二后靈柩南還，有《徽宗挽歌詞》五首。（以上詩歌均見《建康集》卷二）

十二月十二日，詔加觀文殿學士知福州兼福建安撫使。（《宋史》本傳、《要録》卷一四七）

紹興十三年癸亥（一一四三）　六十七歲

在福州任。

正月，待命鎮江，途經宣州、信州等地，入閩。（《石林奏議》卷十四）

二月，入福建後，按朝命「或招、或捕、或誘之」，平朱明等群盜。（《要録》卷一四八）

六月初一，於福唐東野亭，爲張元幹《幽巖尊祖事實》題跋。（《蘆川歸來集》卷十）

中秋宴客，有《念奴嬌·中秋宴客有懷壬午歲吴江長橋》詞，張元幹代洛賓次石林韻。

在閩期間，張元幹有《葉少藴生朝》詩多首。（《蘆州歸來集》卷一、卷三）

紹興十四年甲子（一一四四）　六十八歲

在福州任。

春，與李彌遜遊鼓山及靈源、桃花二洞。李彌遜有《次韻葉觀文遊鼓山》、《次韻葉觀文東禪開堂》、《次韻葉觀文遊賢沙鳳池安國之作》、《次韻葉觀文再賦遊靈源桃花二洞之作》、《次韻葉觀文送杏花》等詩唱和。石林原詩已佚。（《筠溪集》卷十二）

夢得有《懷隱庵》詩：「春風的的爲誰來，遶舍寒花亦漫栽。庵内不知庵外事，夜來微雨小桃開。」（《福建通志》卷七十八）

李彌遜另有《虞美人·次韻葉少藴懷隱庵作》、《臨江仙·次韻葉少藴惜春》、《清平樂·次韻葉少藴和程進道梅花》詞，約作此年前後。夢得原韻已佚。（《筠溪詞》）

在府治築萬象亭。富直柔有《題萬象亭并序》詩。（《淳熙三山志》卷七）韓元吉有《萬象亭賦》。（《南澗甲乙稿》卷一）

見韓元吉於福唐，韓問及《許昌唱和集》，有「他日授子」之承諾。（《南澗甲乙稿》卷十六）於福唐得《晉索靖章草急就篇》摩本，並跋其後。（《佩文齋書畫譜》卷七十）因功追封父祖二代。（張擴《東窗集》卷七）十二月十一日，特遷一官，從請奉祠。（《要録》卷一五二）程俱卒。（《北山集後序》）

紹興十五年乙丑（一一四五）　六十九歲

三月，在福州除代，由莫將繼接其任。（《淳熙三山志》卷二十二）御賜寺號「積善」、「教忠」，以守丘墓。（《巖下放言》卷中）規劃築屋八十楹（已成三之一），冀有道生輩從遊，如晉時廬山之蓮花社。（《巖下放言》卷中）《滿江紅・重陽賞菊時予已除代》詞約作於本年重陽節。《八聲甘州》（問浮家泛宅）詞約作於本年或明年。

冬，王灼於成都之碧鷄坊妙勝院與友人飲樂，歸録聞見及歌曲，後成《碧鷄漫志》，其卷二有評石林詞語。（《碧鷄漫志》）

十月望日，爲吴郡作《本朝牧守題名記》。（《吴都文粹》卷三）

紹興十六年丙寅（一一四六）　七十歲

正月，拜崇慶軍節度使，致仕。（《要録》卷一五五、《宋會要・職官三八》）

韓元吉有《代賀葉觀文致仕啓》。（《南澗甲乙稿》卷十二）

劉一止自紹興九年十二月因得罪當權落職，居湖州。葉夢得除代後，劉曾訪石林，有《訪石林》詩二首，又有《蓦山溪·葉左丞生日》詞，約作於此年前後。（《苕溪集》卷四、卷五十三、卷五十四）

得晉人古冢之銅銚一。（《巖下放言》卷上）

紹興十七年丁卯（一一四七）　七十一歲

居卞山。

夏，《巖下放言》撰成。（見自序）

七月九日，關注爲《石林詞》題序。（見序文）

冬，宅遭火，毁書十餘萬卷。（《揮麈後録》卷七）

紹興十八年戊辰（一一四八）　七十二歲

居卞山。

清明後三日，韓元吉來訪，梦得授韓以《許昌唱和集》。（《南澗甲乙稿》卷十六）韓賦《古風》一首、《次韻石林見貽》四首。（《南澗甲乙稿》卷一、卷六）

八月初二，卒於湖州卞山，贈檢校少保。（《宋史》本傳）

韓元吉有《葉少保挽詞六首》、《祭葉少保文》、《望卞山懷石林翁》。（《南澗甲乙稿》卷三、卷十八、卷四）

【附録四】傳記資料

一　史傳

葉夢得，字少藴，蘇州吴縣人。紹聖四年登進士第，尉丹徒。崇寧元年除婺州教。三年，召爲儀禮武選編修官。四年，遷祠部員外郎。五年，徙起居郎。大觀初，爲中書舍人實録院修撰兼直學士院。二年爲翰學。三年以龍圖閣學知汝州，尋免，提舉洞霄。五年，除顯制知蔡州。六年復閣職。重和初，知潁昌。宣和二年提舉鴻慶。七年召爲吏書，再提舉鴻慶。靖康初知潁昌。建炎二年，召爲翰學，拜户書。三年，遷尚書左丞資政學士，提舉中太乙兼侍讀。紹興初，爲江東帥。三年，祠。十年，召除建康留守。十二年，知福州。十四年，授崇信軍節度使。十八年，卒於湖州。（録自宋李幼武《宋名臣言行録》別集上卷四）

葉夢得，字少藴，蘇州吴縣人，官至尚書左丞。在鎮以其子模將千人守馬家渡，金人果使叛將酈瓊將輕兵來襲，見有備乃去。時以屯兵衆，歲費米八十萬斛，錢八百萬緡，榷貨務所入不足以贍，且命夢得兼總四路漕運，時江淮多難，甚賴之以勞，進觀文殿學士。（録自宋李攸《宋朝事實》卷十）

葉夢得，字少藴。蘇州吴縣人。嗜學蚤成。多識前言往行，談論亹亹不窮。紹聖四年登進士第，調丹徒尉。徽宗朝，自婺州教授召爲議禮武選編修官。用蔡京薦召對，言：「自古帝王爲治，廣狹小大規模各不同，然必自先治其心者始。今國勢有安危，法度有利害，人材有邪正，民情有休戚，四者治之大也。若不先治其心，或誘之以貨利，陷之以聲色，則所謂安危利害邪正休戚者，未嘗不顛倒易位，而況求其功乎？」上異其言，特遷祠部郎官。

大觀初，京再相，向所立法度已罷者復行。夢得言：「周官太宰以八柄詔王馭群臣，所謂廢置賞罰者，王之事也，太宰得以詔王而不得自專。夫事，不過可不可二者而已。以爲可而出於陛下，則前日不應廢；以爲不可而不出於陛下，則今不可復。今徒以大臣進退爲可否，無乃陛下有未了然於中者乎？」上喜曰：「邇來士多朋比爲進，爾獨無觀望。」遂除起居郎。時用事者喜小有才，夢得言：「自古用人必先辨賢能。賢者，有德之稱；能者，有才之稱。故先王常使德勝才，不使才勝德。崇寧以來，在内唯取議論與朝廷同者爲純正，在外唯取推行法令速成者爲幹敏，未聞器業任重、識度經遠者特有表異，恐用才太勝，願繼今用人以有德爲先。」

二年，累遷翰林學士，極論士大夫朋黨之弊，專於重内輕外，且乞身先衆人補郡。蔡京初欲以童貫宣撫陝西取青唐，夢得見京，問曰：「祖宗時宣撫使皆是見任執政，文彦博、韓絳因此即軍中拜相，未有以中人爲之。元豐末，神宗欲命李憲，雖王珪亦能力争，此相公所見也。昨八寶恩遽除貫節度使，此天下皆知非祖宗法，此已不可救。今又付以執政之任，使得青唐，何以處之？」京有慚色，然卒用貫取青唐。

三年，以龍圖閣直學士知汝州。尋落職，提舉洞霄宫。政和五年，起知蔡州。復龍圖閣直學士，移帥潁昌府。發常平粟賑民，常平使者劉寄惡之。宦官楊戩用事，寄括部内得常平錢五十萬緡，請糴粳米輸後苑，以媚戩。戩委其屬持御筆來責以米樣如蘇州。夢得上疏極論潁昌地力與東南異，願隨品色，不報。時旁郡糾民輸鏹就糴京師，怨聲載道，獨潁昌賴夢得得免。李彦括公田以黠吏告訐，籍郟城、舞陽隱田數千頃，民詣府訴者八百户。夢得上其事，捕吏按治之，郡人大悦，戩、彦交怒。尋提舉南京鴻慶宫，自是或廢或起。

逮高宗駐蹕揚州，遷翰林學士兼侍讀，除户部尚書。陳：「待敵之計有三：曰形，曰勢，曰氣而已。形以地理、山川爲本，勢以城池、芻粟、器械爲重，氣以將帥、士卒爲急。形固則可持以守，勢强則可資以立，氣振則可作以用，如是則敵皆在吾度内矣。」因請上南巡，阻江爲險，以備不虞。又請命重臣爲宣總使，一居泗上，總兩淮及東方之師以待敵；一居金陵，總江浙之路以備退保。疏上，不報。既而帝駐蹕杭州，遷尚書左丞。奏監司、州縣擅立軍期司掊斂民財者，宜罷。上諭以兵、食二事最大，當擇大臣分掌。門下侍郎顔岐、知杭州康允之皆嫉夢得，又與宰相朱勝非議論不協，會州民有上書訟夢得過失者。上以夢得深曉財賦，乃除資政殿學士提舉中太乙宫，專一提領户部財用，車駕巡幸頓遞使，辭，不拜。歸湖州。

紹興初，起爲江東安撫大使兼知建康府，兼壽春等六州宣撫使。時建康荒殘，兵不滿三千。夢得奏移統制官韓世清屯建康，崔增屯采石，閻皐分守要害。會王才降劉豫，引兵入寇，夢得遣使臣張偉諭才降之，以其衆分隸諸軍。濠、壽叛將寇宏、陳卞，雖陽受朝命，陰與劉豫通。夢得諭以禍福，皆聽命。及豫入寇，卞擊敗之，齊兵宵遁。

八年，除江東安撫制置大使兼知建康府、行宫留守。又奏防江措畫八事：一，申飭邊備；二，分佈地分；三，把截要害；四，約束舟船；五，團結鄉社；六，明審斥堠；七，措置積聚；八，責官吏死守。又言建康太平池緊要隘口，江北可濟渡去處共一十九處，願聚集民兵，把截要害；諸將審度敵形，併力進討。金都元帥宗弼犯含山縣，進逼歷陽，張俊諸軍遷延未發。夢得見俊，請速出軍，曰：「敵已過含山縣，萬一金人得和州，長江不可保矣。」俊趣諸軍進發，聲勢大振，金兵退屯昭關。

明年，金復入寇，遂至柘皐。夢得團結沿江民兵數萬，分據江津。遣子模將千人守馬家渡，金兵不得渡而去。初，建康屯兵歲費錢八百萬緡，米八十萬斛，榷貨務所入不足以支。至是，禁旅與諸道兵咸集，夢得兼總四路漕計，以給饋餉，軍用不乏，故諸將得悉力以戰。詔加觀文殿學士移知福州兼福建安撫使。海寇朱明猖獗，詔夢得挾御前將士，便道之鎮，或招或捕或誘相戕，遂平寇五十餘群。然頗與監司異議，上章請老。特遷一官，提舉臨安府洞霄宫。尋拜崇信軍節度使致仕。十八年，卒湖州，贈檢校少保。（録自元脱脱等《宋史》卷四四五）

葉夢得，字少藴。吴縣人。嗜學早成。多識前言往行，談論亹亹不窮。登進士第，歷祠部郎官。大觀初，京再相，向所立法度已罷者復行。夢得言：「周官太宰以八柄詔王馭群臣，所謂廢置賞罰者，王之事也，太宰得以詔王而不得自專。」上喜曰：「邇來士多朋比爲進，卿言獨無觀望。」遂除起居郎。時用事者喜小有才，夢得言：「自古用人必先辨賢能，不使才勝德，願繼今用人以有德爲先。」累遷翰林學士。極論士大夫朋黨之弊，專於重内輕外，且乞身先衆人補郡。

明年，以龍圖閣直學士知汝州。尋落職，奉祠。政和五年，起知蔡州。復龍圖閣直學士，移知潁昌。尋又奉祠。自是或廢或起。逮高宗駐蹕揚州，遷翰林學士兼侍讀，除户部尚書，陳：「待敵之計有三：曰形，曰勢，曰氣而已。形以地理、山川爲本，勢以城池、芻粟、器械爲重，氣以將帥、士卒爲急。形固則可持以守，勢强則可資以立，氣振則可作以用，如是則敵皆在吾度内矣。」

既而，帝駐蹕杭州，遷尚書左丞。門下侍郎顔岐、知杭州康允之皆嫉夢得，又與宰相朱勝非議論不協，會州民有上書訟夢得過失者。上以夢得深曉財賦，乃除資政殿學士提舉中太乙宫，專一提領户部財用，車駕巡幸頓遞使。辭，不拜。歸湖州。

紹興初，起爲江東安撫使兼知建康府，兼壽春等六州宣撫使。八年，除江東安撫制置大使，兼知建康府行宫留守。又奏防江措畫八事。初，建康屯兵歲費錢八百萬緡，米八十萬斛，搉貨務所入不足以支。夢得兼總四路漕計，以給饋餉，軍用不乏。詔加觀文殿學士，移知福州兼福建安撫使。平寇五十餘群。然頗與監司異議，上章請老。特遷一官。尋拜崇信軍節度使，致仕。卒湖州，贈

檢校少保。（録自明柯維騏《宋史新編》卷一七一）

二　方志

葉夢得，烏程人。字少藴。建炎中上疏論金賊利害，凡數萬言。築屋卞山，號石林。（録自宋王象之《輿地紀勝》卷四）

「牧守」：靖康元年十月乙卯，朝散大夫葉夢得復龍圖閣待制，知杭州。（録自宋周淙《乾道臨安志》卷三）

葉夢得，字少藴，參之族人。年二十一，中進士第。初爲議禮編修官。對便殿，徽宗異之，除祠部郎。累遷至翰林學士，詔令得體。建炎中，召爲户部尚書。上疏論金賊利害，凡數萬言。除左丞，知建康，移軍屯要害，立廬室，民皆復業。以崇信軍節度使致仕。嘗築室卞山，號石林，遂歸老矣。有《易傳》、《書傳》、《春秋傳》、《春秋讞》、《論語釋言》、《孟子通議》；又有《文集》、《奏議》、《自序》、《燕語》、《避暑録話》、《巖下放言》、《家訓》、《金石類考》、《老子解》、《審是集》行於世。（録自宋談鑰《嘉泰吴興志》卷十七「賢貴事實」下烏程縣）

葉夢得，字少藴，累遷左丞。號石林先生。（録自宋祝穆《方輿勝覽》卷九「處州人物」）

葉夢得，字少藴，烏程人。年二十一，登紹聖四年進士，歷官祠部郎。大觀初，蔡京再相，向所立法度者已罷復行，夢得争之。尋除起居郎。累遷翰林學士。極論朋黨之弊，專於重内輕外，身先補郡，遂知蔡州。紹興初，知建康府。設兵敗劉豫，除江東安撫制置大使。敵兵至柘皐，夢得團結民兵數萬，遣子模將千人，守馬家渡，遏敵禁旅，與諸道兵咸集。夢得兼總四路漕計，以給饋餉，軍用不乏，故諸將得協力以戰。詔加觀文殿學士，移知福州，平海寇朱明等。上章請老，加崇信軍節度使，致仕。築室卞山，自號石林居士。（録自明胡承謀原輯沔陽李堂增刊《湖州府志》卷十九「人物」）

葉夢得，烏程人。仕至尚書左丞。博學高致，飄然自得。致仕，築室弁山。著述甚富。（録自明栗祁《湖州府志》卷六）

紹聖四年何昌言榜進士：葉夢得，松陽人，節度使。（録自明嘉靖《浙江通志》卷四十）

葉夢得，字少藴，號石林居士。處州人，徙湖州。建炎中官至户部尚書。（録自清雍正《江西通志》卷二十一）

葉夢得，字少藴，清臣從曾孫，史作吴縣人。以下録《宋史》本傳，此略。（録自清乾隆《蘇州府志》卷五十五）

案：此《志》同卷《葉清臣傳》云：葉清臣，字道卿，長洲人。嘗守郡。以下録《宋史》本傳，此略。

三　歷代選本小傳

葉少藴，名夢得，自號石林居士。妙齡秀發，有文章盛名。早受知於蔡元長。建炎初，召爲户侍，入翰苑，參大政。以節度使致仕。（録自宋黄昇《花庵詞選》續集卷一）

葉夢得字少藴，吴縣人。紹聖四年進士，累遷翰林學士兼侍讀，除户部尚書，以崇信軍節度使致仕，贈檢校少保。有《建康集》。《石林詞》一卷，關子東云：葉公妙齡詞甚婉麗，晚歲落其華而實之，能於簡淡時出雄傑，合處不減東坡。（録自清朱彝尊《詞綜》卷十一）

葉夢得，字少藴，吴縣人。紹聖四年進士，累官翰林學士兼侍讀，進户部尚書。以崇信軍節度使致仕。自號石林居士。卒贈檢校少保。有《建康集》、《石林詞》一卷。（録自清王奕清等《歷代詩餘》卷一百四「詞人姓氏」）

夢得字少藴，吴縣人。清臣曾孫。紹聖四年進士。累官龍圖閣直學士，帥杭州。高宗朝除尚書右丞，江東安撫使兼知建康府行宫留守。移知福州。提舉洞霄宫。居吴興弁山，自號石林居士。有《石林集》。（録自清厲鶚《宋詩紀事》卷三十五《葉夢得傳》）

葉夢得《建康集鈔》：夢得字少藴，吴縣人。紹聖四年進士。自婺州教授召爲編修官，歷祠部郎、起居郎、翰林學士。出知汝州，提舉洞霄宫。政和五年，起知蔡州，移帥潁昌府。尋提舉南京鴻慶宫。紹興初，起爲江東安撫大使兼知建康府。移知福州。上章請老，仍提舉洞霄，致仕而卒，贈檢校少保。夢得有總集百卷，此集乃知建康時所作，總集中之一集也。建康是時值用兵契闊鋒鏑之中，而吟詠蕭散，固是詩人之致。（録自清吴之振《宋詩鈔》卷四十九）

【附録五】軼事彙編

一 許昌唱和集

許昌西湖與子城密相附，緣城而下，可策杖往來，不涉城市。云是曲環作鎮時，取土築城，因以其地，導潩水瀦之，略廣百餘畝，中爲横堤。初，但有其東之半耳，其西廣於東增倍，而水不甚深。宋莒公爲守時，因起黄河春夫浚治之，始與西相通，則其詩所謂「鑿開魚鳥忘情地，展盡江湖極目天」者也。其後，韓持國作大亭水中，取其詩名之曰「展江」。然水面雖闊，西邊終易堙塞。數十年來，公厨規利者，遂涸以爲田，歲入才得三百斛，以佐釀酒，而水無幾矣。余爲守時，復以還舊，稍益開浚，渺然真有江湖之趣。莒公詩更有一篇，中云：「向晚舊灘都浸月，遇寒新水（一作木）便生烟。」尤風流有味，而世不傳，往往但記前聯耳。（録自宋葉夢得《石林詩話》卷上）

葉公爲許昌時，先大父貳府事，相得歡甚。大父以紹聖改元登第，對策廷中，有宜慮未形之禍之言，由是連蹇不得用。建中靖國初，幾用復已。凡四爲郡倅，秩滿丐宫祠，遂自許昌得請洞霄以就休致。平生喜賦詩，一時士大夫之所推重，故晁景迂公以謂「遠則似謝康樂，近則似韋蘇州也」。中更亂離，家藏無復有者。紹興甲子歲，某見葉公於福唐，首問詩集在亡，抵掌慨歎，且曰：「昔與許昌諸公唱酬甚多，許人類以成編，他日當授子。」其後見公石林，得之以歸，又三十餘年矣。今年某叨守建安，蘇峴叔子爲市舶使者，會於郡齋，相與道鄉閭人物之偉，因出此集披玩，始議刻之，蓋叔子父祖諸詩亦多在也。箕潁隔絕，故家淪落殆盡，典型未遠，其交好之美，文采風流之盛，猶可概見於此云。淳熙二年九月具位韓某謹書。（録自宋韓元吉《南澗甲乙稿》卷十六《書許昌唱和集後》）

《韓無咎元吉尚書》劄子：《許昌唱和》聞已板行，前人文獻略可追想，所恨《石林全集》未傳於世，諸郎當任其責，通家之舊莫可勸之否？其費私家可辦，何必當官耶？不然，長者取其本，付麻沙用小字刻印亦善。（録自宋周必大《文忠集》卷一九三）

葉夢得少蘊鎮許昌日，通判府事韓瑨公表，少師持國之孫也，與其季父宗質彬叔，皆清修簡遠，持國之風烈猶在；其伯父丞相莊敏公玉汝之子宗武文若，年八十餘致仕，耆老篤厚，歷歷能論前朝事；王文恪公樂道之子寔仲弓，浮沈久不仕，超然不嬰世故，慕嵇叔夜、陶淵明爲人；曾魯公之孫誠存之，議論英發，貫穿古今；蘇翰林二子迨仲豫、過叔黨，文采皆有家法，過爲屬邑郾城令；岑穰彦休已病，羸然不勝衣，窮今考古，意氣不衰；許亢宗幹譽，沖澹靖深，無交當世之志，皆會一府。其舅氏晁將之無斁自金鄉來過；説之以道居新鄭，杜門不出，遥請入社。時相從於西湖之上，輒終日忘歸。酒酣賦詩，唱酬迭作，至屢返不已。一時冠蓋人物之盛如此。《許昌唱和集》。風月勝日，時一展玩於嵁巖之間，雖伯牙之絶，而山陽之笛，猶足慰其懷之思云。（録自元陸友仁《研北雜志》卷上）

二　葉氏石林精舍

盧鴻「草堂圖」，舊藏中貴人劉有方家，余往有慶曆中摹本，亦名手精妙。……當時余方從許昌得請洞霄，思卜築於此山之下，視圖中草堂、樾館、桃烟、蹬幕、翠亭等，渺然若不可及。今余東西兩巖略有亭堂十餘所，比年松竹稍環合，每杖策登山，奇石森聳，左右詰曲，行雲霞中，不知視鴻居爲如何，但恨水泉不壯，無雲錦池、金碧潭耳。（録自宋葉夢得《避暑録話》卷上）

自得此山，樂其泉石，欲爲藏書之所。旦携其僕夫荷插持圖，平夷澗谷，搜剔巖竇，雖風雨不避。旁觀皆以爲甚勞，而余實未嘗倦，殆其役於物耶？新居將成，頗亦自驚。夫仁智性之成德，由是以入聖，雖動其何傷？其必有以養之而後不至於敝，因榜其廳事東西兩齋曰近仁、曰近知，而廳曰樂壽，非曰能之，蓋雖老猶將學焉，又以戒爲子孫者也。（録自宋葉夢得《巖下放言》卷中）

吾明年六十歲，今春治西塢隙地，築堂其地，取蘧伯玉之意，曰知非。趙清獻年五十九，聞雷而得道，自號知非子，此真爲伯玉者也。今吾無清獻之聞，而遽以名其居，姑志其年耶，抑將求爲伯玉耶？夫伯玉亦何求也？……余三十九知蔡州，明年築堂於州之西廡，名之曰不惑，吾以爲僭然吾有志學焉者也。今二十年，幸其所願學者未嘗廢，亦粗以爲不至於顛迷流蕩而喪其本心者，雖求爲伯玉可也。（録自宋葉夢得《避暑録話》卷下）

吾今歲闢東軒，自伐林間大竹爲小榻，一夫負之，可趨擇美木佳處，即曲肱跂足而卧，殆未覺有暑氣，不知與淵明所享孰多少？（録自宋葉夢得《玉澗雜書》）

吾玉澗道傍古松皆合抱，每微風驟至，清聲琅琅，萬壑皆應，若中音節。或中夜達旦，意亦喜之。（録自宋葉夢得《玉澗雜書》）

宣和五年，余既卜别館於卞山之石林谷，稍遠城市，不復更交世事。故人親戚時時相過，周旋嵁巖之下，無與爲娱，縱談所及，多故實舊聞，或古今嘉言善行，皆少日所傳於長老名流及出入中朝身所踐更者，下至田夫野老之言，與（輿）夫滑稽諧謔之辭，時以抵掌一笑。窮谷無事，偶遇筆劄，隨輒書之。（録自宋葉夢得《石林燕語序》）

今夏（紹興元年）山中營治居室，開闢徑道，初辦泉石，松竹成蔭。奉榮國太夫人與汝曹杖策來往，登覽燕間，自頗多暇日。（録自宋葉夢得《石林家訓自序》）

往歲自行山間，使童子操杖以從，殆以爲觀爾，未必直須此物也。邇來足力漸覺微，每升降殆不可無。時坐石間，兒子甥侄輩環於側，輒以杖使，以觥酹酒而進，即爲引滿，常亦自笑其癖。（録自宋葉夢得《巖下放言》卷中）

葉少藴既辭政路，結屋霅川山中，凡山中有石隱於土者，皆穿剔表出之，久之，一山皆玲瓏空洞，日挾策其間，自號石林山人。（録自宋吴坰《五總志》）

卞山石：湖州西門外十五里有卞山，在郡山最爲峭崪。頃朱先生所居，産石奇巧，羅布山間，嵌石礧魂，色類靈璧，而清潤尤勝。葉少藴得其地，蓋堂以就其景，故號石林。石上皆有李唐遊人題字，自顔魯公而下悉署焉。（録自宋杜綰《雲林石譜》卷上）

葉氏石林：左丞葉少藴之故居，在卞山之陽，萬石環之，故名，且以自號。正堂曰兼山，傍曰石林精舍，有承詔、求志、從好等堂及浄樂庵、愛日軒、躋雲軒、碧琳池，又有巖居、真意、知止等亭。其鄰有朱氏怡雲庵、涵空橋、玉澗。故公復以「玉澗」名書。大抵北山一帶産楊梅，盛夏之際，十餘里間，朱實離離，不減閩中荔枝也。此園在霅最古。今皆没於蔓草，影響不復存矣。（録自宋周密《癸辛雜識》前集）

葉氏園：石林右丞相族孫溥號克齋者所創，在城之東，多竹石之勝。（録自宋周密《癸辛雜識》前集）

葉少藴早年顯貴，退居石林累年。常以吟詠自娱。每遇風和日暖，輒以數婢子肩小車，且携酒樽食奩自隨。遇其意適處，即下車酌酒賦詩。有小史，稍慧，每使之檢書，薰染既久，亦能詩詞。（録自元無名氏《東南紀聞》卷一）

葉石林老日，以古銅鳩頭裝天台籐，又塗金兕觥，挾二物，遊山水間。（録自明董斯張《吴興備志》卷二十五引《太平清話》）

《楠軒記》：楠軒者，國子生葉蕡本蕃，取其上世石林先生手植之樹而名也。先生世居吴門，政和中，始卜葬其先府君於吴興之弁山，其地居風氣之會，奇石如林，有瑰奇絶特之狀，因號石林。且營别業其處。顧視前坡後崦，尚乏佳樹，乃植桃梅李果，暨凡松、桂、杉、檜、楠、櫧之屬。其後，樹日以長，鬱然穹林茂壑矣。先生不忘此也，宦轍稍息，則處焉。（録自明徐一夔《始豐稿》卷五）

葉氏石林：石林詞有題意在亭，又西園右春亭新成，其自撰《石林山堂記》云，榜其廳之東南兩（齋）曰近仁、近智，而廳曰樂壽，則石林中堂軒之名正多矣。（録自清嵇曾筠等《浙江通志》卷四十二「湖州古迹」按語）

晉孝武初奉佛法，立精舍於殿内，引沙門居之。故今人皆以佛寺爲精舍。殊不知精舍者，乃儒者教授生徒之處。後漢包咸、檀敷、劉淑傳，皆有立精舍教授生徒之文。謝靈運《石壁精舍》詩曰「披拂趨南徑，愉悦偃東扉」，皆靈運所居之境，非佛寺也。故李善注云：「精舍者，今讀書齋是也。」葉少藴所居號「石林精舍」，蓋用此義。（録自宋葛立方《韻語陽秋》卷十三）

「石林」二字出《楚辭·天問》，見米襄陽《志林》。（録自宋王楙《野客叢書》）

《石林總集》解題：「石林」二字本出《楚辭》。（録自宋陳振孫《直齋書録解題》卷十八）

《書石林燕語後》：石林……宣和五年致仕，卜居湖州卞山之石林谷，此所以爲號也。説者乃謂出自《天問》（見陳振孫《書録解題》），夫「焉有石林，何獸能言」之語，雖至愚者不取以自寓，而謂葉氏乃本諸此，誠似不足辯。然吾嘗推其所以致人之言者，抑有由也。……陳振孫亦湖人，寧不知其鄉有石林谷者？又，其《自序》陳亦必無不一寓目之理，乃舍而從《天問》，其微言可思也。（録自清盧文弨《抱經堂文集》卷十一）

三　藏書

余家舊藏書三萬餘卷，喪亂以來所亡幾半。山居狹隘，餘地置書囊無幾，雨漏鼠齧，日復蠹敗。今歲出曝之，閲兩旬才畢。其間往往余手自抄，覽之如隔世事。因日取所需觀者數十卷，命門生等從旁讀之，不覺至日昃。（録自宋葉夢得《避暑録話》卷上）

大觀末，吾嘗從求家集及手書藁草，猶得五六十卷，意欲爲論次及作家傳，久之不能成。喪亂以來，圖籍零落，今歲曝書，追尋尚有前日之半，喜不自禁。稍涼，筆研可親，終當成此志，亦欲使汝曹知吾門内先此立朝者卓卓如是，非如迺翁猥退無能也。（録自宋葉夢得《避暑録話》卷下）

余在許昌得宋景文用監本手校西漢一部，末題「用十三本校，中間有脱兩行者」，惜乎今亡之矣。（録自宋葉夢得《石林燕語》卷八）

《梅妃傳》（曹鄴）：此傳得自萬卷朱遵度家，大中甲戌年七月所書，字亦端好。其言時有涉俗者，惜乎史逸其説，略加修潤而曲循舊語，懼没其實也。惟葉少藴與余得之，後世之傳或在此本。又記其從來如此。（録自元陶宗儀《説郛》卷一百一下）

徐鍇《説文繫傳》，……在熙寧時已有殘缺，尤文簡公謂在三館中得之，一半斷爛不可讀，乃從葉石林氏借得鈔本補足。（録自清汪憲《説文繫傳考異》）

南渡後，唯葉少藴少年貴盛。平生好藏書，逾十萬卷，置之霅川卞山。山居建書樓貯之，極爲華焕。丁卯冬，其宅與書俱蕩一燎。（録自宋王明清《揮麈後録》卷七）

吾鄉故家如石林葉氏、賀氏，皆號藏書之多，至十萬卷。……亦皆散失無遺。（録自宋周密《齊東野語》卷十二「書籍之厄」）

周密謂：陳直齋宦中得五姓之書，乃能至五萬一千八十卷。……周密家亦有四萬。……少蕴之十萬，複也。（録自明方以智《通雅》卷三）

葉少藴云：本朝公卿名藏書家，如宋宣獻、李邯鄲，四方士民如亳州祁氏、饒州吴氏、荆州田氏等，吾皆見其目，多止四萬餘卷，其間頗有不必觀者。惟宋宣獻家擇之甚精，止二萬許卷，而校讎詳審，皆勝諸家。吾舊所藏僅與宋氏等，而宋氏好書人所未見者，吾不能盡得也。（録自明胡應麟《少室山房筆叢》正集卷一）

至薦紳先生、博物君子收藏遺書，若張華之三十乘，任昉之四萬卷，鄴侯之三萬軸，宋公垂、葉夢得、尤延之，代稱宏富，大略相當。（録自明胡應麟《少室山房集》卷八六）

古今藏書之富……名家藏書，如南都戚氏、歷陽沈氏等，少者數千卷，多至四萬卷，葉少藴少貴博收，遂逾十萬卷。（録自清《山西通志》卷一七五「經籍」）

夢得在南渡之初，巋然耆宿，藏書約三萬餘卷，亦甲於諸家，故通悉古今，所論著多有根柢。（録自《四庫全書總目·避暑録話提要》）

四　金石考古

余家藏碑千餘帙，多得前世故事與史違誤，嘗爲《金石類考》五十卷，此後所得不及録也。（録自宋葉夢得《避暑録話》卷上）

余家藏唐碑多，如太和中李藏用碑。……大中中王巨鏞碑。（録自宋葉夢得《石林燕語》卷四）

余有裴士淹所作孫志直碑。（録自宋葉夢得《石林燕語》卷四）

余紹聖間，春官不第，歸道靈壁縣，世以爲出奇石。余時病卧舟中，行囊蕭然。聞茶肆間多有求售，公私未之貴，人亦不甚重。亟得其一，長四尺許，價當八百，取之以歸。探已所有，僅得七百錢，假之同舍而足，不覺病頓癒。夜抱之以眠。余之好石，不特其言也。自行此壑，刳剔巖洞，與藏於土中者，愈得愈奇，今巖洞殆十餘處，而奇石林立左右，不可以數計，心猶愛之不已，豈非余之癖哉？（録自宋葉夢得《巖下放言》卷中）

余少好藏三代秦漢間遺器，遭錢塘兵亂盡亡之。後有遺余銅鳩杖頭，色如碧玉，因以天台籐杖爲幹植之，每置左右。今年，所親章徽州在平江，有罍銅酒器，其首爲牛，製作簡質，其間塗金隱隱猶可見，意古之兕觥。會余生朝，章亟取爲余壽，余欣然戲之曰：「正患吾鳩杖無侶，造物豈以是假之耶？」二物常以自隨。（録自宋葉夢得《巖下放言》卷中）

華人發古冢得碑，皆有刻字，曰：晉升平四年三月四日……其中無他物，惟得銅銚一，三足，螭柄，面闊四寸餘，深半之，製作不甚工，野人來求售，余適得之。云尚有一石臺，高二尺許，有花文，先爲溪南人取去。升平四年至今紹興十六年，正七百八十七年。（録自宋葉夢得《巖下放言》卷上）

韓丞相玉汝家藏王莽時銅枓一，狀如勺，以今尺度之，長一尺三寸。其柄有銘云：大官乘輿十湅銅枓，重三觔九兩。新始建國天鳳上戊六年十二月工遵造，史臣閎、掾臣岑掌。旁丞相弘令：丞相第二十六。枓，食器，正今之杓也。……宣和間公卿家所藏漢器雜出，余多見之，唯此器獨見於韓氏。（録自宋葉夢得《避暑録話》卷下）

先公頃寓霅川，葉少藴左丞於湖之卞山築讀書堂。山川秀偉，自然怪石，嵌空砢礧，如巖谷間，茂林修竹，真神仙居也。葉一日至城中，謁先公，飼飯，飯已，率予棹舟過其居。案間偶置《與叔考古圖》，葉指秦盉和鐘謂余：「此窾讀者殆不能句。」余爲少藴讀之，少藴歎曰：「公真通古者，使伯時、

與叔在，當屈服矣。」（録自宋翟耆年《籀史》）

秦漢以前字畫，多見於鐘鼎彝器間，至東漢時，石刻方盛。本朝歐陽公始酷嗜之，所藏至千卷……歐陽公著《金石録》三十卷，石林葉公又取碑所載事與史違誤者，爲《金石類考》五十卷。（録自宋張淏《雲谷雜記》卷三）

建康六朝古都，葉石林少藴居留日，嘗命諸邑官能文者，搜訪古迹，製圖經。時石橋林敏若子邁主上元簿，考最詳多，以王荆公詩引證，號「上元古迹」。（録自宋周煇《清波雜志》卷三）

歐陽修始爲《集古》，而劉敞、吕大臨、趙明誠、王楚、黄伯思、董逌、夏竦、宗子克繼、薛尚功、洪适、葉夢得、王球、蔡珪……等俱事編集。（録自明方以智《通雅》卷首二）

（孔耳）石高四尺許，色黑，水紋甚細，正側有大小兩穴，形如人耳，故得此名。背近顛，左行刻十八字曰：「少藴、無言、慧覺道人宣和癸卯四月辛亥同來。」無言者，長興劉燾之字。無言善書，嘗得山谷稱許，而於石林公爲前輩，此刻用筆圓勁，而名居後，當出其手。癸卯爲宣和五年，即公卜居卞山石林後之歲。蓋此石本卞山厓壁間物，卜居之際，偕無言巡遊，題記石上，故有「同來」之語。後人見爲二公遺迹，乃斫取藏之耳。（若《癸辛雜識》所記「玲瓏山歸雲洞，無言、石林題名號」，同在癸卯時，故别是一石也。）余題拓本後有二律云：「吾祖昔歸隱，卜居蒼弁岑。間蹤留片石，古刻重兼金。異代收藏癖，向藏長興丁氏，今歸武林汪氏，曾携至吴門，余得見面而拓之。名家著録心。錢氏《金石文跋尾》、阮氏《兩浙金石志》皆載之。誦芬遺翠墨，緬想舊石林。」「事繼向禽蹟，人携支許儔。濡毫讓前輩，題壁紀新遊。避暑應忘話，《避暑録話》多記山居，獨未及此游。歸雲更待搜。周密《癸辛雜識》記玲瓏山歸雲洞同無言、石林題名，亦在癸卯歲。乖龍誰割耳，猶幸免封侯。艮嶽奇峰封盤固侯者，洞庭西山物，後爲金人輦去。」按：陶宗儀《遊志續編》采石林公《玉澗雜書》此書今佚。記玲瓏山之遊，「癸卯三月十六日，余在山間，葛魯卿率林彦振、劉無言、莫彦平來，相遇，俾無言名石上」云，此即若《癸辛雜識》所記，觀此益知孔耳石爲無言所書無疑矣。（録自清葉廷琯《吹網録·孔耳石題名》）

案：葉廷琯《楙花盦詩集》有《得遠祖石林居士孔耳石題名拓本敬題》律詩二首，其詩即此二首，其序文與本文大體相同而略有出入，括弧中的文字，録自《敬題》，爲《吹網録》所無。

五　書畫題銘

顧愷之《列女傳仁智圖》卷末有元友、方回、逢源、葉夢得跋。（録自清孫承澤《庚子消夏記》卷八）

盧鴻「草堂圖」，舊藏中貴人劉有方家，余往有慶曆中摹本，亦名手精妙。猶記後載唐人題跋云：「相國鄒平段公家藏圖書，並用所歷方鎮印記。」……此畫宣和庚子余在楚州，爲賀方回取去不歸。（録自宋葉夢得《避暑録話》卷上）

《明皇幸蜀圖》，李思訓畫，藏宗室汝南郡王仲忽家。余嘗見其摹本，方廣不滿二尺，而山川雲物、車輦人畜、草木禽鳥，無一不具。峰嶺重複，徑路隱顯，渺然有數百里之勢，想見爲天下名筆。（録自宋葉夢得《避暑録話》卷下）

煇頃於池陽一士大夫處見紙上横卷《山陰圖》，乃葉石林家本。人物止三寸許，已再三臨摹，神韻尚爾不凡，況龍眠真筆也？前有序、贊各八句，詞翰皆出石林。《石林文集》世不見其全，此贊尚慮散逸，矧墨妙之雅玩乎？當時嘗録其文，恐好奇之士雖不見畫，而欲想像高勝，今乃著於是。龍眠李伯時畫許元度、王逸少、謝安石、支道林四人像，作《山陰圖》。元度超然萬物之表見於眉睫；逸少藏手袖間徐行，若有所觀；安石膚腴秀澤，著屐返首與道林語；道林羸然出其後，引手出相酬酢，皆得其意，俯仰步趨之間，筆墨簡遠，妙絶一時。碧林道人梵隆少規模伯時，爲余臨寫，真僞殆不辨，更三十年，世當不知有兩伯時也！此序也。贊曰：揚眉軒然，意軼萬里。亦將焉往，而竟斯止。日遠游者，以是爲游。疾走息陰，彼將安休？其二：翰墨之娱，以寫萬變。不償一姥，笑戢山扇。袖手縱觀，我行故遲。豈以懷祖，樂此逶迤？其三：韞玉於山，煒然不枯。我觀此容，非山澤儒。却顧何爲，東山之陟。如何淮淝，乃折此屐。其四：一世所驅，顛倒衣裳。是身何依，獨委支郎。從容三人，亦躡其後。人所無言，聊一舉手。後又見一本，摹益失真，第書四贊，而亡其序。（録自宋周煇《清波雜志》卷十二）

江貫道山水：故參政莊敏龔公家有江貫道山水一巨軸，用絹匹作，其佈置疏密，點綴濃淡，與竹溪此卷皆合，但巨軸之後有葉石林、陳簡齋詩跋。龔畫今在其外孫方君采處。貫道名參，衢人。其畫因石林得名。（録自宋劉克莊《後村先生大全集》卷一百二）

李伯時畫……許其畫似王摩詰、吴道子者，則曹元象、黄魯直、葉少藴、鄧公壽、楊廉夫、王元美。（録自明張丑《清河書畫舫》卷八上）

玲瓏山，在卞山之陰……有洞曰歸雲，張有謙中篆書於石上。有石樑，闊三尺許，横繞兩石間，名「定心石」。旁有杜牧之題云「前湖州刺史杜牧大中五年八月八日來」，及紹興（案：當爲「宣和」）癸卯葛魯卿、林彦政、劉無言、莫彦平、葉少藴題名。（録自宋周密《癸辛雜識》前集）

《乾道壬辰南歸録》：三月乙亥……天峰禪院俗呼南峰，蓋支遁道林别庵也。……佛殿前有碧琳泉，寺宇頗佳，多葉少藴詩刻。

又：三月戊寅……福臻禪院……大兄云：「甚類南嶽諸寺。」元豐八年七月，米元章《贈仲殊詩》親題壁間，方丈後有法雨泉，葉少藴爲之銘。（録自宋周必大《文忠集》卷一七一）

宋克《急就章》：余往與徐獻忠先生論書法……先生笑謂：「余家藏仲温《急就章》二百年矣……」余欣然重表飾之，以爲征誅之後獲睹揖讓。而後偶取葉少藴刻皇象石本閲之，大小行模及前後缺處若一，惟波撇小異耳。此豈亦仲温手臨象本耶？然一二傍釋小字圓穩有藏蓄，與仲温他書不類，而仲温别自補《急就》闕文與張夢辰，則小而勁，此恐或非仲温筆也。（録自明王世貞《弇州山人稿》卷一三一）

右宋賢十七劄，首名綬者宋宣獻公也，名上有朱文印，曰宋綬公垂；……夢得者，葉石林也，書法與停雲所刻同。（録自明郁逢慶《書畫題跋記》卷一）

米敷文雖乏扛鼎力，自是書家。定國、務觀、少藴、致能、子蒼俱有筆意，其書亦俱有來歷。少藴頗豪縱，其草偃勢略似《絶交書》。（録自明孫鑛《書畫跋跋》卷二上）

《文氏停雲館帖十跋》：第六卷爲南宋名人書……葉少藴筆不佳。（録自明汪砢玉《珊瑚網》卷二十一）

葉夢得行書法大令，宛然大家（《寓意編》）。（録自清孫岳頒等《佩文齋書畫譜》卷三十四）

六　生活軼事

吾少從峽州一老先生樂君嘉問學。樂君好舉東海延篤書語人。（録自宋葉夢得《避暑録話》卷上）

樂君，達州人。生巴峽間，不甚與中土士人相接。狀極質野，而博學純至，先君少師特愛重之，故遣吾聽讀。今吾尚略記《六經》，皆樂君口授也。家貧甚，不自經理。有一妻二兒一跛婢。聚徒城西草廬三間，以其二處諸生，而妻子居其一。樂易坦率，多嬉笑，未嘗見其怒。一日，過午未飯，妻使跛婢告米竭，樂君曰：「稍忍，會當有餉者。」妻不勝忿，忽自屏間躍出，取案上簡，擊其首。樂君袒而走，仆於舍下，群兒環笑掖起之。已而，先君適送米三斗，樂君徐而告其妻曰：「果不欺汝。飢甚，幸速炊。」俯仰如昨日，幾五十年矣。每旦起，分授群兒經，口誦數百過不倦。少間，必曳履慢聲抑揚，吟諷不絕。躡其後聽之，則延篤之書也。群兒或竊效靳侮之，亦不怒。喜作詩，有數百篇。先君時爲司理，猶記其相贈一聯云：「末路清談得陶令，他時陰德頌于公。」又，《寄故人》云：「夜半夢回孤月滿，雨餘目斷太虚寬。」先君數稱賞之。今書生未有其比也。（録自宋葉夢得《避暑録話》卷上）

余少時苦上氣，每作輒不能卧，藥餌起居須人乃能辦侍。先君官上饒，一曰秋晚，游鵝湖，中夕疾作，使令既非素所知，篋中適不以藥行，喘瀝頃刻不度，起吹燈據案，偶見一《易》册，取讀數十板，不覺遂平。自是每疾作，輒用此術，多愈於服藥，然均不免三公之累也。（録自宋葉夢得《避暑録話》卷上）

歐陽文忠公在揚州築平山堂，壯麗爲淮南第一，上據蜀岡，下臨江南數百里，真、潤、金陵三州隱隱若可見。公每暑時，輒淩晨携客往遊。遣人走邵伯，取荷花千餘朵，以畫盆分插百許盆，與客相間。遇酒行，即遣妓取一花傳客，以次摘其葉，盡處則飲酒，往往侵夜載月而歸。余紹聖初始登第，嘗以六七月之間，館於此堂者幾月。是歲大暑，環堂左右，老木參天，後有竹千餘竿，大如椽，不復見日色。蘇子瞻詩所謂「稚節可專車」是也。寺有一僧，年八十餘，及見公，猶能道公時事甚詳。邇來幾四十年，念之猶在目。今余小池植蓮雖不多，來歲花開，當與山中一二客修此故事。（録自宋葉夢得《避暑録話》卷上）

余中歲少睡……嘗在潁川時，初自翰林免官，先君爲倅，歸養，居後圃三間小室，旁無與鄰，左右唯一僕，意況已如此。嘗有詩云：「城頭晚漏鳴丁丁，窗間月落却未明。衡陽歸雁過欲盡，汝陽荒鷄初一鳴。悠悠斷夢子不記，草草微吟還獨生。成人得意須幾許，一睡稍足無與情。」逮今四十年，了無異者，余每自料非世間享福人，平生大得志處不過如是。但能保此一生，如佛與波斯匿王論見恒河性，有味言也。（録自宋葉夢得《巖下放言》卷中）

吾素不能琴，然心好之。少時，嘗從信州道士吳自然授指法，亦能爲一兩弄，怠而棄去。然自是每聞善琴者彈，雖不盡解，未嘗不喜也。大觀末，道泗洲，遇廬山崔閑，相與遊十餘日。閑蓋善琴者也，每坐玻璃泉上，使彈終日不倦。……授余琴，有指法而無其譜……吾時了了略解，既懶不復作，蓋今忘之矣。（録自宋葉夢得《避暑録話》卷下）

蘇州白樂天手植檜，在州宅後池光亭前。余政和初嘗見之，已槁瘁，高不滿二丈，意非四百年物，真僞未知也。後爲朱沖取獻，槁死於道中，乃以他檜易之，禁中多不知。（録自宋葉夢得《避暑録話》卷上）

謝康樂云：「良辰、美景、賞心、樂事，四者難並天下。」詠之以爲口實。韓魏公在北門築「四並堂」，公功名富貴無一不滿，所欲故無時不可樂，亦以是爲貴乎？余遊行四方，其少時，蓋未知光景之可惜，亦不以是四者爲難得也。在許昌，見故老言韓持國爲守，每入春，常日設十客之具於西湖，旦以郡事委僚吏，即造湖上，使吏之湖門，有士大夫過，即邀之入，滿九客而止，輒與樂飲終日，不問其何人也。曾存之嘗以問公曰：「無乃有不得已者乎？」公曰：「汝年少，安知此？吾老矣，未知復有幾春，若待可與飲者而後從，吾之爲樂無幾，而春亦不吾待也。」余時年四十三，猶未盡以爲然。自今思之，乃知其言爲有味也。（録自宋葉夢得《避暑録話》卷上）

宜興善權、張公兩洞，天下絶境也。壬子夏，余罷建康歸，大雨中枉道過之。（録自宋葉夢得《避暑録話》卷上）

少從先君入峽，瞿塘、灧澦、高唐、白帝城，皆天下絶險異奇，乃一一縱觀，至今猶歷歷在目。晚往來浙東七里瀨、金華三洞諸勝處，每至輒留數日，非興盡不歸。乃知山林丘壑亦各有分，非軒冕者所可常得，天固付之山人野老也。（録自宋葉夢得《避暑録話》卷下）

晁任道自天台來，以石橋藤杖二爲贈，自言親取於懸崖間，柔韌而輕，堅如束筋。余往自許昌歸，得天壇藤杖數十，外圓實，與此不類，而中相若。時余年四十三，足力尚强，以爲好而非所須，置之室中不及用，悉爲好事者取去。今老矣，行十許步，輒一歇，每念之不可復致，而得任道之惠，蓋喜不自勝也。門生邵大受復遺淳安木竹杖六節，密而内實，略如天壇藤，間有突起如鶴膝者，非峭勁敵風霜不能爾也。此即贊寧《筍譜》「本出錢塘靈隱山」，今不知有否，當求其種植之，以爲後計。晉人謂：許遠遊健於登陟，不特有勝情，亦有濟勝之具。今吾所以濟勝者，不求之足，而求之杖，亦安知杖之非吾足乎？（録自宋葉夢得《避暑録話》卷上）

紹興間，葉夢得自觀文殿學士、張澄自端明殿學士，皆拜節度。葉嘗任執政，以暮年擁旄爲儒者之榮，自稱「葉太尉」。（録自宋洪邁《容齋三筆》卷七）

贈太師葉助天祐，縉雲人，爲睦州建德尉。年壯無子，問命於日者黄某。黄云：「公嗣息甚貴，位至節度使。然當在三十歲以後，若速得之，亦非令器也。」天祐不樂。後官拱州，黄又至，令以《周易》筮之，得《賁卦》。黄曰：「今日辰居土，土加賁爲墳字，君當生子，但必有悼亡之戚。」果生男。數歲而晁夫人卒。其子即少藴也，既擢第，爲淮東提刑仁熟周穜婿。周嘗延一黄山人，少藴命之筮，遇《晉卦》。黄曰：「三年後當孿生二女。晉之卦，坤下離上，二陰也。晉之字，從兩口，爻辭曰『晝日三接』，三年之象也。俟此事驗，當以前程奉告。」少藴深惡其説。已而，果然。自維揚歸至吴興，復見之。少藴曰：「君昔日所言果中。異時休咎，盍以告我。」黄曰：「公貴人也，自此當遍歷清要，登政府，終於節度使。宜善自愛。」少藴異之，以白乃父。父曰：「憶三十年前，有客亦姓黄，爲吾言得汝之期，且謂當建節鉞，豈非此人乎？」試使召之，真昔所見者。父子相視而笑，待黄生如神。建炎中，少藴爲尚書左丞。紹興十六年，七十，上章告老，自觀文殿學士除崇慶軍節度使致仕，二年而薨，竟如黄言。黄訒説得之左丞。（録自宋洪邁《夷堅甲志》卷八）

建康創建府治，石林委府僚伻圖，再三不叶意。一旦，杖策自往相視，四顧指畫，遂定……其他政事精明，彼民至今能道之。石林爲從祖姑之夫，煇幼及識其風度，偉人也。（録自宋周煇《清波雜志》卷三）

葉少藴云：某五十後不生子，六十後不蓋屋，七十後不做官。然晚年以子舍之多，不免犯六十之戒，屋成而公死矣。此事得於洪慶善。（録自宋周煇《清波雜志》卷七）

石林每夜必延諸子女兒婦列坐説《春秋》，聽者不悦，曰：翁翁又請説《春秋》耶？（録自宋王楙《野客叢書》）

「鷄鳴率家人同起，不可早晏無常」，葉少藴與子之書也。鷄鳴而起，抉擇於善利之間也。爲舜

而已矣。（録自宋王應麟《困學紀聞》卷二十）

葉左丞少藴舊居在郡池鄉，門前有橋名魚城《石林總集》。政和中寓居城東布德坊。（録自元陸友仁《研北雜志》卷上）

葉少藴舊宅在鳳凰鄉魚城橋。政和中寓布德坊。（録自明王鏊《姑蘇志》卷三十一）

宋葉夢得善種竹，後遇王份秀才，曰：「竹在肥地雖美，不如瘠地之竹或巖谷自生者，其質堅實，斷之如金石。以爲椽，常竹十歲一易者，此倍之。」夢得歸而驗之，果信。（録自明張萱《疑耀》卷五）

後記

着手作《石林詞》箋注，還是三十年前的事。那時上海古籍出版社正計劃出一套《宋詞别集叢刊》，大詞人的集子自然由詞學界的資深名人擔綱，中小家則分别邀請其他同好分任，我有幸忝列其中，承接《石林詞》的箋注工作。

前人研究《石林詞》的成果很少，且多限於校勘，注本唯陳振孫《書録解題》記載有曹杓注《琴趣外編》三卷，惜早已亡佚。一張白紙，固然可以畫最新最美的圖畫，但箋注古人的作品，却不能脱離原作原義，任自杜撰臆測。忙乎了一陣子，初稿算是出來了，却還留有不少疑難、空白之點，一時無從查證落實。責任編輯希望我儘快修補完稿，但解決這類問題需要花水磨工夫，而當時我正在施蟄存老師的指引下，轉向周邦彦的研究，改稿的事便拖了下來。不久，出版社計劃有所調整，未成的課題暫時擱淺，我也就聽任稿本在抽屜裏睡大覺。直至新近，在某種契機的觸動下，又得以重拾舊稿，補竣完工，以了此心願。一本小書的撰寫出版，竟歷時三十年之久，不禁有所感慨。

三十年之間，研究石林詞的成果逐漸多了起來。八十年代有黄文吉先生《宋南渡詞人》問世，因兩岸暌隔，未能及時獲睹；九十年代初，王兆鵬先生的《兩宋詞人年譜》和《宋南渡詞人群體研究》、潘君昭先生《葉夢得評傳》和方建新先生《葉夢得事蹟考辨》等，相繼湧現，可謂碩果累累，爲新世紀的石林詞研究奠定堅實的基礎，並開拓了廣闊的前景。潘殊閑的《葉夢得研究》和《葉夢得和蘇軾》，以及一批碩士博士們的論文和書稿，則顯示出新一代詞學研究者的功底和實力。此外，還有不少散見於各種鑒賞辭典的單篇賞析文章，石林詞研究的盛況，和三十年前比較，已不可同日而語。

賢達俊彦的豐碩成果，爲石林詞箋注和校勘提供了可貴的資料和識見。我自退休之後，對詞學界研究的全貌不甚了然，但對詞學的愛好和關注仍未消失。於是這些年，由於種種原因，做學問的時間比較少，查閱資料也很困難，以暮年之昏昏，從事稽古箋證的細緻考究，實感力不從心，何況王兆鵬先生的《年譜》已對石林的生平資料爬羅剔抉，搜輯得相當完備，後人很難有所突破；潘殊閑先生轉益多師，又自出機杼，對石林其人其詞的分析也十分細緻周到，在他們之外，另覓新徑，談何容易！有鑒於此，筆者只能在箋注方面做些初步工作，抛磚引玉，以待後人進一步勘補糾錯以臻完善。箋注之外，附録有關《石林詞》的序跋、葉夢得的年譜簡編以及正史和筆記、方志上的資料，以供讀者參考。其中年譜簡編得力於王兆鵬先生惠賜的大作《兩宋詞人年譜》，特致謝忱！《前言》則用二十多年前發表於《文學評論》的舊文《石林詞和南渡詞風的轉變》，略作修改，另加一段關於《石林詞》版本的説明於後。石林詞的思想内容和藝術風格雖已概見，却並未展開，好在近年來這方面的文章和專著均有論及，無需贅言。

我雖已年近八旬，却自感尚不成熟，爲學、爲文和爲人均很幼稚，加以體力精力衰退，以至於捉襟見肘，難免疏漏，懇請學界新老同好指謬正訛，將不勝感激。本書初稿曾經施蟄存先生過目和指教，編撰和出版過程中，得到上海古籍出版社編輯先生的幫助，摯友毛惜珍爲書名題簽，在此一并致意。

蔣哲倫　二〇一二年十一月二十八日

甌北集	[清]趙翼著　李學穎、曹光甫校點
惜抱軒詩文集	[清]姚鼐著　劉季高標校
兩當軒集	[清]黄景仁著　李國章校點
惲敬集	[清]惲敬著　萬陸、謝珊珊、林振岳標校　林振岳集評
茗柯文編	[清]張惠言著　黄立新校點
瓶水齋詩集	[清]舒位著　曹光甫點校
龔自珍全集	[清]龔自珍著　王佩諍校點
龔自珍詩集編年校注	[清]龔自珍著　劉逸生、周錫韜校注
水雲樓詩詞箋注	[清]蔣春霖著　劉勇剛箋注
人境廬詩草箋注	[清]黄遵憲著　錢仲聯箋注
嶺雲海日樓詩鈔	[清]丘逢甲著　丘鑄昌標點

牧齋初學集詩注彙校	［清］錢謙益著　［清］錢曾箋注 卿朝暉輯校
李玉戲曲集	［清］李玉著 陳古虞、陳多、馬聖貴點校
吴梅村全集	［清］吴偉業著　李學穎集評標校
歸莊集	［清］歸莊著
顧亭林詩集彙注	［清］顧炎武著　王蘧常輯注 吴丕績標校
安雅堂全集	［清］宋琬著　馬祖熙標校
吴嘉紀詩箋校	［清］吴嘉紀著　楊積慶箋校
陳維崧集	［清］陳維崧著　陳振鵬標點 李學穎校補
屈大均詩詞編年校箋	［清］屈大均著　陳永正等校箋
秋笳集	［清］吴兆騫撰　麻守中校點
漁洋精華録集釋	［清］王士禛著 李毓芙、牟通、李茂肅整理
聊齋志異會校會注會評本	［清］蒲松齡著　張友鶴輯校
敬業堂詩集	［清］查慎行著　周劭標點
納蘭詞箋注	［清］納蘭性德著　張草紉箋注
方苞集	［清］方苞著　劉季高校點
樊榭山房集	［清］厲鶚著　［清］董兆熊注 陳九思標校
劉大櫆集	［清］劉大櫆著　吴孟復標點
儒林外史彙校彙評	［清］吴敬梓著　李漢秋輯校
小倉山房詩文集	［清］袁枚著　周本淳標校
忠雅堂集校箋	［清］蔣士銓著　邵海清校 李夢生箋

揭傒斯全集	[元]揭傒斯著　李夢生標校
高青丘集	[明]高啓著　[清]金檀注 徐澄宇、沈北宗校點
唐寅集	[明]唐寅著　周道振、張月尊輯校
文徵明集(增訂本)	[明]文徵明著　周道振輯校
震川先生集	[明]歸有光著　周本淳校點
海浮山堂詞稿	[明]馮惟敏著 凌景埏、謝伯陽標校
滄溟先生集	[明]李攀龍著　包敬第標校
梁辰魚集	[明]梁辰魚著　吴書蔭編集校點
沈璟集	[明]沈璟著　徐朔方輯校
湯顯祖詩文集	[明]湯顯祖著　徐朔方箋校
湯顯祖戲曲集	[明]湯顯祖著　錢南揚校點
白蘇齋類集	[明]袁宗道著　錢伯城校點
袁宏道集箋校	[明]袁宏道著　錢伯城箋校
珂雪齋集	[明]袁中道著　錢伯城點校
隱秀軒集	[明]鍾惺著　李先耕、崔重慶標校
譚元春集	[明]譚元春著　陳杏珍標校
張岱詩文集(增訂本)	[明]張岱著　夏咸淳輯校
陳子龍詩集	[明]陳子龍著 施蟄存、馬祖熙標校
夏完淳集箋校(修訂本)	[明]夏完淳著　白堅箋校
牧齋初學集	[清]錢謙益著　[清]錢曾箋注 錢仲聯標校
牧齋有學集	[清]錢謙益著　[清]錢曾箋注 錢仲聯標校
牧齋雜著	[清]錢謙益著　[清]錢曾箋注 錢仲聯標校

書名	著者
東坡樂府箋	[宋]蘇軾著　[清]朱孝臧編年 龍榆生校箋
東坡詞傅幹注校證	[宋]蘇軾著　[宋]傅幹注 劉尚榮校證
欒城集	[宋]蘇轍著　曾棗莊、馬德富校點
山谷詩集注	[宋]黄庭堅著　[宋]任淵、史容、 史季温注　黄寶華點校
山谷詩注續補	[宋]黄庭堅著　陳永正、何澤棠注
山谷詞校注	[宋]黄庭堅著　馬興榮、祝振玉校注
淮海集箋注	[宋]秦觀撰　徐培均箋注
淮海居士長短句箋注	[宋]秦觀著　徐培均箋注
清真集箋注	[宋]周邦彦著　羅忼烈箋注
石林詞箋注	[宋]葉夢得著　蔣哲倫箋注
樵歌校注	[宋]朱敦儒著　鄧子勉校注
李清照集箋注(修訂本)	[宋]李清照著　徐培均箋注
陳與義集校箋	[宋]陳與義著　白敦仁校箋
蘆川詞箋注	[宋]張元幹著　曹濟平箋注
劍南詩稿校注	[宋]陸游著　錢仲聯校注
放翁詞編年箋注(增訂本)	[宋]陸游著　夏承燾、吴熊和箋注 陶然訂補
范石湖集	[宋]范成大撰　富壽蓀標校
于湖居士文集	[宋]張孝祥著　徐鵬校點
稼軒詞編年箋注(定本)	[宋]辛棄疾撰　鄧廣銘箋注
辛棄疾詞校箋	[宋]辛棄疾著　吴企明校箋
姜白石詞編年箋校	[宋]姜夔著　夏承燾箋校
後村詞箋注	[宋]劉克莊著　錢仲聯箋注
雁門集	[元]薩都拉著 殷孟倫、朱廣祁校點

長江集新校	[唐]賈島著　李嘉言新校
張祜詩集校注	[唐]張祜著　尹占華校注
三家評注李長吉歌詩	[唐]李賀著　[清]王琦等評注
樊川文集	[唐]杜牧著　陳允吉校點
樊川詩集注	[唐]杜牧著　[清]馮集梧注
温飛卿詩集箋注	[唐]温庭筠著　[清]曾益等箋注
玉谿生詩集箋注	[唐]李商隱著　[清]馮浩箋注 蔣凡校點
樊南文集	[唐]李商隱著　[清]馮浩詳注 錢振倫、錢振常箋注
皮子文藪	[唐]皮日休著　蕭滌非、鄭慶篤整理
鄭谷詩集箋注	[唐]鄭谷著 嚴壽澂、黄明、趙昌平箋注
韋莊集箋注	[五代]韋莊著　聶安福箋注
李璟李煜詞校注	[南唐]李璟、李煜著　詹安泰校注
張先集編年校注	[宋]張先著　吴熊和、沈松勤校注
二晏詞箋注	[宋]晏殊、晏幾道著　張草紉箋注
乐章集校箋	[宋]柳永著　陶然、姚逸超校箋
梅堯臣集編年校注	[宋]梅堯臣著　朱東潤編年校注
歐陽修詩文集校箋	[宋]歐陽修著　洪本健校箋
歐陽修詞校注	[宋]歐陽修著　胡可先、徐邁校注
蘇舜欽集	[宋]蘇舜欽著　沈文倬校點
嘉祐集箋注	[宋]蘇洵著　曾棗莊、金成禮箋注
王荆文公詩箋注	[宋]王安石著　[宋]李壁箋注 高克勤點校
王令集	[宋]王令著　沈文倬校點
蘇軾詩集合注	[宋]蘇軾著　[清]馮應榴注 黄任軻、朱懷春校點

玉臺新咏彙校	吴冠文、談蓓芳、章培恒彙校
王梵志詩集校注(增訂本)	[唐]王梵志著　項楚校注
盧照鄰集箋注	[唐]盧照鄰著　祝尚書箋注
駱臨海集箋注	[唐]駱賓王著　[清]陳熙晉箋注
王子安集注	[唐]王勃著　[清]蔣清翊注
陳子昂集(修訂本)	[唐]陳子昂撰　徐鵬校點
孟浩然詩集箋注(增訂本)	[唐]孟浩然著　佟培基箋注
王右丞集箋注	[唐]王維著　[清]趙殿成箋注
李白集校注	[唐]李白著　瞿蜕園、朱金城校注
高適集校注(修訂本)	[唐]高適著　孫欽善校注
杜詩趙次公先後解輯校	[唐]杜甫著　[宋]趙次公注 林繼中輯校
杜詩鏡銓	[唐]杜甫著　[清]楊倫箋注
錢注杜詩	[唐]杜甫著　[清]錢謙益箋注
杜甫集校注	[唐]杜甫著　謝思煒校注
岑參集校注	[唐]岑參著　陳鐵民、侯忠義校注
戴叔倫詩集校注	[唐]戴叔倫著　蔣寅校注
韋應物集校注(增訂本)	[唐]韋應物著　陶敏、王友勝校注
權德輿詩文集	[唐]權德輿撰　郭廣偉校點
王建詩集校注	[唐]王建著　尹占華校注
韓昌黎詩繫年集釋	[唐]韓愈著　錢仲聯集釋
韓昌黎文集校注	[唐]韓愈著　馬其昶校注 馬茂元整理
劉禹錫集箋證	[唐]劉禹錫著　瞿蜕園箋證
白居易集箋校	[唐]白居易著　朱金城箋校
柳宗元詩箋釋	[唐]柳宗元著　王國安箋釋
柳河東集	[唐]柳宗元著　[宋]廖瑩中輯注
元稹集校注	[唐]元稹著　周相録校注

《中國古典文學叢書》已出書目

詩經今注	高亨注
楚辭今注	湯炳正、李大明、李誠、熊良智注
司馬相如集校注	[漢]司馬相如著　金國永校注
揚雄集校注	[漢]揚雄著　張震澤校注
張衡詩文集校注	[漢]張衡著　張震澤校注
阮籍集	[魏]阮籍著　李志鈞等校點
陸機集校箋	[晉]陸機著　楊明校箋
陶淵明集校箋(修訂本)	[晉]陶潛著　龔斌校箋
世説新語箋疏(修訂本)	[南朝宋]劉義慶撰　余嘉錫箋疏　周祖謨等整理
世説新語校釋(增訂本)	[南朝宋]劉義慶撰　[南朝梁]劉孝標注　龔斌校釋
鮑參軍集注	[南朝宋]鮑照著　錢仲聯增補集説校
謝宣城集校注	[南朝齊]謝朓著　曹融南校注集説
江文通集校注	[南朝梁]江淹著　丁福林、楊勝朋校注
文心雕龍義證	[南朝梁]劉勰著　詹鍈義證
詩品集注(增訂本)	[梁]鍾嶸著　曹旭集注
文選	[梁]蕭統編　[唐]李善注
蕭繹集校注	[南朝梁]蕭繹著　陳志平、熊清元校注